Zu diesem Buch

Stockholm: In der Redaktion eines Boulevardblattes macht man sich Sorgen um den Reporter Alf Matsson, der nach Budapest geschickt worden war und von dem seit seiner Abreise kein Lebenszeichen gekommen ist. Matsson ist überfällig.

Boulevardblätter haben Beziehungen. Das Außenministerium wird eingeschaltet – inoffiziell. Das Außenministerium kriegt – inoffiziell – Angst, das Revolverblatt könnte das Verschwinden seines eigenen Mitarbeiters ausschlachten; man schaltet – inoffiziell – die Stockholmer Kriminalpolizei ein, und Kriminalassistent Martin Beck wird nach Budapest geschickt, um der Sache nachzugehen. Inoffiziell natürlich.

Budapest: Das Hotel Duna teilt der Polizei mit, daß der schwedische Tourist Alf Matsson am Tag seiner Ankunft, unter Zurücklassung von Paß und Gepäck, das Hotel verlassen hat und seitdem nicht mehr aufgetaucht ist. Major Szluka von der Budapester Kriminalpolizei nimmt sich des Falls an. Keine unbekannte männliche Leiche ist gefunden worden, in keinem Krankenhaus liegt ein bewußtloser Ausländer; überdies ist das Visum im Paß des Vermißten noch lange nicht abgelaufen – was soll die Polizei da unternehmen? Vielleicht reist er im Land umher. Vielleicht hat er ein Mädchen gefunden – wer weiß? Journalisten sind unberechenbar.

Als Martin Beck in Budapest erscheint, erfährt Szluka sofort davon. Er läßt ihn gewähren, beobachtet ihn anfangs und stellt sich schließlich vor; es kommt jedoch zu keiner rechten Zusammenarbeit, weil es keine Spur gibt, die man verfolgen könnte – vor allem, weil einstweilen nichts dafür spricht, daß überhaupt ein Verbrechen geschehen ist.

Aber dann wird Martin Beck eines Nachts am Donaukai von Unbekannten zusammengeschlagen, und plötzlich sieht alles ganz anders aus.

Per Wahlöö, 1926 in Schweden geboren, machte nach dem Studium der Geschichte als Journalist Karriere, ging in den fünfziger Jahren nach Spanien, wurde 1956 vom Franco-Regime ausgewiesen und ließ sich nach längeren Reisen, die ihn um die halbe Welt führten, in Schweden nieder, um Bücher zu schreiben. Er ist 1975 gestorben. Der vorliegende Band ist der zweite Kriminalroman aus dem Zyklus von zehn Bänden, die er in Zusammenarbeit mit seiner Frau Maj Sjöwall schrieb (auch als Kassette lieferbar: Die zehn Romane mit Kommissar Martin Beck; Nr. 3177).

Von Per Wahlöö liegen in einem Dreierband vor: Das Lastauto / Libertad! / Die Generale (Nr. 43222) und als Einzelband: Das Lastauto (Nr. 42513) und Mord im 31. Stock (Nr. 42424).

Von Maj Sjöwall erschien in Zusammenarbeit mit Tomas Ross: Eine Frau wie Greta Garbo (Nr. 3018).

Maj Sjöwall / Per Wahlöö

Der Mann, der sich in Luft auflöste

Deutsch von
Johannes Carstensen

Überarbeitet und ergänzt
von Eckehard Schultz

rororo
Rowohlt

rororo thriller
Herausgegeben von Bernd Jost

233.–235. Tausend November 1998

Deutsche Erstausgabe
Veröffentlicht im Rowohlt Taschenbuch Verlag GmbH,
Reinbek bei Hamburg, Januar 1969

Die Originalausgabe erschien bei P. A. Norstedt & Söners Förlag,
Stockholm, unter dem Titel «Mannen som gick upp i rök»

Umschlaggestaltung Walter Hellmann
(Fotos: Tony Stone images, Tim Macpherson)
Gesetzt aus der Linotype-Aldus-Buchschrift
und der Palatino (D. Stempel AG)
Gesamtherstellung Clausen & Bosse, Leck
Printed in Germany
ISBN 3 499 42159 3

Die Hauptpersonen

Alf Matsson	ist Journalist, bärtig, mehr trinkfroh als trinkfest und kommt während einer Reise abhanden.
Sven Erik Molin Åke Gunnarsson Per Kronkvist	sind Journalisten, bärtig, mehr trinkfroh als trinkfest und erinnern sich an nichts mehr.
Bengt Jönsson	erinnert sich nur ungern an eine Begegnung.
Theodor Fröbe Tetz Radeberger	haben als Reiseleiter eine lohnende Nebenbeschäftigung gefunden.
Aranka (Ari) Boeck	muß lernen, daß nicht alle Schweden scharf auf Paprika sind.
Major Vilmos Szluka	muß einsehen, daß er sich geirrt hat.
Martin Beck	läßt den Verschwundenen das Rätsel selber lösen.

1

Das Zimmer war klein und schäbig. Vom Fenster, dessen linke, fehlende Mittelscheibe durch ein unordentlich zurechtgeschnittenes Stück Pappe ersetzt worden war und das keine Gardinen hatte, sah man auf eine graue Brandmauer mit einer verblichenen Margarinereklame hinaus. Das Blumenmuster der Tapeten war so verblaßt, daß man es kaum mehr erkennen konnte. Hier und dort hatten sich die Tapeten von der geweißten Mauerwand gelöst; an einigen Stellen hatte jemand versucht, sie mit Klebestreifen und Einschlagpapier zu befestigen.

Das Zimmer war mit einem Kamin, den notwendigsten Möbelstücken und einem Wandbild ausgestattet. Vor dem Kamin stand ein Pappkarton voll Asche und ein zerbeulter Teekessel aus Aluminium. Das Bett stand mit dem Fußende zum Kamin hin und war – an Stelle von Matratzen – mit einer dicken Lage alter Tageszeitungen bedeckt; darüber lagen eine zerfetzte Steppdecke und ein gestreiftes Kissen. Das Wandbild stellte eine nackte, blonde Frau dar, die an einer Marmorbalustrade lehnte. Es hing rechts vom Kamin, und zwar so, daß man es vom Bett aus vorm Einschlafen und sofort, wenn man aufwachte, sehen konnte. Irgend jemand hatte Brustwarzen und Geschlechtsteile der Frau mit einem Bleistift größer gemalt.

Im anderen Teil des Zimmers, nahe am Fenster, standen ein runder Tisch und zwei Holzstühle, der eine ohne Rückenlehne. Auf dem Tisch standen drei leere Wermutflaschen, eine Limonadenflasche und zwei Kaffeetassen. Der Aschenbecher war umgekippt, und unter den Zigarettenkippen und abgebrannten Streichhölzern lagen einige schmutzige Zuckerstücke, ein kleines Federmesser mit aufgeklapptem Blatt und ein Würstchenrest. Eine dritte Kaffeetasse war auf den Boden gefallen und in Scherben gegangen. Auf der zerschlissenen Linoleummatte zwischen Tisch und Bett lag, das Gesicht nach unten, ein Toter.

Aller Wahrscheinlichkeit nach war es dieselbe Person, die das Gemälde verschönert und versucht hatte, die Tapeten mit Klebestreifen und Einschlagpapier zu befestigen. Es war ein Mann; er lag mit geschlossenen Beinen, die Ellbogen gegen die Rippen gepreßt und die Hände gegen den Kopf heraufgezogen, als suche er sich zu schützen. Er war nur mit einem Trikotunterhemd, ausgefransten Hosen und zerrissenen Skisocken bekleidet. Ein großer Wandschrank war über ihn gekippt und verdeckte den Kopf und den halben Oberkörper. Neben der Leiche lag der dritte Holzstuhl; der Sitz war blutbefleckt, auf der Rückenlehne zeigten sich blutverschmierte Abdrücke von Händen. Der Fußboden war mit Glasscherben übersät; die meisten stammten von den Glastüren des Wandschranks, der Rest von einer halbgeleerten Weinflasche, die zerbrochen auf einem Haufen von schmutzigem Unterzeug lag. Der Flaschenrest war von einer Schicht getrockneten Bluts überzogen. Jemand hatte einen weißen Ring drumherum gezeichnet.

Die Aufnahme war in ihrer Art perfekt; aufgenommen mit dem besten Weitwinkelobjektiv der Polizei und Blitzlicht, das jeder Einzelheit ätzende Schärfe verlieh.

Martin Beck legte Foto und Vergrößerungsglas hin und trat ans Fenster. Draußen war schwedischer Sommer. Mehr noch – es war warm. Auf dem Rasen in Kristinebergs Park sonnten sich ein paar Mädchen im Bikini. Sie lagen flach auf dem Rücken, mit gespreizten und von sich gestreckten Armen und Beinen. Sie waren jung und mager, schlank nannte man das wohl, und konnten sich mit gewissem Charme in dieser Positur zeigen. Als er genauer hinsah, erkannte er zwei Sekretärinnen aus seiner eigenen Abteilung. Die Uhr war also schon über zwölf. Morgens zogen sie Badezeug an, Kleid und Sandalen und gingen zum Dienst. In der Mittagspause zogen sie das Kleid aus und legten sich in den Park. Praktisch. Mißvergnügt dachte er daran, daß er dies alles bald gezwungenermaßen aufgeben und in das Polizeihaus im Stadtteil Söder umziehen mußte, in die laute und unfreundliche Gegend um Västberga-Allee herum.

Hinter sich hörte er jemand die Tür aufreißen und ins Zimmer kommen. Er brauchte sich nicht umzudrehen, um zu wissen, wer es war. Stenström. Stenström war immer noch der Jüngste in der Abteilung, und nach ihm würde vermutlich eine ganze Generation von Kriminalassistenten kommen, die es nicht mehr für nötig hielten, anzuklopfen, dachte Martin Beck.

«Wie weit seid ihr?» erkundigte er sich.

«Genau da, wo wir angefangen haben», sagte Stenström. «Als ich vor einer Viertelstunde drüben war, leugnete er immer noch.»

Martin Beck wandte sich um, ging zum Tisch zurück und betrachtete noch einmal das Foto vom Tatort. An der Decke über dem Bett zeigte sich die Kontur eines alten Schmutzfleckes. Er glich einem Seepferd. Mit etwas gutem Willen konnte es auch eine Seejungfrau sein. Er fragte sich, ob der Tote auf dem Fußboden wohl soviel Phantasie gehabt habe.

«Das macht aber nichts», berichtete Stenström geschäftig. «Mit Hilfe der Beweise aus der technischen Abteilung wird man ihn schon überführen.»

Martin Beck gab keine Antwort. Statt dessen zeigte er auf die Akte, die Stenström ihm auf den Tisch gelegt hatte: «Was ist das?»

«Das Vernehmungsprotokoll von Sundbyberg.»

«Nimm den Mist wieder mit. Ich geh morgen in Urlaub. Gib's Kollberg oder wem du sonst willst.»

Mit dem Foto in der Hand ging Martin Beck in das einen Stock höher gelegene Dienstzimmer von Kollberg und Melander.

Hier war es viel wärmer als in seinem eigenen Büro, vermutlich weil das Fenster geschlossen und die Gardinen zugezogen waren. Kollberg und der Beschuldigte saßen sich schweigend am Tisch gegenüber. Der lange Melander lehnte mit der Pfeife im Mund und mit gekreuzten Armen am Fenster und blickte unverwandt auf den Verdächtigen hinunter. Auf einem Stuhl an der Tür saß ein Polizist in Uniformhosen und hellblauem Hemd. Er balancierte seine Mütze auf dem rechten Knie. Niemand sagte ein Wort. Das einzige Geräusch stammte von der sich drehenden Spule auf dem Tonbandgerät.

Martin Beck baute sich hinter Kollberg auf und schloß sich dem allgemeinen Schweigen an. Von draußen flog eine Wespe gegen die Fensterscheibe. Kollberg hatte seine Jacke abgelegt und den Kragen aufgeknöpft, aber trotzdem war sein Hemd zwischen den fetten Schulterblättern durchgeschwitzt. Der feuchte Fleck veränderte langsam seine Form und zog einen breiten Streifen das Rückgrat hinunter.

Der Mann auf der anderen Seite des Tisches war schmächtig und hatte eine beginnende Glatze. Er trug einen schlechtsitzenden Anzug, und die Finger, die um die Armlehne griffen, hatten schmutzige und abgekaute Nägel. Die Augen blickten trübe und unklar, was den allgemeinen kränklichen Eindruck, den der Mann machte, noch verstärkte. Auf einmal begann das leicht fliehende Kinn zu beben, und zwei Tränen rollten dem Mann die Wangen herunter.

«Ja, ja», sagte Kollberg düster. «Danach hast du ihm also die Flasche auf dem Kopf zertrümmert.»

Der Mann nickte.

«Und als er am Boden lag, hast du mit dem Stuhl auf ihn eingeschlagen. Wie oft?»

«Weiß ich nicht. Nicht so oft. Aber doch einige Male.»

«Das will ich meinen. Und dann hast du den Schrank auf ihn gekippt und bist weggegangen. Was tat der dritte von euch währenddessen? Dieser Ragnar Larsson? Hat er nicht versucht, einzugreifen – ich meine, dich zu hindern?»

«Nein. Er tat überhaupt nichts. Er saß einfach daneben.»

«Fang nur nicht wieder an zu lügen.»

«Er schlief. Er hatte am meisten gesoffen.»

«Nun versuch mal, etwas lauter zu sprechen.»

«Er lag auf dem Bett und schlief. Er hat nichts gemerkt.»

«Ja, und als er aufwachte, ging er zur Polizei. Ja, ja. Das wäre soweit klar, aber eines hab ich immer noch nicht richtig begriffen. Wie ist es zu dieser Schlägerei gekommen? Ihr kanntet euch doch gar nicht, bevor ihr euch in dieser Kneipe begegnet seid?»

«Er hat mich einen widerlichen Nazi genannt.»

«Jeder Polizist wird mehrmals in der Woche ein Nazi genannt. Hunderte von Menschen haben mich mit Ausdrücken wie Nazi oder Gestapoknecht oder noch übleren Namen belegt, aber deswegen habe ich noch nie jemand erschlagen.»

«Er saß da und wiederholte immerzu: ‹Verfluchter Nazi, widerlicher Nazi, ekelhafter Nazi ...› Das war das einzige, was er sagte. Und dann sang er.»

«Sang?»

«Ja, um mich zu ärgern. Zu hänseln. Mit Hitler.»

«Soso. Hast du ihm denn irgendwelchen Anlaß gegeben, dich für einen Nazi zu halten?»

«Ich hatte nur gesagt, daß meine Mutter Deutsche ist. Ganz zu Anfang.»

«Bevor ihr mit dem Saufen anfingt?»

«Ja. Da sagte er nur, daß es wohl keine Rolle spielt, was für eine Mutter man hat.»

«Und als er später in die Küche ging, nahmst du also die Flasche und schlugst von hinten auf ihn ein.»

«Ja.»

«Fiel er hin?»

«Er brach sofort in die Knie. Und begann zu bluten. Und dann sagte er: ‹Du elendes kleines Naziwchwein, das sollst du mir büßen.›»

«Und da hast du weiter auf ihn eingeschlagen?»

«Ich ... ich hatte Angst. Er war größer als ich, und ... Sie wissen nicht, was man dabei empfindet ... alles ging nur rund, ich sah rot vor Augen ... ich wußte einfach nicht, was ich tat.» Die Schultern des Mannes bebten heftig.

«Das reicht», sagte Kollberg und stellte das Tonbandgerät ab. «Gib ihm einen Happen zu essen und frag den Arzt, ob er nicht was zum Einschlafen bekommen kann.»

Der Polizist an der Tür erhob sich, setzte die Mütze auf und führte den Mann mit leichtem Griff am Arm hinaus.

«Morgen müssen wir uns dann noch einmal unterhalten», sagte Kollberg abwesend und schrieb mechanisch auf das Papier: Geständnis erfolgte unter Tränen. Dann sah er hoch. «Mit was für Typen man es hier zu tun bekommt.»

«Fünfmal wegen Körperverletzung vorbestraft», sagte Melander. «Kein einziges Mal hat er es zugegeben. Ich entsinne mich recht gut an ihn.»

«Dann muß es ja stimmen, wenn unsere lebende Verbrecherkartei das sagt», setzte Kollberg grinsend hinzu. Er erhob sich schwer und starrte Martin Beck an. «Was machst du überhaupt noch hier?» fragte er. «Geh in Urlaub und überlaß die Arbeit den niederen Verdienstklassen. Wohin geht's übrigens? In die Schären?»

Martin Beck nickte.

«Sehr vernünftig», sagte Kollberg. «Andere fahren erst nach Mamaia und lassen sich braten. Dann kommt man nach Hause und wird gekocht. Spitze. Hoffentlich ohne Telefon.»

«Worauf du dich verlassen kannst.»

«Ausgezeichnet. So, ich geh jetzt erst mal duschen. Und dir würde ich raten, abzuhauen.»

Warum eigentlich nicht, dachte Martin Beck. Etwas Neues noch anzufangen lohnt sich nicht. So kam er einen Tag früher los. Er zuckte mit den Schultern.

«Okay. Ich mach mich auf die Socken. Tschüß denn, Jungs. Wir sehen uns in einem Monat.»

2

Der Urlaub war für die meisten schon zu Ende, und Stockholms augustheiße Straßen begannen sich mit Menschen zu füllen, die einige verregnete Juliwochen im Zelt und im Wohnwagen und in Sommerpensionen zugebracht hatten. Die letzten Tage war die U-Bahn wieder zum Brechen voll gewesen. Aber jetzt während der Arbeitszeit hatte Martin Beck den Wagen fast allein für sich.

Er blickte auf das staubige Grün draußen vor dem Fenster und freute sich, daß sein lange ersehnter Urlaub nun endlich begonnen hatte.

Seine Familie war schon seit einem Monat draußen in den Schären. Diesen Sommer hatten sie Glück gehabt, von einer entfernten Verwandten seiner Frau ein Häuschen mieten zu können, das ganz für sich auf einer kleinen Insel mitten in den Schären lag. Die Verwandte war ins Ausland gereist, und das Häuschen gehörte ihnen, bis für die Kinder wieder die Schule begann.

Martin Beck kam in seine leere Wohnung, ging direkt in die Küche und holte eine Flasche Bier aus dem Kühlschrank. Er trank einige Schluck im Stehen, dann nahm er die Flasche mit ins Schlafzimmer. Er zog sich aus und ging, nur in Unterhosen, auf den Balkon. Dort saß er eine Weile in der Sonne, die Füße auf dem Balkongeländer, und trank den Rest seines Biers. Die Hitze draußen war kaum auszuhalten, und als die Flasche leer war, erhob er sich und ging in die verhältnismäßig kühle Wohnung zurück.

Er sah auf die Uhr. Das Schiff würde in zwei Stunden fahren. Die Insel lag innerhalb eines Gebietes der Schären, dessen Verbindung mit der Stadt von einem der wenigen noch existierenden alten Dampfboote aufrechterhalten wurde. Dies, meinte Martin Beck, war fast das beste an dem bevorstehenden Sommerurlaub.

Er ging in die Küche und stellte die leere Flasche in der Speisekammer auf den Boden. Alles Verderbliche war schon längst ausgeräumt, aber zur Sicherheit sah er noch einmal nach, ob er nichts vergessen habe. Dann stöpselte er den Kühlschrank aus, stellte die Eisschalen ins Spülbecken und sah sich noch einmal in der Küche um, bevor er die Tür schloß. Anschließend ging er ins Schlafzimmer, um zu packen.

Was er für seinen eigenen Bedarf benötigte, hatte er bei seinem letzten Wochenendbesuch bereits mitgenommen. Seine Frau hatte ihm eine Liste von Dingen mitgegeben, die sie und die Kinder gern haben wollten, und als er alles eingepackt hatte, waren zwei Koffer voll. Da er außerdem im Selbstbedienungsladen einen Karton mit Lebensmitteln abholen sollte, beschloß er, ein Taxi zum Boot zu nehmen.

Es war reichlich Platz an Bord. Martin Beck stellte Koffer und Karton ab, ging aufs Oberdeck und setzte sich.

Die Wärme lastete über der Stadt; es war fast windstill. Das Grün auf dem Karlsmarkt hatte seine Frische verloren, und die Flaggen auf dem *Grand Hotel* hingen schlaff herunter. Martin Beck sah auf die Uhr und wartete ungeduldig, daß der Mann dort unten die Gangway einziehen sollte. Als er das erste Vibrieren der Maschine spürte, erhob er sich und ging nach achtern. Das Boot löste sich vom Kai, und er lehnte sich über die Reling und sah, wie die Propeller das Wasser zu grünweißem Schaum aufpeitschten. Die Dampfpfeife blies heiser, und als das Boot mit zitterndem Rumpf den Bug zur Ostsee zu drehen begann, stand Martin Beck an der Reling und wandte das Gesicht gegen die kühle Brise. Er fühlte sich plötzlich frei und sorglos, beinahe wie in seiner Jugendzeit, wenn die Schule vorbei war und die Ferien begannen ...

Er aß im Speisesaal zu Mittag, dann setzte er sich wieder an Deck. Bevor das Boot an die Anlegebrücke ging, wo er aussteigen sollte, passierte es «seine» Insel, und er konnte das Häuschen und einige farbenfrohe Sonnenstühle und seine Frau unten am Strand erkennen. Sie hockte direkt am Wasser, und er konnte sich vorstellen, daß sie dort unten Kartoffeln putzte. Er erhob sich und winkte, aber er war nicht sicher, ob sie ihn auf die weite Entfernung und gegen die Nachmittagssonne erkannte.

Die Kinder hatten ihn mit dem Ruderboot abgeholt. Martin Beck war ein begeisterter Ruderer, und trotz der Proteste des Jungen ruderte er selber über die Bucht zur Insel hinüber. Seine Tochter, die Ingrid hieß, aber trotz ihrer fünfzehn Jahre Baby genannt wurde, saß auf der Hinterbank und erzählte von einem Tanz auf der Bauerntenne. Rolf mit seinen dreizehn Jahren verachtete Mädchen und berichtete von einem Hecht, den er geangelt hatte. Martin Beck hörte geistesabwesend zu und hatte seine Freude an der körperlichen Bewegung.

Nachdem er die Stadtkleidung ausgezogen hatte, schwamm er eine Runde bei der Badeklippe und zog dann Leinenhosen und Pullover an. Nach dem Abendessen saß er mit seiner Frau vor dem Häuschen. Sie plauderten und sahen die Sonne hinter den Inseln auf der anderen Seite des spiegelblanken Fahrwassers niedergehen. Er ging früh zu Bett, nachdem er zusammen mit seinem Jungen einige Netze ausgelegt hatte.

Zum erstenmal seit langer Zeit schlief er sofort ein.

Als er aufwachte, stand die Sonne noch niedrig. Auf dem Gras lag Tau, als er hinausschlich und sich auf eine Felsklippe vor dem Häuschen setzte. Sicherlich würde der Tag wieder schön. Aber die Sonne hatte noch wenig Kraft; ihn fror in seinem Schlafanzug.

Nach einer Weile ging er wieder hinein und setzte sich mit einer Tasse Kaffee auf die Veranda. Gegen sieben zog er sich an und weckte Rolf, der nur unwillig aufstand. Sie ruderten hinaus und zogen die Netze ein; leider enthielten sie nur eine Menge Seegras und Tang. Als sie zurückkehrten, waren die anderen auf; das Frühstück stand auf dem Tisch.

Nach dem Frühstück ging Martin Beck ans Wasser hinunter und machte sich an die Arbeit, die Netze aufzuhängen und zu reinigen. Es war eine reine Geduldsprobe; es wäre wohl besser, dachte er, künftig den Sohn für die Fischversorgung der Familie aufkommen zu lassen.

Er war fast fertig mit dem letzten Netz, als er hinter sich Motorengeknatter hörte. Ein kleines Fischerboot fuhr am Strand entlang und gerade auf ihn zu. Er kannte den Mann am Steuer. Nygren hieß er, hatte eine kleine Bootswerft auf der Insel nebenan und war ihr nächster Nachbar. Da sie kein Wasser auf der Insel hatten, holten sie sich ihr Trinkwasser bei Nygren. Er hatte auch Telefon.

Nygren stellte den Motor ab:

«Anruf für Sie! Sie möchten so bald wie möglich zurückrufen. Die Nummer hab ich aufgeschrieben, der Zettel liegt neben dem Apparat.»

«Hat er seinen Namen nicht genannt?» fragte Martin Beck; obwohl er sich die Frage selber beantworten konnte.

«Hab ich auch aufgeschrieben. Ich muß jetzt hinaus nach Skärholmen, und Elsa ist auf dem Erdbeerfeld, aber die Küchentür steht offen.»

Nygren ließ seinen Motor wieder an und steuerte, achtern stehend, ins Fahrwasser hinaus. Bevor er hinter der Landzunge verschwand, hob er die Hand zum Gruß.

Martin Beck blickte ihm eine Weile nach. Dann ging er hinunter zur Brücke, machte das Ruderboot los und begann in Richtung auf Nygrens Bootshaus zu rudern. Zwischendurch dachte er: Dieser verdammte Kollberg, gerade jetzt, wo ich fast vergessen habe, daß es ihn gibt.

Auf dem Schreibblock, der unter dem Wandtelefon in Nygrens Küche lag, stand mit fast unleserlicher Schrift: Hammar 540000.

Martin Beck wählte die Nummer, und erst als er darauf wartete, daß die Vermittlung ihn verband, begann er Schlimmes zu ahnen.

«Hammar», meldete sich dieser.

«Ja. Was gibt's?»

«Es tut mir furchtbar leid, Martin, aber ich muß dich bitten, so bald wie möglich reinzukommen. Du mußt vielleicht den Rest deines Urlaubs opfern. Aufschieben, meine ich also.» Hammar schwieg einige Sekunden, dann setzte er hinzu: «Das heißt, wenn du einverstanden bist.»

«Den Rest meines Urlaubs? Ich hab ja noch nicht mal einen Tag Urlaub gehabt.»

«Ich weiß, und es tut mir ehrlich leid, Martin, aber ich würde dich nicht bitten, wenn es nicht äußerst dringend wäre. Kannst du heute noch reinkommen?»

«Heute? Was ist denn überhaupt passiert?»

«Es wäre mir lieb, wenn du es heute noch schaffen könntest – es ist wirklich wichtig. Näheres erfährst du, wenn du hier bist.»

«In einer Stunde geht ein Boot», sagte Martin Beck. Er sah durch das fliegenverschmutzte Fenster hinaus auf das sonnenblinkende Wasser. «Was habt ihr denn so furchtbar Wichtiges? Kann nicht Kollberg oder Melander ...»

«Nein. Können sie nicht. Das ist ein Fall für dich. Es scheint, daß jemand verschwunden ist.»

3

Als Martin Beck die Tür zum Zimmer seines Chefs öffnete, zeigte die Uhr zehn Minuten vor eins; er hatte genau vierundzwanzig Stunden Urlaub gehabt.

Kommissar Hammar war ein schwergebauter Mann mit Stiernacken und üppigem grauen Haar. Er saß regungslos auf seinem Drehstuhl, die Unterarme auf der Tischplatte – offenbar mit dem beschäftigt, was böse Zungen als seine Lieblingsbeschäftigung bezeichneten – nämlich mit Nichtstun.

«Wie nett, daß du endlich kommst», sagte er beißend. «Sozusagen in allerletzter Minute. Du sollst in einer halben Stunde im Außenministerium sein.»

«Im Außenministerium?»

«Genau. Du sollst dich dort mit diesem Mann hier unterhalten.»

Hammar hielt die Visitenkarte an der einen Ecke zwischen Daumen und Zeigefinger, als wäre sie ein Salatblatt mit einer Kohlraupe darauf. Martin Beck blickte auf den Namen; er sagte ihm nichts.

«Eine sehr hochgestellte Persönlichkeit», sagte Hammar. «Steht dem Minister nahe.» Nach einer kurzen Pause setzte er hinzu: «Ich kenn den Namen auch nicht.»

Hammar war 59 Jahre und seit 1927 Polizist. Von Politikern hielt er nichts. «Du siehst nicht so enttäuscht aus, wie ich gedacht hätte», meinte er.

Martin Beck schluckte nur einmal trocken. Die Bemerkung hatte ihm die Sprache verschlagen. «Worum geht es denn eigentlich?»

«Darüber sprechen wir später, wenn du dich mit diesem Kerl getroffen hast.»

«Du hast etwas davon erwähnt, daß es um eine Vermißtenangelegenheit geht.»

Hammar starrte gequält aus dem Fenster, dann zuckte er die Achseln: «Die ganze Geschichte ist einfach idiotisch. Um die Wahrheit zu sagen, ich habe ... Anweisung bekommen, dir keine weiteren Informationen zu geben, bevor du im Außenministerium gewesen bist.»

«Ist es jetzt so weit, daß wir auch von dort Anweisungen bekommen?»

«Es gibt bekanntlich mehrere Ministerien», meinte Hammar gedankenvoll. Sein Blick verlor sich irgendwo im Sommergrün. Schließlich sagte er: «Ich habe im Verlauf meiner Dienstzeit eine ganze Reihe von Sozial- und Innenministern erlebt. Die überwiegende Mehrzahl wußte genausoviel über die Polizei wie ich über Apfelsinenläuse. Nämlich, daß sie es gibt. Tschüß denn», sagte er unvermittelt.

«Tschüß», entgegnete Martin Beck.

Als er schon in der Tür war, fiel Hammar noch etwas ein. «Martin ...»

«Ja?»

«Das eine kann ich dir wenigstens verraten: Du brauchst diese Sache nicht zu übernehmen, wenn du nicht willst.»

Der Mann, der dem Minister nahestand, war hochgewachsen und kantig und rothaarig. Mit wasserblauen Augen starrte er Martin Beck an, erhob sich schnell und geschäftig und eilte mit ausgestreckten Armen um den Schreibtisch herum. «Ausgezeichnet», sagte er. «Ausgezeichnet, daß Sie kommen konnten.»

Er schüttelte ihm begeistert die Hand. Martin Beck sagte nichts.

Der Mann ließ sich wieder auf seinem Drehstuhl nieder, nahm die ausgegangene Pfeife und biß mit seinen großen gelben Pferdezähnen in den Stiel. Dann lehnte er sich zurück, zündete ein Streichholz an, setzte die Pfeife in Brand und fixierte seinen Besucher kalt und abwägend durch den Pfeifenrauch. «Am besten duzen wir uns gleich», begann er. «Ernsthafte Gespräche fange ich immer so an. Sich nichts vormachen. Dann spricht es sich viel leichter. Ich heiße Martin.»

«Ich auch», entgegnete Martin Beck düster. Um gleich darauf hinzuzufügen: «Das kompliziert vielleicht die Angelegenheit.»

Diese Bemerkung schien den Mann zu überraschen. Er warf einen scharfen Blick zu Martin Beck hinüber, um sich zu vergewissern, daß sich hier niemand über ihn lustig machte. Dann lachte er schallend. «Ja, ja, natürlich. Sehr komisch. Hahaha.»

Er schwieg plötzlich und widmete sich dem Haustelefon. Drückte nervös auf die Knöpfe, während er murmelte: «Tatsächlich, wirklich furchtbar komisch.» Aber seine Stimme verriet keine Spur von Lustigkeit. «Bitte die Akte von Alf Matsson», rief er kurz darauf.

Eine Dame mittleren Alters kam mit einer Mappe herein und legte sie vor ihn auf den Tisch. Er würdigte sie keines Blickes. Als sie die Tür geschlossen hatte, richtete er seinen kalten, unpersönlichen Fischblick auf Martin Beck und schlug dabei den Schnellhefter auf; er enthielt nur ein einziges Blatt Papier, übersät mit hingeworfenen Bleistiftnotizen.

«Eine delikate und höchst unangenehme Geschichte», meinte er.

«In welcher Hinsicht?» erkundigte sich Martin Beck.

«Ist dir der Name Alf Matsson bekannt?»

Martin Beck schüttelte den Kopf.

«Nein? Das wundert mich. Journalist. Hauptsächlich bei der Wochenpresse. Arbeitet auch fürs Fernsehen und einige Filmgesellschaften. Tüchtiger Kerl. Hier.» Er zog ein Fach heraus und kramte darin, darauf in einem anderen, hob schließlich die Schreibunterlage hoch und fand, was er suchte. «Ich hasse Unordnung», stieß er hervor und warf einen bösen Blick zur Tür hin.

Martin Beck sah sich die Karte an. Es handelte sich um eine sorgfältig mit der Maschine geschriebene Karteikarte mit gewissen Daten über eine Person namens Alf Matsson. Dieser war Journalist, angestellt bei einer der großen Wochenzeitungen, die Martin Beck niemals selber las, die er aber machtlos und mit schweigendem Ärger in den Händen seiner Kinder zu sehen pflegte. Außerdem war vermerkt, daß Alf Sixten Matsson 1934 in Göteborg geboren war. Angeheftet an die Karte war ein Paßbild. Martin Beck betrachtete mit schräggestelltem Kopf einen ziemlich jungen Mann mit Schnurrbart, kurzem, gepflegtem schwarzen Bart und runder Stahlbrille. Das Gesicht war völlig ausdruckslos; offenbar stammte das Bild von einem Fotoautomaten. Martin Beck legte die Karte auf den Tisch und blickte den Rothaarigen fragend an.

«Alf Matsson ist verschwunden», erklärte dieser beinahe entrüstet.

«Soso. Und die Nachforschungen haben kein Resultat ergeben?»

«Wir haben keine Nachforschungen angestellt und werden auch keine Suchmeldung herausgeben.» Der Mann starrte ausdruckslos vor sich hin.

Martin Beck erkannte nicht sofort, daß der wäßrige Blick von stahlharter Entschlußkraft zeugte, und runzelte leicht die Augenbrauen. «Seit wann ist er denn verschwunden?»

«Seit zehn Tagen.»

Die Antwort erstaunte ihn nicht sonderlich. Hätte der Mann zehn Minuten oder drei Jahre gesagt, würde es ihn auch nicht nennenswert berührt haben. Das einzige, was Martin Beck gerade jetzt in Erstaunen setzte, war die Tatsache, daß er hier im Außenministerium und nicht im Ruderboot draußen vor der Insel saß. Er sah auf die Uhr. Mit etwas Glück konnte er das Abendboot noch erreichen.

«Zehn Tage ist nicht sonderlich viel», meinte er milde.

Ein Beamter kam aus dem Nebenzimmer herein und griff so unmittelbar in das Gespräch ein, daß er an der Tür gelauscht haben mußte. Offenbar eine Art Aufpasser, dachte Martin Beck.

«In diesem Falle ist es mehr als viel», sagte der Mann. «Die Umstände sind nämlich ziemlich außergewöhnlich. Alf Matsson flog am 22. Juli im Auftrag seiner Zeitung nach Budapest, um ein paar Reportagen zu schreiben. Am Montag sollte er seine Redaktion in Stockholm anrufen und den Text für seinen wöchentlichen Artikel durchgeben. Er rief aber nicht an. Dazu ist zu bemerken, daß Alf Matsson in Zeitungskreisen als zuverlässiger Lieferant gilt. Mit anderen Worten: Bisher pflegte er seine Manuskripte immer pünktlich zu den vereinbarten Terminen abzuliefern. Zwei Tage später rief die Redaktion in seinem Budapester Hotel an. Matsson wohnte tatsächlich dort, war aber anscheinend gegenwärtig nicht im Hause. Der Redaktionssekretär hinterließ Bescheid, Matsson möchte in Stockholm anrufen, sobald er zurückkehrt. Man wartete darauf weitere zwei Tage, aber er meldete sich nicht. Darauf setzte man sich mit seiner Frau in Verbindung. Sie wohnt in Stockholm und hatte ebenfalls nichts gehört. Das braucht an und für sich nichts zu bedeuten, denn die beiden liegen in Scheidung. Am Sonnabend rief der Chefredakteur hier bei uns an. Man hatte inzwischen erneut Verbindung mit dem Budapester Hotel aufgenommen und die Auskunft erhalten, daß niemand Matsson in der Zwischenzeit zu Gesicht bekommen habe, daß seine Sachen sich jedoch noch in dem Zimmer befanden und sein Paß noch in der Rezeption liege.

Montag, also am 1. August, setzten wir uns mit unserer dortigen Botschaft in Verbindung. Sie wußten nichts über Matsson, erkundigten sich vorsichtig bei der ungarischen Polizei; doch diese zeigte sich ‹uninteressiert›. Dienstag erschien dann der Chefredakteur seiner Zeitung bei uns. Das wurde eine höchst unangenehme Besprechung.»

Der Rothaarige hatte sich endgültig in den Hintergrund drängen lassen. Mißvergnügt kaute er auf seinem Pfeifenstiel und sagte: «Das stimmt. Äußerst unangenehm.» Gleich darauf fügte er erklärend hinzu: «Dies hier ist mein Sekretär.»

«Nun», fuhr der Sekretär fort, «als Resultat der Unterredung setzten wir uns gestern inoffiziell mit der hiesigen Polizeidirektion in Verbindung, was dazu führte, daß Sie heute bei uns erschienen. Willkommen im übrigen.»

Sie schüttelten sich die Hand. Martin Beck verstand immer noch nicht, warum man ihn hatte kommen lassen. Nachdenklich rieb er den Nasenrücken.

«Ich begreife die ganze Angelegenheit nicht ganz», sagte er. «Warum hat die Zeitungsdirektion den Fall nicht in üblicher Weise gemeldet?»

«Das werde ich Ihnen sofort erklären. Der Chefredakteur, der gleichzeitig auch der Herausgeber der Zeitung ist, will keine offizielle Meldung machen oder eine polizeiliche Untersuchung beantragen, weil die Sache dann sofort zur Kenntnis der übrigen Presse gelangt. Matsson ist fester Mitarbeiter der Zeitung; er ist während einer Reportagereise im Ausland verschwunden. Darum betrachtet die Zeitung dies – mit Recht oder Unrecht – als ihre eigene Angelegenheit. Der Chefredakteur ist einerseits ehrlich beunruhigt wegen Matsson, aber andererseits beabsichtigt er, falls ihm wirklich etwas passiert sein sollte, die Sache journalistisch auszuschlachten. Für seine Zeitung wäre das ein sogenannter *scoop*, der die Auflage schlagartig in die Höhe treiben würde. Wenn Sie die Linie dieser Zeitung kennen, können Sie sich vielleicht vorstellen ... Tja, also einer ihrer Mitarbeiter ist verschwunden, und daß das gerade in Ungarn geschehen ist, macht die Neuigkeit noch viel aufregender.»

«Hinter dem Eisernen Vorhang», warf der Rothaarige mit Grabesstimme ein.

«Wir vermeiden diesen Ausdruck», fuhr der andere fort. «Ich hoffe, Sie sehen jetzt, wie prekär die Sache ist. Wenn sie gemeldet wird und in die Zeitung kommt, ist es schlimm genug, selbst wenn man damit rechnen darf, daß die Geschichte vernünftige Ausmaße behält und einigermaßen sachlich behandelt wird. Behält die Zeitung aber alles für sich und nutzt sie es für ihren eigenen meinungsbildenden Zweck aus, so würde ... weiß der Himmel, was daraus entstehen kann ... Damit könnten wichtige Beziehungen zerstört werden, die sowohl wir als auch andere mit viel Zeitaufwand mühsam aufgebaut haben. Als der Chefredakteur am Montag hier war, brachte er den Durchschlag eines druckfertigen Artikels mit, den zu lesen wir das zweifelhafte Vergnügen hatten und den er noch in dieser Woche veröffentlichen wollte. Ich brauche Ihnen wohl nicht zu sagen, welche Katastrophe das wäre. Wir mußten unsere ganze Überzeugungskraft einsetzen, an seine Vaterlandsliebe und sein moralisches Gewissen appellieren, um die sofortige Publikation zu verhindern. Zum Schluß stellte der Chefredakteur ein Ultimatum:

Wenn Matsson sich nicht von selbst meldet oder wenn wir ihn nicht bis Ausgang nächster Woche gefunden haben ... ja, dann knallt's.»

Martin Beck massierte seinen Haaransatz. «Die Zeitung unternimmt vermutlich eigene Nachforschungen», wandte er ein.

Der Beamte blickte abwesend auf seinen Vorgesetzten, der nun gewaltsam auf der Pfeife qualmte. «Ich hatte den Eindruck, daß sich die Bemühungen der Zeitung in Grenzen halten. Daß deren Aktivitäten in diesem speziellen Punkt vorläufig auf Eis gelegt sind. Im übrigen scheinen die nicht den geringsten Zweifel zu hegen, wo Matsson sich im Augenblick aufhält.»

«Aber es steht fest, daß der Mann verschwunden ist», sagte Martin Beck.

«Ja genau. Und das ist äußerst beunruhigend.»

«Er kann sich doch nicht einfach in Luft aufgelöst haben», warf der Rothaarige ein.

Martin Beck stützte den linken Ellbogen auf die Tischkante, ballte die Hand und preßte die Nasenwurzel gegen die Knöchel. Das Bild des Dampfbootes und der Insel und der Brücke wurde immer diffuser und entfernte sich mehr und mehr.

«Und was soll ich dabei tun?»

«Das war unsere Idee. Wir wußten natürlich nicht, daß man Sie schicken würde. Wir können den Fall nicht klären, zumindest nicht innerhalb von zehn Tagen. Was geschehen ist, ob der Mann sich aus irgendeinem Grund verborgen hält, ob er sich das Leben genommen hat, ob er einen Unfall gehabt hat oder ... etwas anderes ... ist schließlich eine polizeiliche Angelegenheit. Ich meine insofern, als die Aufgabe nur von einem Fachmann gelöst werden kann. Deshalb setzten wir uns – ganz inoffiziell – mit der obersten Polizeileitung in Verbindung. Jemand scheint Sie empfohlen zu haben. Nun geht es wohl nur darum, ob Sie die Sache übernehmen wollen. Daß Sie überhaupt hergekommen sind, deutet wohl darauf hin, daß Sie von Ihrem übrigen Dienst freigestellt werden können.»

Martin Beck verkniff sich ein Lachen. Die beiden Ministerialbeamten betrachteten ihn streng. Vermutlich fanden sie sein Verhalten unpassend.

«Ja, sicher kann ich freigestellt werden.» Er dachte an das Netz und das Ruderboot. «Nun aber mal konkret: Was soll ich Ihrer Meinung nach tun?»

Der Beamte zuckte die Achseln. «Hinreisen, nehme ich an. Ihn suchen. Sie können sich morgen auf den Weg machen, wenn Sie wollen. Alles ist geordnet. Wir haben unsere Kanäle. Sie werden befristet in unserer Abrechnungsliste geführt, aber Sie haben keinen offiziellen Auftrag. Wir helfen natürlich auf jede denkbare Weise mit. Sie können beispielsweise dort unten mit der Polizei Verbindung aufnehmen, wenn Sie wollen – oder es auch lassen. Und Sie können, wie gesagt, morgen fahren.»

Martin Beck dachte nach. «Dann also übermorgen.»

«Wie Sie wollen.»

«Ich gebe heute nachmittag Bescheid.»

«Überlegen Sie nur nicht zu lange.»

«Ich rufe in einer Stunde wieder an. Auf Wiedersehen.»

Der Rothaarige sprang auf und eilte um den Schreibtisch herum. Er schlug Martin Beck mit der linken Hand auf die Schulter und schüttelte ihm mit der rechten die Hand. «Das wär's dann wohl, Martin. Und tu, was du kannst. Die Sache ist wichtig.»

«Das ist sie tatsächlich», versetzte der andere.

«Ja», sagte der Rothaarige. «Wir können uns keine neue Wallenberg-Affäre leisten.»

«Das war genau das Wort, das nicht erwähnt werden durfte», gab der andere mit müder Verzweiflung zurück.

Martin Beck nickte und ging.

«Dann willst du also tatsächlich fahren?» fragte Hammar.

«Ich weiß nicht recht. Ich kann ja nicht einmal die Sprache.»

«Die kann auch keiner von uns anderen. Daran haben wir auch schon gedacht. Im übrigen soll man dort mit Deutsch und Englisch durchkommen.»

«Seltsame Geschichte.»

«Eine dumme Geschichte», bestätigte Hammar. «Aber ich weiß etwas, was die im Außenministerium nicht wissen. Wir haben eine Akte über ihn.»

«Alf Matsson?»

«Ja. Sie lag bei der ehemaligen dritten Abteilung – im Geheimfach.»

«Gegenspionage?»

«Richtig. Die Sicherheitsabteilung der Reichspolizeidirektion hatte vor drei Monaten eine Untersuchung durchgeführt.»

Es donnerte ohrenbetäubend an der Tür, und Kollberg steckte den

Kopf herein. Erstaunt starrte er Martin Beck an. «Was machst du denn hier?»

«Ich verbringe meine Ferien bei euch.»

«Was ist das eigentlich für eine Geheimniskrämerei, die hier vor sich geht? Soll ich mich verziehen? Ebenso leise und unbemerkt, wie ich gekommen bin?»

«Ja», sagte Hammar. «Das heißt: nein. Ich hab's satt mit der Geheimniskrämerei. Komm rein und mach die Tür zu.»

Er nahm eine Archivmappe aus der Schreibtischschublade. «Es war eine reine Routineuntersuchung», berichtete er, «die keine weiteren Maßnahmen nötig machte. Aber es findet sich einiges darin, was für jemanden, der sich mit der Sache befassen will, möglicherweise interessant sein könnte.»

«Was geht hier eigentlich vor?» rief Kollberg. «Seid ihr unter die Geheimdetektive gegangen?»

«Wenn du dich nicht ruhig verhältst, fliegst du raus. Warum hat sich die Gegenspionage mit Matsson befaßt?»

«Die Paßstelle hat ihre kleinen Eigenheiten. In Arlanda schreibt man zum Beispiel die Namen der Leute auf, die in europäische Länder mit Visumzwang reisen. Irgendein heller Kopf, der ihre Bücher ansah, stolperte darüber, daß dieser Matsson etwas viel in der Weltgeschichte umherreist. Nach Warschau, Prag, Budapest, Sofia, Bukarest, Konstanza, Belgrad. Sein Paß war in kurzer Zeit vollgestempelt. Worauf die Sicherheitsabteilung eine kleine Geheimuntersuchung anberaumte. Sie erkundigte sich beispielsweise bei der Zeitung, für die er arbeitet.»

«Und was sagte die Redaktion?»

«Die bestätigte, daß Alf Matsson völlig legal in ihrem Auftrag umherreiste. Matsson gilt bei ihnen als Experte für osteuropäische Fragen. Viel mehr brachte die weitere Untersuchung nicht ans Licht, aber seht euch die Unterlagen doch selbst an. Ihr könnt ruhig hier bleiben, aber ich möchte jetzt nach Hause. Und heute abend werde ich mir einen James Bond-Film ansehen. Tschüß.»

Martin Beck schlug die Personalakte auf und begann zu lesen. Als er mit der ersten Seite fertig war, schob er sie Kollberg hinüber, der das Blatt zwischen die Fingerspitzen nahm und es schräg vor sich legte. Martin Beck sah ihn fragend an.

«Ich schwitze so fürchterlich», sagte Kollberg. «Will diese Geheimpapiere nicht beschmutzen.»

Martin Beck nickte. Er selber schwitzte nur, wenn er erkältet war. Die nächste halbe Stunde sprachen sie kein Wort.

Die Akte bot nicht viel von unmittelbarem Interesse, aber sie war sorgfältig zusammengestellt. Alf Matsson war nicht 1934 in Göteborg geboren, sondern in Mölndal, im Jahre 1933. Er hatte seine journalistische Karriere 1952 in einer Kleinstadt begonnen und war bei mehreren Tageszeitungen tätig gewesen, bis er im Jahre 1955 als Sportjournalist nach Stockholm kam. Als Sportberichterstatter hatte er verschiedene Auslandsreisen gemacht, u. a. zu den Olympischen Spielen nach Melbourne und Rom. Eine Reihe seiner früheren Chefs bescheinigten ihm, daß er ein geschickter Journalist sei. Bis 1961 hatte er für Tageszeitungen gearbeitet, danach ging er zu der Wochenzeitung, bei der er jetzt noch tätig war. Während der letzten vier Jahre hatte er sich auf Auslandsreportagen verschiedenster Art spezialisiert, von Politik und Wirtschaft bis zu Sport und Popmusik. Er hatte Abitur und sprach fließend Englisch und Deutsch, einigermaßen Spanisch und etwas Französisch und Russisch. Er bezog ein Jahresgehalt von etwas über 40 000 Kronen und war zweimal verheiratet gewesen. Die erste Ehe wurde 1954 geschlossen und ein Jahr später wieder geschieden. 1961 heiratete er zum zweitenmal. Er hatte zwei Kinder; eine Tochter aus erster Ehe und einen Sohn aus der zweiten.

Mit rühmenswertem Fleiß ging der Verfasser des Berichts nun zu Matssons Schattenseiten über. Mehrfach hatte Matsson versäumt, den Unterhalt für sein ältestes Kind zu zahlen. Seine erste Frau bezeichnete ihn als einen «versoffenen und brutalen Burschen». In Parenthese wurde darauf hingewiesen, daß sie diese Behauptung nicht überzeugend bewiesen habe. Es fanden sich indessen einige andere Hinweise, daß Alf Matsson trank, u. a. in der Aussage eines früheren Arbeitskollegen; nach dessen Angabe war er «ein netter Kerl, aber unangenehm, wenn er voll war». Doch nur einer dieser Hinweise war tatsächlich belegt. In der Nacht zu den Heiligen Drei Königen im Jahre 1966 hatte eine Funkstreife in Malmö ihn zur Unfall-Poliklinik ins Allgemeine Krankenhaus gebracht, weil er beim Streit mit einem gewissen Bengt Jönsson, bei dem er vorübergehend wohnte, einen Messerstich in die Hand bekommen hatte. Der Fall war bei der Kriminalpolizei protokolliert; es war jedoch nicht zur Anklage gekommen, da Matsson keine Anzeige machen wollte. Zwei Polizisten mit Namen Kristiansson und Kvant hatten indessen Matsson wie auch Jönsson als schwer alkoholisiert bezeichnet; der Fall wurde daraufhin registriert.

Die Aussage seines gegenwärtigen Chefs, eines Redakteurs Eriksson, war herablassend im Ton. Matsson galt bei ihnen offiziell als «Experte für Osteuropa» (soweit ein Blatt wie dieses überhaupt einen solchen benötigte), und die Leitung der Redaktion sah sich nicht veranlaßt, der Polizei gegenüber auf weitere Einzelheiten einzugehen. Matsson war, hieß es weiter, «sehr interessiert und gut beschlagen in osteuropäischen Fragen, er kam oft mit eigenen Vorschlägen und hatte wiederholt einen lobenswerten Eifer an den Tag gelegt, freie oder Urlaubstage geopfert, um irgendwelchen Reportagen nachzugehen und sich oft genug nicht einmal die Kosten zurückerstatten lassen».

Ein früherer Leser der Akte hatte es für richtig gehalten, diese Beurteilung rot zu unterstreichen. Hammar konnte es kaum gewesen sein. Er strich nicht in Berichten anderer herum.

Eine Einzelaufstellung von Artikeln, die Matsson publiziert hatte, zeigte, daß diese so gut wie ausschließlich aus Interviews mit berühmten Sportlern, Reportagen über Sportfragen, über Filmsternchen und verschiedene Erscheinungen des Vergnügungslebens bestanden.

Die Mappe enthielt verschiedenes im gleichen Stil. Als er fertig gelesen hatte, sagte Kollberg:

«Eigenartig uninteressanter Mann.»

«Nur eines paßt nicht in den Rahmen ...»

«Daß er verschwunden ist, meinst du?»

«Genau das», sagte Martin Beck.

Eine Minute später drehte er die Nummer vom Außenministerium. Erstaunt hörte Kollberg ihn sagen:

«Martin? Ja, grüß dich, Martin, hier ist Martin.»

Martin Beck schien eine Weile mit gequältem Gesichtsausdruck zuzuhören. Dann sagte er:

«Ja, ich fahre hin.»

4

Das Haus war alt und hatte keinen Fahrstuhl. MATSSON stand oben auf dem Namensschild an der Tür, und als Martin Beck sich die fünf steilen Steintreppen hinaufgeschleppt hatte, war er außer Atem und hatte Herzklopfen. Er wartete eine Weile, dann klingelte er an der Türglocke.

Die Frau, die öffnete, war klein und blond. Sie trug lange Hosen und einen Pulli und hatte einen harten Zug um den Mund. Martin Beck schätzte sie auf Anfang Dreißig.

«Kommen Sie rein», sagte sie und hielt die Tür auf.

Er hatte vor einer Stunde mit ihr telefoniert und erkannte ihre Stimme wieder.

Der Flur war groß und unmöbliert bis auf eine lange Bank aus unbehandeltem Holz an der einen Wand. Ein kleiner Junge von zwei, drei Jahren kam aus der Küche herbei. Er hatte ein angebissenes Stück Kuchen in der Hand und ging direkt auf Martin Beck zu, baute sich vor ihm auf und hielt ihm eine schmutzige kleine Faust entgegen.

«Tag», sagte er.

Dann wandte er sich um und lief ins Wohnzimmer. Die Frau ging hinterher und schob den Jungen beiseite, der sich mit selbstverständlichem Juchzen in den einzigen bequemen Sessel des Zimmers gesetzt hatte. Der Junge wehrte sich schreiend. Da trug sie ihn ins Nebenzimmer und schloß die Tür. Sie setzte sich aufs Sofa und steckte sich eine Zigarette an.

«Sie wollen nach Alf fragen. Ist ihm etwas zugestoßen?»

Martin Beck setzte sich zögernd in den Sessel. «Nicht daß ich wüßte. Er hat nur seit zwei Wochen nichts von sich hören lassen. Weder bei der Zeitung, soweit ich unterrichtet bin, noch bei Ihnen. Sie wissen nicht zufällig, wo er sich aufhalten mag?»

«Keine Ahnung. Aber das heißt nichts – wir leben mehr oder weniger getrennt. Vor vier Wochen hab ich ihn das letzte Mal gesehen, und davor hab ich einen ganzen Monat lang nichts von ihm gehört.»

Martin Beck blickte zu der geschlossenen Tür hin. «Aber der Junge? Pflegt er nicht ...»

«Er hat sich nie viel um den Jungen gekümmert und jetzt schon gar nicht mehr», sagte sie. «Er schickt uns jeden Monat Geld. Aber das ist ja auch wohl nicht mehr als recht und billig.»

«Verdient er gut bei der Zeitung?»

«Das muß er wohl, denn er ist immer gut bei Kasse. Geizig ist er nicht, das muß man ihm lassen. Ich komme gut mit dem Geld aus. Dabei hat er bestimmt noch genug für sich übrig – er braucht auch viel, für Restaurantbesuche und Taxifahrten und so. Jetzt habe ich mir eine Arbeit gesucht und verdiene selbst ein wenig.»

«Seit wie lange sind Sie geschieden?»

«Wir sind nicht offiziell geschieden. Soweit ist es noch nicht. Aber als er vor fast acht Monaten eine Wohnung bekam, zog er aus. Schon vorher war er so oft von zu Hause weg, daß sich kaum ein Unterschied ergeben hat.»

«Aber ich nehme an, daß Sie seine Freunde und seine Gewohnheiten kennen und wissen, wo er sich häufiger aufhält.»

«Jetzt nicht mehr. Aufrichtig gesagt, weiß ich überhaupt nicht, was er treibt. Früher pflegte er öfter mit seinen Kollegen zusammen zu sein. Sie trafen sich meistens in einem Restaurant, *Tennstopet* heißt es, glaub ich. Ob er da immer noch hingeht, weiß ich nicht, ich weiß nicht mal, ob es nicht schon längst abgerissen ist.»

Sie drückte die Zigarette im Aschenbecher aus und ging zur Tür, um zu horchen. Dann öffnete sie sie vorsichtig und ging hinein. Nach einer Weile kam sie wieder heraus und schloß die Tür ebenso vorsichtig hinter sich. «Er schläft», sagte sie.

«Netter kleiner Junge», meinte Martin Beck.

«Ja, er ist lieb.»

Sie schwiegen eine Weile.

«War Alf nicht auf Reportage in Budapest? Ich meine so etwas gehört zu haben. Kann er nicht dort geblieben sein? Oder von dort weitergereist sein?»

«Pflegte er so etwas häufiger zu tun? Wenn er auf Dienstreisen war?»

«Nein», gab sie zögernd zu. «Eigentlich nicht. Er ist zwar nicht besonders ordentlich, und er trinkt viel, aber solange wir zusammen waren, nahm er es mit seinem Beruf sehr genau. Er war auch immer sehr verläßlich mit der Ablieferung seiner Manuskripte, wenn er einen Termin zugesagt hatte. Oft saß er nächtelang auf und schrieb, um sie rechtzeitig vorzulegen.»

Sie sah Martin Beck an. Zum erstenmal während dieser Unterredung bemerkte er eine vage Unruhe in ihrem Blick.

«Das ist tatsächlich seltsam. Ich meine, daß er nicht der Zeitung gegenüber von sich hat hören lassen. Vielleicht ist ihm etwas zugestoßen.»

«Haben Sie eine Idee, was ihm passiert sein könnte?»

Sie schüttelte den Kopf. «Nein, keine Ahnung.»

«Sie sagten vorhin, daß er trinkt», fuhr Martin Beck fort. «Trinkt er viel?»

«Ja. Zumindest zwischendurch. Die letzte Zeit, die er hier wohnte, kam er oft betrunken nach Hause. Wenn er überhaupt nach Hause kam.»

Der bittere Zug um ihren Mund war nun wieder da.

«Und wirkte sich das nicht auf seine Arbeit aus?»

«Merkwürdigerweise nicht. Als er bei dieser Wochenzeitung begann, bekam er oft Sonderaufträge. Reisereportagen und so etwas. Zwischendurch hatte er wenig zu tun, in der Redaktion brauchte er nicht anwesend zu sein, hatte oft frei. Die Zeit nützte er, um zu trinken. Manchmal kam er tagelang nicht heim und hockte die ganze Zeit in der Kneipe.»

«Hm ...» machte Martin Beck. «Können Sie mir die Namen von einigen geben, mit denen er damals zusammenkam?»

Sie nannte drei Namen, die Martin Beck noch nie gehört hatte, und er schrieb sie auf eine Taxiquittung, die er aus der Brieftasche holte.

Während sie ihm zusah, sagte sie: «Ich dachte, Polizisten hätten immer kleine Notizbücher mit schwarzem Umschlag, worin sie alles aufschreiben. Aber das ist wahrscheinlich nur so in Büchern oder im Kino.»

Martin Beck stand auf.

«Wenn Sie etwas von ihm hören, würden Sie mich dann wohl benachrichtigen?» bat sie.

«Natürlich», versprach Martin Beck. Auf dem Flur wandte er sich noch einmal um. «Ach ja, ich brauche noch seine Adresse.»

«Fleminggatan 34.»

«Haben Sie einen Wohnungsschlüssel?»

«Nein. Ich bin noch nie dort gewesen.»

An der Tür stak ein Kärtchen mit dem Namen MATSSON darauf. Das Schloß war von einfacher Konstruktion und bereitete Martin Beck keine Schwierigkeiten. Daß er ein Dienstvergehen beging, war ihm durchaus bewußt. Auf der Matte hinter der Tür lag Post, die aus einigen Reklame-Drucksachen bestand, einer Ansichtskarte aus Madrid, von einem gewissen Bibban, wenn er den Namen richtig entzifferte, einer englischen Motorsportzeitschrift und einer Rechnung des Elektrizitätswerkes über 28,45 Kronen.

Die Wohnung bestand aus zwei großen Räumen, Küche, Flur und Toilette. Ein Badezimmer war nicht vorhanden, aber zwei große Wandschränke. Die Luft in der Wohnung war schwer und abgestanden.

In dem größten Raum, der zur Straße hin lag, befanden sich ein Bett, ein Nachttisch, Bücherregale, ein niedriger runder Tisch mit Glasplatte, zwei Sessel, ein Schreibtisch und zwei Stühle. Auf dem Nachttisch stand ein Grammophon, und auf dem darüberliegenden Bord lag ein Stapel Langspielplatten. Martin Beck las auf dem obersten Umschlag: *Blue Monk*. Das sagte ihm nichts. Auf dem Schreibtisch lag ein Packen Schreibmaschinenpapier, eine Morgenzeitung vom 20. Juli, eine Taxiquittung über 6,50, datiert vom 18. 7., ein deutsch-schwedisches Lexikon, ein Vergrößerungsglas und die Drucksache eines Jugendklubs. Weiter ein Telefon, das Telefonbuch und zwei Aschenbecher. Die Seitenfächer enthielten alte Zeitungsexemplare, Reportagebilder, Quittungen, einige Briefe und Ansichtskarten sowie einen Berg Manuskriptdurchschläge.

Das zum Innenhof hinausführende Zimmer war nur mit einer schmalen Couch mit hellroter Decke, einem Stuhl und einem Schemel, der als Nachttisch diente, möbliert. Das Fenster hatte keine Gardinen.

Martin Beck öffnete die Türen zu beiden Wandschränken. Einer enthielt einen fast leeren Wäschesack, und auf den Borden lagen, teilweise noch mit der Banderole aus der Reinigung, Hemden, Pullover und Unterzeug. In dem anderen hingen zwei Blazer, ein dunkelblauer Flanellanzug, drei Hosen und ein Wintermantel. Drei Bügel waren leer. Auf dem Fußboden standen ein Paar derbe braune Schuhe mit Gummisohlen, ein Paar dünnere schwarze, ein Paar Stiefel und Überschuhe. Im Fach oberhalb des einen Wandschranks entdeckte er eine große Reisetasche. Das zweite obere Schrankfach war leer.

Martin Beck sah sich in der Küche um. Schmutziges Porzellan war nicht zu entdecken, aber auf dem Abwaschtisch standen zwei Gläser und ein Becher. Die Speisekammer enthielt nur einige leere Weinflaschen und zwei Konservendosen. Martin Beck dachte an seine eigene Speisekammer, die er ganz umsonst aufgeräumt hatte.

Er ging noch einmal durch die Wohnung. Das Bett war gemacht, die Aschenbecher geleert. Er entdeckte weder Paß, Geld, Bankbücher oder etwas anderes von Wert in den Schreibtischschubladen. Nichts deutete darauf hin, daß Alf Matsson zu Hause gewesen war, nachdem er vor zwei Wochen die Wohnung verlassen hatte und nach Budapest gereist war.

Martin Beck verließ Alf Matssons Wohnung, wartete eine Weile an einem leeren Taxistand auf Fleminggatan, um schließlich mit der Straßenbahn nach St. Eriksgatan zu fahren, denn zur Lunchzeit gab es wie üblich keine freien Taxis.

Die Uhr war nach eins, als er den Speisesaal in *Tennstopet* betrat. Alle Tische waren besetzt, und die gehetzten Kellnerinnen nahmen keinerlei Notiz von ihm. Irgendein Ober war nicht in Sicht. Er ging hinüber ins Restaurant auf der anderen Seite des Flurs. Ein dicker Kerl in einer Manchesterjacke sammelte gerade seine Zeitungen zusammen und erhob sich von einem runden Tisch in der Ecke an der Tür. Martin Beck setzte sich auf den freigewordenen Platz. Auch hier waren alle Tische besetzt, aber einige Gäste waren gerade dabei, zu zahlen.

Er bestellte beim Oberkellner ein Schinkenbrot, nannte die Namen der drei Journalisten und fragte, ob einer der Herren anwesend sei.

«Redakteur Molin sitzt dort drüben, die anderen habe ich heute nicht gesehen. Die kommen wohl etwas später.»

Martin Beck folgte dem Blick des Obers zu einem Tisch, wo fünf Männer mittleren Alters saßen und sich angeregt unterhielten.

«Welcher der Herren ist Redakteur Molin?»

«Der Herr mit dem Bart», sagte der Ober und ging.

Martin Beck betrachtete bekümmert die fünf Männer. Drei von ihnen waren bärtig.

Als die Kellnerin ihm Brot und Bier hinstellte, hielt er sie zurück: «Fröken, wer von den Herren dort drüben ist wohl Redakteur Molin?»

«Der mit dem Bart.» Sie folgte seinem leicht verzweifelten Blick. «Der neben dem Fenster», fügte sie hinzu.

Langsam verzehrte Martin Beck sein Schinkenbrot. Der Mann, der Molin hieß, bestellte gerade ein neues Glas Bier.

Martin Beck wartete. Allmählich leerte sich das Lokal. Nach einer Weile bekam Molin sein neues Glas. Martin Beck hatte sein Brot verzehrt, bestellte sich einen Kaffee und wartete weiter.

Schließlich erhob sich der Bärtige von seinem Fensterplatz und ging zum Flur. Als er an Martin Becks Tisch vorbeiging, hielt dieser ihn an:

«Herr Molin?»

Der Mann stutzte. «Einen Augenblick bitte», sagte er und ging weiter.

Nach einer Weile kehrte er zurück, atmete tief, pustete Martin Beck seine Fahne ins Gesicht und fragte:

«Kennen wir uns?»

«Nein, noch nicht», antwortete Martin Beck. «Hätten Sie einen Moment Zeit – wir könnten ein Bier zusammen trinken. Ich hätte nämlich ein paar Fragen an Sie ...»

Er hörte selber, daß seine Worte nicht besonders gut klangen und schon von weitem nach Polizei rochen. Aber sie erfüllten ihren Zweck. Molin setzte sich. Er hatte blondes, schütteres Haar, das nach vorn in die Stirn gekämmt war, und einen rötlichen und gut gepflegten Bart. Der Mann war etwa fünfunddreißig und ziemlich fett. Er winkte eine Kellnerin herbei.

«Du, Stina, bring mir einen Runden.»

Die Kellnerin nickte und sah Martin Beck fragend an.

«Das gleiche für mich», sagte er.

Ein Runder erwies sich als ein bauchiges, bedeutend größeres Glas als das schon reichlich große, das er selbst zu seinem Schinkenbrot getrunken hatte.

Molin nahm einen tiefen Schluck und wischte sich den Schnurrbart mit dem Taschentuch ab. «Also», begann er. «Worüber möchten Sie mit mir reden? Über Ågren?»

«Über Alf Matsson», sagte Martin Beck. «Sie sind doch mit ihm befreundet.»

Das klang immer noch nicht sehr überzeugend; er korrigierte sich: «Oder gut bekannt, nicht wahr?»

«Ja sicher. Was ist denn mit ihm? Hat er Schulden bei Ihnen?» Molin blickte Martin Beck halb mißtrauisch und halb überheblich an. «Wenn ja, möchte ich gleich im vornherein erklären, daß ich kein Inkassobüro bin.»

Hier galt es, vorsichtig zu sein. Der Mann war ja auch außerdem Journalist.

«Nein, darum geht es nicht», sagte Martin Beck.

«Was wollen Sie denn von Alf?»

«Alf und ich kennen uns seit langem. Wir arbeiteten in derselben … wir haben vor mehreren Jahren zusammengearbeitet. Nun traf ich ihn rein zufällig vor einigen Wochen, und da versprach er, mir eine Sache zu erledigen. Aber seither hab ich nichts mehr von ihm gehört. Er erwähnte damals mehrfach Ihren Namen und da dachte ich, vielleicht wissen Sie, wo er sich befindet.»

Etwas erschöpft von dieser oratorischen Kraftanstrengung nahm Martin Beck einen tiefen Schluck aus seinem Bierglas. Der andere folgte seinem Beispiel.

«Ach so, jetzt verstehe ich … Du bist ein alter Kumpel von Alf. Tatsache ist, daß ich mich auch schon gewundert habe, wo der Kerl steckt. Aber er ist wohl noch in Ungarn, nehme ich an. Hier in der Stadt ist er jedenfalls nicht. Sonst hätte ich ihn hier sehen müssen.»

«In Ungarn? Was macht er denn da?»

«Ach, eine Reportage für seine Zeitung. Aber eigentlich hätte er schon zurück sein müssen. Er wollte eigentlich nur ein paar Tage wegbleiben.»

«Dann hast du ihn vor seiner Abreise noch gesprochen?»

«Klar, am Abend vorher. Tagsüber haben wir hier rumgehockt, und abends gingen wir dann noch weiter.»

«Ihr beide?»

«Ja, und noch ein paar andere. Wart mal, wer war da noch alles dabei. Pelle Kronkvist und Stickan Lund auf jeden Fall. Wir hatten alle ganz schön geladen. Ja, Åke und Pia waren auch mit. Åke müßtest du dann wohl auch kennen?»

Martin Beck überlegte. Sehr ergiebig schien die Unterredung nicht zu werden … «Åke, ich weiß nicht. Welcher Åke?»

«Åke Gunnarsson», sagte Molin und sah zu dem Tisch hin, wo er vorher gesessen hatte. Zwei der Männer waren in der Zwischenzeit gegangen. Die beiden übrigen saßen schweigend über ihren Biergläsern.

«Der dort drüben», deutete Molin. «Der mit dem Bart.»

Einer der Bärte war gegangen, so daß es nun keinen Zweifel gab, welcher Gunnarsson war. Der Mann sah recht seriös aus.

«Nein», entgegnete Martin Beck. «Ich glaube nicht, daß ich ihn kenne. Für wen schreibt er?»

Molin nannte den Namen eines Blattes, von dem Martin Beck noch nie gehört hatte; dem Namen nach konnte es eine Art Motor- und Autozeitschrift sein.

«Åke ist in Ordnung. An dem Abend war er ganz schön blau, erinnere ich mich. Passiert ihm eigentlich selten, egal, wieviel er auch in sich hineinkippt.»

«Und seitdem hast du Alf nicht mehr gesehen?»

«Was soll denn die dämliche Fragerei? Willst du mich nicht auch noch fragen, wie es mir geht?»

«Na klar. Wie geht's dir denn?»

«Ganz furchtbar miserabel. Der Kater, und dann Ågren.»

Molins fettes Gesicht verdüsterte sich. Als ob er den letzten Rest der Freude an diesem Dasein auslöschen wollte, trank er sein Glas mit einem einzigen riesigen Schluck aus. Zog sein Taschentuch hervor und bearbeitete mit finsterem Blick seinen vom Bierschaum feuchten Schnurrbart.

«Die müßten das Bier in Barttassen servieren», brummte er. «Eine aufmerksame Bedienung gibt es heutzutage nirgends mehr.»

Nach einer kurzen Pause fuhr er fort:

«Das letzte, was ich von Alf gesehen habe, war, wie er in der *Opera-Bar* einen Grog über ein Mädchen ausgoß. Am nächsten Morgen fuhr er nach Budapest. Der arme Kerl, muß ein fürchterlicher Flug gewesen sein bei dem Kater. Hoffentlich flog er nicht mit der SAS.»

«Und seither hast du nichts von ihm gehört?»

«Wir pflegen nicht miteinander zu korrespondieren, wenn wir auf Reportage sind», sagte Molin würdevoll. «An was für einer blöden Zeitung arbeitest du eigentlich? Der Kindergarten? Na, wollen wir uns noch einen Runden genehmigen?»

Eine halbe Stunde und zwei Runde später glückte es Martin Beck, sich von Molin loszueisen, nachdem er ihm zehn Kronen geliehen hatte. Als er ging, hörte er die Stimme des Mannes hinter sich:

«Hallo, Fia, noch einen Runden für mich.»

5

Das Flugzeug war eine Iljushin 18 Turbo-Prop-Maschine der ČSA. Sie erhob sich in steiler Kurve über Kopenhagen, Saltholm und dem sonnenglitzernden Öresund.

Martin Beck saß am Fenster. Unter sich sah er die Insel Ven mit dem Wasserfall, der Kirche und dem kleinen Hafen. Bevor das Flugzeug auf Südkurs ging, konnte er gerade einen Schlepper um den Pier herumfahren sehen.

Normalerweise reiste er gern. Aber diesmal wurde die Reisefreude von der Enttäuschung über den verpatzten Urlaub überschattet. Außerdem hatte seine Frau einfach nicht begreifen wollen, daß er den Auftrag praktisch nicht hatte ablehnen können. Am vergangenen Abend hatte er versucht, ihr die Sache telefonisch zu erklären, was ihm aber nicht recht gelungen war.

«Für die Kinder und mich interessierst du dich überhaupt nicht mehr», hatte sie gesagt. Um dann fortzufahren: «Als ob es keine anderen Polizisten gäbe als dich. Mußt du denn alles ganz allein machen?»

Er hatte versucht ihr zu erklären, daß er weiß Gott lieber in die Schären gefahren wäre, aber sie war weiterhin unzugänglich geblieben. Außerdem hatte ihre Argumentation einen bedauerlichen Mangel an Logik aufgewiesen.

«Dann fährst du also nach Budapest, um dich dort zu amüsieren, während die Kinder und ich einsam hier auf der Insel sitzen dürfen.»

«Ich reise nicht zu meinem Privatvergnügen.»

«Das soll ich glauben?»

Schließlich hatte sie mitten im Satz aufgelegt. – Er wußte, sie würde sich ziemlich bald wieder beruhigen, und er hatte darum nicht versucht, wieder anzurufen.

Jetzt, in 5000 Meter Höhe, klappte er die Rückenlehne nach hinten, steckte sich eine Zigarette an und ließ die Gedanken an Insel und Familie auf den Boden seines Bewußtseins herabsinken.

Während des Aufenthalts in Schönefeld trank er in der Transithalle ein Bier. Radeberger stand auf dem Etikett. Das Bier war ausgezeichnet, und später sollte er sich wieder an den Namen erinnern, aber das wußte er zu diesem Zeitpunkt noch nicht. Der Ober unterhielt ihn in der klassischen Mundart seiner Berliner Heimat; Martin Beck verstand kaum ein Wort und fragte sich düster, wie es wohl weitergehen werde.

In einem Korb neben dem Eingang lagen deutschsprachige Heftchen. Er nahm auf gut Glück eins mit, um während der Wartezeit etwas zum Lesen zu haben. Außerdem schadete es nichts, wenn er sein Deutsch etwas auffrischte.

Das Heft war vom Journalistenverband der DDR herausgegeben und handelte vom Springer-Konzern, einem der mächtigsten Zeitungs- und Zeitschriften-Verlage in Westdeutschland, dessen höchster Chef, Axel Springer, früher unter Goebbels als Journalist tätig gewesen war. Es brachte Beispiele für die faschistische und friedensfeindliche Politik des Verlages und zitierte einige der leitenden Mitarbeiter, die ebenfalls eine Nazi-Vergangenheit hatten. Als sein Flugzeug aufgerufen wurde, stellte Martin fest, daß er fast das ganze Heft ohne besondere Schwierigkeiten durchgelesen hatte. Er steckte es ein und ging an Bord.

Nach einer Stunde Flugzeit setzte die Maschine zur Zwischenlandung an. Diesmal in Prag, einer Stadt, die Martin Beck schon immer gern einmal gesehen hätte. Jetzt mußte er sich mit einem kurzen Blick aus der Vogelperspektive auf die vielen Türme, Brücken und die Moldau begnügen; der Aufenthalt war zu kurz, um vom Flugplatz schnell einmal in die Stadt zu fahren.

Sein rothaariger Namensvetter im Außenministerium hatte bedauert, daß die Verbindung zwischen Stockholm und Budapest nicht die schnellste war, aber Martin Beck hatte nichts gegen die Aufenthalte, obwohl er von Berlin und Prag nicht mehr als die Flugplätze und Transithallen zu sehen bekam.

Martin Beck war noch nie in Budapest gewesen, und als das Flugzeug abgehoben hatte, nahm er sich die Broschüren vor, die ihm der Sekretär des Rothaarigen mitgegeben hatte. So erfuhr er unter anderem, daß Budapest eine Stadt von zwei Millionen Einwohnern war. Wie er in solch einer Riesenstadt einen Menschen aufspüren sollte, der möglicherweise freiwillig untergetaucht war, war ihm schleierhaft.

In Gedanken ging er noch einmal durch, was er über Alf Matsson wußte. Überwältigend viel war es nicht, und es erhob sich die Frage, ob es überhaupt etwas gab, was sich über den Mann zu wissen lohnte. Kollbergs Kommentar fiel ihm ein: *Eigenartig uninteressanter Mann ...* Warum sollte jemand wie Alf Matsson untertauchen wollen? Sofern er überhaupt aus freien Stücken verschwunden war. Eine Frau? Nicht sehr wahrscheinlich, daß er eine angenehme und gutbezahlte Stellung aus solchem Grund aufgeben würde. Er war immer noch verheiratet, aber es war ihm absolut freigestellt, zu tun und zu lassen, was er wollte. In Stockholm hatte er ein Zuhause, Arbeit, Geld und Freunde. Martin Beck konnte sich keinen plausiblen Grund vorstellen, warum jemand freiwillig all dies aufgeben sollte.

Anschließend nahm er den Durchschlag der Personalakte von der Sicherheitsabteilung zur Hand. Nur die Tatsache seiner wiederholten Reisen in die Ostblockstaaten hatte Alf Matsson zum Gegenstand des polizeilichen Interesse werden lassen. *Hinter dem Eisernen Vorhang,* hatte der Rothaarige gesagt. Der Mann war ja Reporter, und wenn er es vorzog, Reisereportagen aus den Oststaaten anzufertigen, so war das an und für sich nichts Ungewöhnliches. Und wenn er tatsächlich eine nicht ganz saubere Weste hätte, warum solle er verschwinden? Die Sicherheitsabteilung hatte den Fall nach routinemäßiger Untersuchung zu den Akten gelegt. *Eine neue Wallenberg-Affäre,* hatte der Mann im Außenministerium gesagt, was soviel hieß wie: von den Kommunisten beseitigt. Sie haben zu viele James Bond-Filme gesehen, hätte Kollberg wohl gesagt, wenn er dabeigewesen wäre.

Martin Beck legte den Durchschlag in seine Aktentasche zurück und blickte zum Fenster hinaus. Es war jetzt ganz dunkel, aber sternenklar. Weit unten flimmerten Lichtpünktchen von Städten und Dörfern und ein leuchtendes Perlband, wo die Straßenbeleuchtung eingeschaltet war.

Vielleicht hatte Matsson mal wieder eine seiner Sauftouren gehabt, hatte Pflichten und Zeitung vergessen und würde sich, wenn er wieder nüchtern war und ihm alles leid tat oder ihm das Geld ausging, von selber melden. Aber Martin Beck verwarf den Gedanken gleich wieder. Was seine Arbeit anging, galt Matsson als äußerst pflichtbewußt ...

Vielleicht hatte er sich das Leben genommen oder einen Unfall gehabt, war in die Donau gestürzt und ertrunken oder einem Raubmord zum Opfer gefallen. Könnte es so etwas gewesen sein? Kaum. Irgendwo hatte Martin Beck gelesen, daß Budapest von allen Hauptstädten der Welt die niedrigste Verbrechensquote aufzuweisen hatte.

Vielleicht saß er jetzt gerade beim Abendessen im Speisesaal des Hotels, und Martin Beck würde am nächsten Tag zurückfliegen und seinen Urlaub fortsetzen können.

Die Leuchtschrift wurde eingeschaltet. *No smoking. Please fasten seatbelts.* Und dann dasselbe auf russisch.

Als das Flugzeug ausrollte, nahm Martin Beck seine Mappe und schlenderte die kurze Strecke zum Stationsgebäude hinüber. Die Luft war weich und warm, obwohl es bereits spät am Abend war.

Er mußte ziemlich lange auf seine Reisetasche warten. Doch die Paß- und Zollformalitäten waren schnell erledigt. Er ging durch eine riesige Halle mit Ladenzeilen und hinaus auf die Treppe vor dem Flughafengebäude. Der Flugplatz lag offenbar weit draußen vor der Stadt, denn er sah keine andere Beleuchtung als die Lampen, die zum Flugplatz gehörten. Unmittelbar vor ihm stiegen zwei ältere Damen in das einzige wartende Taxi, das auf der Wendeschleife vor der Treppe stand.

Es dauerte eine ganze Weile, bis das nächste kam. Während es ihn durch Vorstädte und dunkle Fabrikanlagen führte, spürte Martin Beck seinen Hunger. Von dem Hotel, in dem er angemeldet war, wußte er nur den Namen und daß Alf Matsson dort gewohnt hatte, bevor er verschwand. Er hoffte nur, daß er noch etwas zu essen bekam. Jetzt hatte der Wagen die Innenstadt erreicht. Es ging durch breite Straßen und um große offene Plätze herum. Es waren nicht viel Leute unterwegs; die meisten Straßen waren leer und dunkel. Eine Weile folgten sie einer breiten Geschäftsstraße mit hellerleuchteten Schaufenstern, bis sie in ein paar schmalere und dunklere Seitenstraßen einbogen. Martin Beck hatte keinerlei Vorstellung, wo er sich befand, aber er schaute die ganze Zeit nach dem Fluß aus.

Endlich hielt der Wagen vor dem erleuchteten Hoteleingang. Martin Beck beugte sich zum Taxameter vor und las den Fahrpreis ab, bevor er bezahlte. Er wirkte ziemlich hoch – mehr als ein Hunderter in der Landeswährung. Martin Beck hatte vergessen, wieviel genau ein Forint in schwedischer Valuta ist, aber daß es nicht viel ist, das wußte er noch.

Ein älterer Mann mit grauem Schnurrbart und in grüner Uniform mit Schirmmütze öffnete die Autotür und nahm seine Reisetasche. Martin Beck folgte ihm durch die Drehtür. Die Eingangshalle war groß und hoch. Die Portierloge lief im Winkel entlang der linken Ecke der Halle. Der Nachtportier sprach englisch. Martin Beck reichte ihm seinen Paß und fragte, ob er noch etwas zu essen bekommen könnte. Der Portier deutete auf die Glastür im Hintergrund der Halle und erklärte, der Speiseraum sei bis zwölf Uhr geöffnet. Dann übergab er den Schlüssel einem wartenden Fahrstuhlführer, der Martin Becks Reisetasche nahm und ihn zum Aufzug führte. Langsam und knarrend kletterte der Lift zur ersten Etage hinauf. Der Mann, der den Aufzug bediente, schien mindestens ebenso alt zu sein wie der Aufzug, und Martin Beck versuchte vergebens, ihm die

Reisetasche abzunehmen. Sie schritten durch einen langen Korridor, der zweimal nach links abbog, der Alte schloß eine enorme Doppeltür auf und stellte die Reisetasche hinein.

Das Zimmer war mindestens vier Meter hoch und sehr groß. Die Mahagonimöbel waren dunkel und schwer. Martin Beck öffnete die Tür zum Badezimmer. Es war geräumig, hatte große altmodische Wasserhähne und eine Brause. Er legte sich auf das Bett. Das knarrte und knackte laut, war aber recht bequem.

Die Fenster waren hoch und innen mit Laden versehen; vor der Fensternische hingen schwere weiße Spitzengardinen. Er öffnete die Laden eines Fensters und blickte hinaus. Unten brannte eine Gaslaterne mit gelbgrünem Schein. Etwas entfernt funkelten einige Lichter, aber es dauerte eine Weile, bis er sah, daß zwischen dem Hotel und den Lichtern da drüben der Fluß vorüberrauschte.

Er öffnete das Fenster und lehnte sich hinaus. Unter ihm befand sich eine Terrasse mit großen Blumenbehältern und Tischen und Stühlen. Aus dem angrenzenden Saal fiel Licht auf die Terrasse, und er hörte eine Musikkapelle einen Strauß-Walzer spielen. Zwischen dem Hotel und dem Fluß führte eine Straße vorbei mit Bäumen und Gaslaternen, Straßenbahnschienen und einem breiten Kai mit Bänken und großen Blumenkruken. Zwei Brücken, eine zur Rechten und eine zur Linken von ihm, schwangen sich über den Fluß.

Er ließ das Fenster offen und ging hinunter, um etwas zu essen. Öffnete die Glastüren der Diele und kam in eine Vorhalle mit tiefen Sesseln, niedrigen Tischen und Spiegeln an einer der langen Wände. Ein paar Treppenstufen führten hinauf zum Speisesaal, und ganz hinten saß die Musikkapelle, die er von seinem Zimmer aus gehört hatte.

Der Speisesaal war ebenfalls enorm; große Mahagonipfeiler stützten eine Galerie, die sich hoch oben unter dem Dach an drei Wänden entlangzog. Drei Ober in rotbraunen Jacken mit schwarzem Revers standen an der Tür. Sie verbeugten sich und begrüßten den neuen Gast im Chor, während ein vierter herbeigeeilt kam und ihn zu einem Tisch am Fenster in der Nähe der Kapelle führte.

Martin Beck starrte auf die Speisekarte, bis er die Spalte mit deutschem Text fand, und begann zu lesen. Nach einer Weile beugte sich der Kellner, ein Grauhaariger mit einem freundlichen Boxergesicht, zu ihm herunter:

«Sehr gut fishsoup, gentleman.»

Martin Beck entschloß sich für die Fischsuppe.

«Barack?» fragte der Kellner.

«Was ist das?» fragte Martin Beck zurück, zuerst auf deutsch und dann auf englisch.

«Sehr gut aperitif», sagte der Ober.

Martin Beck trank den Aperitif, der Barack hieß. Barack Palinka, erklärte der Ober, sei ungarischer Aprikosengeist.

Er aß die Fischsuppe, die rot und stark mit Paprika gewürzt und wirklich sehr gut war.

Er aß Kalbsfilet mit Kartoffeln in scharfer Paprikasoße, und er trank echtes Pilsener Bier.

Als er Kaffee getrunken hatte, der eher ein Mokka war, und noch einen Barack, fühlte er sich zufrieden und müde und ging direkt hinauf in sein Zimmer.

Er schloß Fenster und Laden und kroch ins Bett. Es knarrte. Es knarrt freundlich, dachte er und war schon eingeschlafen.

6

Martin Beck wurde von einem heiseren langgezogenen Tuten geweckt. Während er sich blinzelnd im Halbdunkel zu orientieren versuchte, wiederholte sich das Tuten zweimal. Er drehte sich auf die Seite und nahm die Armbanduhr vom Nachttisch. Es war zehn vor neun. Das große Bett knarrte feierlich. Vielleicht, dachte er, hat es einst ebenso majestätisch unter Conrad von Hötzendorff geknarrt. Durch die hohen Fensterladen schlich das Tageslicht. Es war schon sehr warm im Zimmer.

Er stand auf, ging ins Badezimmer, hustete eine Weile wie so oft morgens, trank einen Schluck Mineralwasser, zog den Bademantel an, schlug die Laden auf und öffnete das Fenster. Der Gegensatz zwischen dem Halbdunkel im Zimmer und dem klaren, scharfen Sonnenlicht draußen war fast überwältigend. Das Panorama ebenso.

Die Donau floß in ihrem ruhigen, gleichmäßigen Lauf von Norden nach Süden an ihm vorbei. Nicht besonders blau, aber breit und mächtig und zweifellos sehr schön. Auf der anderen Seite des Flusses erhoben sich zwei Berge, gekrönt von einem Denkmal und einer mauerumwehrten Burg. Die Wohnsiedlungen kletterten nur zögernd die Berghänge hinauf, aber weiter hinten lagen weitere blaue Höhen, die dicht mit Einfamilienhäusern besetzt waren. Das also war die berühmte Budaseite; und hier war man dem Herzen der mitteleuropäischen Kultur sehr nahe. Martin Beck ließ den Blick über die Kinoperspektive gleiten und lauschte zerstreut auf den Flügelschlag der Geschichte. Dort hatten die Römer ihr mächtiges Aquincum gegründet, von dort war Pest während des Freiheitskrieges im Jahre 1849 von der Habsburgischen Artillerie zusammengeschossen worden, und dort hatten sich Szálasis Faschisten und Generalleutnant Pfeffer-Wildenbruchs SS-Truppen im Winter 1945 noch einen ganzen Monat mit sinnlosen und zerstörerischem Heroismus verteidigt, was alte Pfeilkreuzler, denen er in Schweden begegnet war, immer noch voll Stolz erwähnten.

Unmittelbar unter ihm lag ein weißer Raddampfer am Kai mit der blauweißroten tschechischen Flagge, die in der Hitze schlaff herunterhing, und sonnenhungrigen Touristen, die sich auf Deck in Liegestühlen aalten. Was ihn geweckt hatte, war ein jugoslawischer Radschlepper, der langsam den Fluß hinaufstampfte. Er war groß und alt mit zwei riesigen, asymmetrisch stehenden Schornsteinen und zog sechs tief beladene Schuten. Auf der letzten hatte man eine Leine von der Steuerkabine zu dem kurzen Lastkran zwischen den Luken gespannt; eine junge Frau in Kopftuch und Overall bückte sich gelassen und hängte, ohne sich im geringsten um die Schönheit der Ufer zu kümmern, sorgfältig Kinderwäsche auf. Zur Linken wölbte sich, lang und luftig, eine Brücke; es war, als führe sie unmittelbar zu dem Berg mit dem Denkmal, einer hochgewachsenen, schlanken Bronzefrau mit einem Palmenblatt auf dem Kopf. Über die Brücke drängten sich Autos, Busse, Straßenbahnen und Fußgänger. Zur Rechten, nordwärts, hatte der Schlepper die nächste Brücke erreicht; wieder stieß er drei heisere Laute aus, um anzukünden, wie viele Schuten er im Schlepp hatte, klappte die Schornsteine vorn und achtern um und glitt unter den niedrigen Brückenbogen. Direkt vor dem Fenster drehte ein winzig kleines Dampfboot zum Strand ab, ließ sich 50 Meter querschiffs zur Strömung treiben und beendete das Manöver damit, millimetergenau an der Pontonbrücke anzulegen. Eine unvorstellbar große Menge Menschen ging an Land, und ebenso viele gingen an Bord.

Die Luft war trocken und warm. Die Sonne stand hoch. Martin

Beck lehnte sich zum Fenster hinaus, ließ den Blick von Norden nach Süden schweifen und erinnerte sich plötzlich an das, was er aus einer der Broschüren im Flugzeug gelernt hatte.

Budapest ist die Hauptstadt der ungarischen Volksrepublik. Seine Gründung geht in das Jahr 1873 zurück, als die drei Städte Buda, Pest und Obuda vereinigt wurden; aber Ausgrabungen haben jahrtausendalte Wohnplätze freigelegt, wahrscheinlich das frühere Aquincum, Hauptstadt der römischen Provinz Pannonia. Heute hat die Stadt fast zwei Millionen Einwohner und wird in 23 Distrikte eingeteilt.

Dies war zweifellos eine sehr große Stadt. Er erinnerte sich an die klassische Bemerkung des legendären Gustav Lidberg, als er 1899 auf Jagd nach dem Falschmünzer Skog in New York an Land ging: *In diesem Ameisenhaufen befindet sich also Herr Soundso, Adresse unbekannt.*

Nun, New York war damals sicherlich größer als das heutige Budapest, aber andererseits hatte Detektiv Lidberg unbegrenzte Zeit zur Verfügung. Ihm selbst hatte man nur eine Woche zugebilligt.

Martin Beck überließ Geschichte und Flußverkehr ihrem Schicksal und stellte sich unter die Dusche. Er zog eine hellgraue Terylen-Hose an, ein buntes Hemd und Sandalen. Während er kritisch diese unkonventionelle Dienstkleidung im Spiegel des riesigen Kleiderschranks begutachtete, öffnete sich plötzlich die Schranktür mit grausigem Knarren, langsam und schicksalsschwanger wie in einem frühen Gruselfilm. Er hatte sich noch nicht ganz von dem Schreck erholt, als das Telefon mit kurzen, feindseligen Signalen zu läuten begann.

«Hier ist ein Herr für Sie. Er wartet im Foyer. Ein schwedischer Herr.»

«Mr. Matsson vielleicht?»

«Ich glaube ja», entgegnete das Mädchen von der Rezeption freundlich.

Natürlich ist er es, dachte Martin Beck auf der Treppe. Womit sein seltsamer Auftrag einen würdigen Abschluß gefunden hätte.

Es war aber nicht Alf Matsson, sondern ein junger Mann von der Botschaft, äußerst korrekt gekleidet in dunklem Anzug, schwarzen Schuhen, weißem Hemd und hellgrauem Seidenschlips. Er streifte Martin Beck mit einem Blick, in dem eine Spur Erstaunen lag, wenn auch eine sehr diskrete.

«Man hat uns über die Besonderheit Ihres Auftrags informiert. Vielleicht unterhalten wir uns kurz über die Angelegenheit.»

Sie setzten sich in die Halle und unterhielten sich über die Angelegenheit.

«Es gibt bessere Hotels als dies hier», sagte der Mann von der Botschaft.

«So?»

«Ja, modernere. Mit Swimmingpool.»

«Aha.»

«Der Nachtklub hier ist auch nicht sonderlich aufregend.»

«Soso.»

«Was diesen ... Alf Matsson angeht ...» Der Mann senkte die Stimme und sah sich im Raum um, der leer war bis auf einen schlafenden Afrikaner in der Ecke.

«Haben Sie Nachricht von ihm?»

«Nein. Kein Wort. Mit Sicherheit wissen wir nur, daß er am Abend des Zweiundzwanzigsten in Ferihegy, das ist der Flugplatz hier, eingetroffen ist. Die Nacht verbrachte er in einer Art Jugendhotel, im *Ifjuság*, oben auf der Budaseite. Am nächsten Morgen zog er hierher. Ungefähr eine halbe Stunde später verließ er das Hotel und nahm den Zimmerschlüssel mit. Seither ist er spurlos verschwunden.»

«Was sagt die Polizei?»

«Nichts.»

«Nichts?»

«Die, mit denen ich gesprochen habe, sind uninteressiert, was man ihnen nicht einmal übelnehmen kann. Matsson hatte ein gültiges Visum und hat sich hier als im Hotel wohnend registrieren lassen. Für die Polizei besteht kein Anlaß, sich mit ihm zu befassen, bevor er wieder abreist, vorausgesetzt, daß er nicht die Zeit seiner Aufenthaltsgenehmigung überschreitet.»

«Kann er nicht das Land verlassen haben?»

«Völlig undenkbar. Und selbst wenn es ihm gelungen wäre, sich illegal über die Grenze abzusetzen, wo sollte er dann hin sein? Ohne Paß? Im übrigen haben wir bei unseren diplomatischen Vertretungen in Prag, Belgrad, Bukarest und Wien nachgefragt. Zur Sicherheit auch in Moskau. Niemand hat etwas von ihm gehört.»

«Sein Arbeitgeber glaubte zu wissen, daß er zwei Dinge hier vorhatte. Ein Interview mit dem Boxer Laszlo Papp und eine Reportage über das jüdische Museum.»

«An keiner dieser beiden Adressen ist er gewesen. Wir haben gewisse Nachprüfungen angestellt. Er hatte von zu Hause an Museumsdirektor Dr. Sos geschrieben, ihn hier aber nicht aufgesucht. Wir haben auch mit Papps Mutter gesprochen; sie hat den Namen Matsson noch nie gehört, und Papp selber ist nicht einmal in der Stadt.»

«Befindet sich sein Gepäck noch im Hotelzimmer?»

«Seine Sachen sind im Hotel, befinden sich aber nicht mehr auf dem Zimmer. Er hatte das Zimmer nur für drei Nächte reserviert. Die Hoteldirektion hielt es auf unsere Bitte hin frei, brachte das Gepäck dann aber in das Kontor hinter der Rezeption. Der Koffer war übrigens nicht einmal ausgepackt. Die Rechnung haben wir bezahlt.»

Der Mann schwieg eine Weile, als dächte er über etwas nach. Dann setzte er hinzu: «Natürlich werden wir uns den Betrag von seinem Arbeitgeber zurückerstatten lassen.»

«Oder von den Hinterbliebenen», sagte Martin Beck.

«Ja, falls die Sache eine so ernste Wendung nehmen sollte.»

«Und wo ist sein Paß?»

«Den habe ich», sagte der Mann von der Botschaft. Er zog den Reißverschluß seiner flachen Mappe auf, holte den Paß hervor und reichte ihn seinem Gegenüber, während er zugleich den Füllhalter zur Hand nahm. «Würden Sie bitte quittieren.»

Martin Beck unterschrieb. Der Mann steckte Füllhalter und Quittung ein.

«Danke. Sonst noch etwas? Ach ja, die Hotelrechnung. Die überlassen Sie uns. Wir haben Anweisung, für Ihre Kosten aufzukommen. Ziemlich unkonventionell, finde ich. Natürlich stehen Ihnen auch die üblichen Tagesspesen zur Verfügung. Wenn Sie also Geld brauchen, können Sie sich's auf der Botschaft geben lassen.»

«Danke.»

«Das wäre wohl alles für den Augenblick. Sie können seine Sachen durchgehen, wenn Sie wollen. Ich habe Bescheid gesagt.»

Der Mann erhob sich.

«Übrigens wohnen Sie im selben Zimmer wie Matsson», bemerkte er beiläufig. «Hundertundfünf, glaub ich. Hätten wir nicht darauf bestanden, das Zimmer auf Matssons Namen freizuhalten, hätten Sie vermutlich in irgendeinem anderen Hotel wohnen müssen. Es ist ja mitten in der Hochsaison.»

Bevor sie sich trennten, sagte Martin Beck: «Was halten Sie persönlich von der Angelegenheit? Wo mag er sein?»

Der Mann von der Botschaft sah ihn ausdruckslos an. «Wenn ich überhaupt eine persönliche Ansicht habe, zieh ich es vor, sie bei mir zu behalten.» Nach einer Weile fügte er hinzu: «Diese Geschichte ist äußerst unangenehm.»

Martin Beck ging in sein Zimmer hinauf. Es war schon aufgeräumt. Er blickte sich um. Hier also hatte Alf Matsson für eine Stunde gewohnt. Mir irgendwelchen Spuren seiner Anwesenheit zu rechnen, war sicherlich zuviel verlangt.

Womit hatte Alf Matsson sich während dieser Stunde beschäftigt? Hatte er hier am Fenster gestanden und auf die Schiffe geblickt? Vielleicht. Hatte irgendeine Begegnung mit irgend jemandem ihn dazu gebracht, das Hotel so schnell zu verlassen, daß er vergaß, den Schlüssel beim Portier abzugeben? Denkbar. Um was konnte es sich dabei gehandelt haben? Unmöglich zu sagen. Hätte man ihn auf der Straße überfahren, müßte eine Meldung vorliegen. Hätte er den Plan gehabt, sich unbemerkt in den Fluß zu stürzen, hätte er die Dunkelheit abwarten müssen. Wenn er versucht hätte, seinen Kater in ungarischem Aprikosengeist zu ertränken und in einen Zustand letzter Volltrunkenheit hineingeraten wäre, so hätte er sechzehn Tage Zeit gehabt, sich auszunüchtern. Das war mehr als genug. Im übrigen pflegte er nicht zu trinken, wenn er arbeiten mußte. Er war der moderne Journalistentyp, so hatte es irgendwo in dem Bericht der dritten Abteilung gestanden, schnell, tüchtig und korrekt. Er war der Typ, der zuerst das Dienstliche erledigte und dann abschaltete.

Unangenehm. Sehr unangenehm. Verteufelt unangenehm. Fast schon peinlich.

Martin Beck legte sich aufs Bett. Es knarrte mächtig. Verflogen war der Gedanke an Conrad von Hötzendorff. Hatte das Bett unter Alf Matsson auch geknarrt? Vermutlich. Wer betrat schon ein Hotelzimmer, ohne sofort das Bett zu untersuchen? Matsson hatte also hier gelegen und auf die vier Meter hohe Decke gestarrt. Dann war er fortgegangen, ohne auszupacken und ohne den Schlüssel abzugeben. Und war verschwunden. Hatte das Telefon geläutet? Hatte er irgendeine überraschende Nachricht erhalten?

Martin Beck faltete seinen Budapester Stadtplan auseinander und vertiefte sich darin. Dann packte ihn das Verlangen, irgend etwas

Pflichtgemäßes zu tun, er erhob sich, steckte Karte und Paß ein und ging hinunter, um sich das Gepäck anzusehen. Der Portier war ein dicker alter Mann, freundlich, würdig und hilfsbereit.

Nein, es sei kein Anruf für Mr. Matsson gekommen, solange Mr. Matsson noch im Hotel war. Später, nachdem Mr. Matsson verschwunden war, seien mehrere Anrufe gekommen. Die hätten sich an den folgenden Tagen wiederholt. War es immer dieselbe Person, die angerufen hatte? Nein, verschiedene Personen, das Personal war sich in diesem Punkt einig. Männer? Sowohl Männer als auch Frauen, zumindest eine Frau. Hatten die Anrufer irgendeine Mitteilung hinterlassen oder ihre Telefonnummer angegeben? Nein, sie hatten keinerlei Mitteilung hinterlassen. Auch keine Telefonnummer. Später seien Anrufe aus Stockholm gekommen und von der Schwedischen Botschaft. Diese Leute haben allerdings Nachricht und auch Telefonnummer hinterlassen. Man hatte alles aufbewahrt. Ob Mr. Beck sie sehen wolle? Nein, Mr Beck wollte sie nicht sehen.

Das Gepäck war in ein Zimmer hinter dem Rezeptionstresen gebracht worden. Es waren nur zwei Stücke. Eine Schreibmaschine und ein gelbbrauner Schweinslederkoffer mit Riemen. Im Namenbehälter, der am Handgriff baumelte, war eine Visitenkarte eingeschoben. ALF MATSSON, REPORTER, FLEMINGGATAN 34, STOCKHOLM K. Der Schlüssel steckte im Schloß.

Martin Beck zog die Schreibmaschine aus dem Behälter und besah sie lange. Er entschied, daß es eine Reiseschreibmaschine der Marke Erika war, und nahm sich den Koffer vor.

Der war ordentlich und sauber gepackt, trotzdem konnte sich Martin Beck des Gefühls nicht erwehren, daß jemand ihn mit geübter Hand durchgesehen und alles wieder an seinen Platz gelegt hatte. Der Inhalt bestand aus einem gestreiften Hemd, einem braunen Sommerjackett, einem weißen Popelinhemd, noch in der Banderole von der Reinigung, einer frischgebügelten hellblauen Hose, einer blauen Jacke, drei Taschenbüchern, vier Paar Strümpfen, zwei farbigen Unterhosen, einem Netzunterhemd und einem Paar hellbrauner Wildlederschuhe. Alles sauber und unbenutzt. Weiter ein Necessaire, ein Packen Schreibmaschinenpapier, ein Schreibmaschinengummi, ein elektrischer Rasierapparat, ein Roman und eine dunkelblaue Brieftasche von der Art, welche Reisebüros zu verschenken pflegen und in die die Fahrkarten häufig nicht hineinpassen. Das Necessaire enthielt Rasierwasser, Talkum, ein Stück Seife, eine geöffnete Zahnpastatube, eine Zahnbürste, eine Flasche Mundwasser, eine Schachtel Kopfschmerztabletten und ein Päckchen Präservative. In der dunkelblauen Brieftasche lagen zehn Fünfzig-Dollar-Scheine und sechs schwedische Hundert-Kronen-Noten. Eine beachtliche Reisekasse, aber Alf Matsson war offenbar gewohnt, auf großem Fuß zu leben.

Martin Beck legte alles so genau und ordentlich wie möglich zurück und ging in die Rezeption hinaus. Die Uhr war zwölf, höchste Zeit, sich einmal umzusehen. Da er jedoch nicht einmal wußte, was er überhaupt tun könne, konnte er es wenigstens in frischer Luft tun, zum Beispiel in der Sonne am Kai. Er nahm den Zimmerschlüssel aus der Tasche und betrachtete ihn. Der sah ebenso alt, gediegen und ehrfurchterweckend aus wie das ganze Hotel. Er legte ihn auf die Theke. Sofort streckte der Portier die Hand nach dem Schlüssel aus.

«Dies ist ein Reserveschlüssel, oder?»

«Wie bitte?»

«Hat nicht der vorige Zimmergast den Schlüssel mitgenommen?»

«Ja, das ist richtig. Der Schlüssel wurde uns aber schon am nächsten Tag zurückgebracht.»

«Zurückgebracht? Von wem denn?»

«Von der Polizei, Sir.»

«Von der Polizei? Welcher Polizei?»

Der Portier zuckte verwirrt die Achseln. «Von der hiesigen Polizei. Von welcher denn sonst? Ein Polizist lieferte den Schlüssel hier in der Portierloge ab. Mr. Matsson muß ihn irgendwo verloren haben.»

«Wo denn?»

«Das weiß ich leider nicht, Sir.»

Martin Beck hatte noch eine Frage. «Hat sonst noch jemand Mr. Matssons Gepäck durchgesehen?»

Der Portier zögerte einen Augenblick, bevor er antwortete: «Das glaube ich nicht, Sir.»

Martin Beck ging durch die Drehtür. Der Mann mit der Schirmmütze und dem grauen Schnurrbart stand regungslos und mit auf dem Rücken verschränkten Händen im Schatten unter dem Baldachin, wie eine Statue zum Gedenken an Emil Jannings.

«Entsinnen Sie sich, daß vor etwa vierzehn Tagen ein Polizist einen Zimmerschlüssel hier abgegeben hat?»

Der Alte sah ihn fragend an. «Das stimmt.»

«War es ein uniformierter Polizist?»

«Ja. Ein Streifenwagen hielt vor dem Hotel, und der eine der Polizisten stieg aus und gab mir den Schlüssel.»

«Was sagte er denn?»

Der Mann dachte nach. «Ich glaube: ‹Fundgut.› Mehr nicht.»

Martin Beck drehte sich um und ging. Nach drei Schritten fiel ihm ein, daß er das Trinkgeld vergessen hatte. Er ging zurück und drückte dem Mann eine Anzahl der ungewohnten Leichtmetallmünzen in die Hand. Der Türhüter legte die Fingerspitzen der rechten Hand an den Mützenschirm:

«Danke, aber das war nicht nötig.»

«Sie sprechen ausgezeichnet Deutsch», sagte Martin Beck. Viel besser als ich, setzte er in Gedanken hinzu.

«Das hab ich 1916 an der Isonzofront gelernt.»

Als Martin Beck um die Hausecke gebogen war, nahm er den Stadtplan vor und studierte ihn, dann ging er, immer noch mit der Karte in der Hand, zum Kai hinunter. Ein großer weißer Raddampfer mit zwei Schornsteinen stampfte den Fluß hinauf. Lustlos sah er ihm nach.

Irgend etwas war fundamental falsch an dem Ganzen. Etwas war nicht so, wie es sein sollte. Was das aber war, konnte er nicht sagen.

7

Es war Sonntag und sehr warm. Leichter Sonnendunst lag über den Berghängen. Der Kai war voller Menschen, die auf und ab spazierten oder auf den Ufertreppen saßen und sich sonnten. Auf den kleinen Dampfbooten und Motorbarkassen, die im Pendelverkehr den Fluß hinauf und hinunter fuhren, drängten sich sommerlich gekleidete Menschen, unterwegs zum Badestrand und den Freizeitplätzen. An den Bootsanlegestellen warteten lange Schlangen.

Martin Beck hatte vergessen, daß es Sonntag war und wunderte sich zuerst über das Gewimmel der vielen Menschen. Dann schloß er sich dem Strom der Spaziergänger an und betrachtete den lebhaften Bootsverkehr. Eigentlich hatte er den Tag mit einem Spaziergang über die nächste Brücke zur Margaretheninsel beginnen wollen, doch angesichts der vielen Ausflügler änderte er seinen Entschluß.

Ihn störte das Gedränge, und der Anblick der sonntäglichen Leute weckte seinen Arbeitseifer. Er würde das Hotel aufsuchen, wo Alf Matsson seine erste und vielleicht einzige Nacht in Budapest verbracht hatte. Ein Jugendhotel auf der Budaseite, hatte der Mann von der Botschaft gesagt.

Martin Beck verließ den Menschenstrom und ging die Straße oberhalb des Kais entlang. Im Schatten eines Hausgiebels studierte er den Stadtplan. Trotz aller Mühe konnte er aber kein Hotel finden, das *Ifjuság* hieß. Unwillig faltete er schließlich die Karte zusammen und ging zur Brücke, die hinüber zur Insel und weiter zur Budaseite führte. Vergeblich sah er sich nach einem Polizisten um. An der Brücke entdeckte er einen Taxistand. Das Auto, das dort stand, war offenbar frei.

Der Chauffeur sprach nur Ungarisch und verstand kein Wort, bis Martin Beck ihm den Zettel mit dem Namen des Hotels zeigte.

Sie fuhren über die Brücke, vorbei an der grünen Insel, wo er einen hohen Wasserstrahl zwischen den Bäumen aufsteigen sah, weiter eine Geschäftsstraße entlang, dann durch ein paar steile Straßen bis hinauf zu einem offenen Platz mit Rasen und einer modernen Bronzegruppe, die einen Mann und eine Frau darstellte, die einander anstarrten.

Hier hielt das Auto an. Martin Beck bezahlte – offenbar erheblich zuviel, denn der Chauffeur bedankte sich überschwenglich in seiner unbegreiflichen Sprache.

Das Hotel war niedrig und erstreckte sich am Markt entlang, der mehr die Ausweitung einer Straße war, mit Pflanzungen und Parkplätzen. Das Gebäude war ganz offensichtlich neu im Gegensatz zu den übrigen Häusern, die den Platz umgaben. Man hatte einen modernen Baustil gewählt, überall an der Fassade waren Balkons angebracht. Die Treppe, die zur Eingangstür hinaufführte, war breit und kurz.

Innerhalb der Glastüren lag ein helles, langgestrecktes Foyer mit einem Souvenirkiosk, der geschlossen war, Türen zum Fahrstuhl, ein paar Sitzecken und der Portierloge. Sie war leer; ebenso wie das ganze Foyer.

Den Anschluß an das Foyer bildete ein großer Gesellschaftsraum mit Sesseln und Tischen und großen Fenstern. Auch dieser Raum war leer.

Martin Beck trat an die Fenster und blickte hinaus. Auf dem Rasen draußen lagen einige junge Menschen in Badeanzügen und sonnten sich.

Das Hotel lag auf einem Hügel mit Aussicht über die Pestseite. Die Häuser auf dem Hang zwischen dem Hotel und dem Fluß sahen alt und ungepflegt aus. Vom Taxi aus hatte Martin Beck Einschußlöcher in den meisten der Hausfassaden entdeckt, und bei einem Teil der Häuser war der Putz nach Geschoßtreffern beinahe völlig abgeplatzt.

Da immer noch keine Menschenseele in Sicht war, ließ sich Martin Beck im Gesellschaftsraum in einem Sessel nieder. Von dem Besuch im *Ifjuság* versprach er sich ohnehin nicht viel. Alf Matsson hatte nur eine Nacht hier gewohnt; im Sommer war es schwierig mit Hotelzimmern in Budapest, und daß er gerade hier ein freies Zimmer gefunden hatte, war sicherlich reiner Zufall. Kaum anzunehmen, daß jemand sich an einen Gast entsinnen sollte, der mitten in der Hauptsaison am späten Abend eingetroffen und am nächsten Morgen wieder ausgezogen war.

Er drückte seine letzte Florida aus und blickte mißmutig auf die braungebrannten jungen Menschen draußen auf dem Rasen. Es erschien ihm plötzlich völlig idiotisch, hier in Budapest herumzustiefeln und zu versuchen, einen Menschen ausfindig zu machen, der ihm völlig gleichgültig war. Er konnte sich nicht erinnern, jemals vorher einen noch hoffnungsloseren und sinnloseren Auftrag bekommen zu haben.

Plötzlich hörte er Schritte im Foyer. Martin Beck erhob sich und ging hinüber. Hinter dem Portierstresen stand ein junger Mann und telefonierte. Er starrte zur Decke und biß auf dem Daumennagel, während er in den Hörer lauschte. Dann begann er zu reden. Im ersten Moment kam es Martin Beck so vor, als spräche er finnisch, aber dann erinnerte er sich, daß Finnisch und Ungarisch ja zur gleichen Sprachgruppe gehören.

Der junge Mann legte auf und blickte fragend zu Martin Beck hin, der zögernd überlegte, in welcher Sprache er ihn anreden solle.

«Was kann ich für Sie tun?» sagte der junge Mann, zu Martin Becks Erleichterung in perfektem Englisch.

«Es handelt sich um einen Gast, der in der Nacht vom 22. auf den 23. Juli hier im Hotel gewohnt hat. Sie wissen nicht zufällig, wer in dieser Nacht Dienst hatte?»

«Das kann ich nicht auf Anhieb sagen.» Der junge Mann warf einen Blick auf den Wandkalender. «Das ist ja mehr als zwei Wochen her. Einen Augenblick, ich werde mal nachschauen.» Der Portier kramte eine Weile in dem Bord unter dem Tisch, holte ein schwarzes Büchlein hervor und blätterte die Seiten um. Dann sagte er: «Ich hab selber Nachtdienst gehabt. Die Nacht zwischen Freitag und Sonnabend, ja. Was soll es für ein Gast gewesen sein? Er hat nur die eine Nacht bei uns gewohnt?»

«Ja, soweit ich unterrichtet bin», sagte Martin Beck. «Natürlich kann er auch später hier gewohnt haben. Ein schwedischer Journalist, Alf Matsson.»

Der junge Mann blickte zur Decke und biß sich wieder auf einen Fingernagel. Dann schüttelte er den Kopf. «Ich kann mich leider nicht erinnern – dabei haben wir nur wenig Schweden hier. Wie sah er denn aus?»

Martin Beck zeigte ihm Alf Matssons Paßbild. Der junge Mann betrachtete es eine Weile und meinte zögernd:

«Tut mir leid. Vielleicht habe ich ihn gesehen. Ich erinnere mich wirklich nicht.»

«Haben Sie irgendein Verzeichnis? Oder ein Gästebuch?»

Der junge Mann zog eine Schublade mit einer Kartei heraus und begann zu suchen. Martin Beck wartete. Er hatte Verlangen nach einer Zigarette und suchte in den Taschen, aber sie waren unwiderruflich alle.

«Hier ist es», sagte der Portier und zog eine Karte aus dem Fach. «Alf Matsson, Schwede, ja. Er hat die Nacht zwischen dem 22. und 23. Juli hier gewohnt. Genau, wie Sie gesagt haben.»

«Und später ist er nicht noch einmal hier abgestiegen?»

«Nein, später nicht. Aber Ende Mai war er schon einmal für einige Tage bei uns. Das war vor meiner Zeit. Ich war damals in der Prüfung.»

Martin Beck sah sich die Karte an. Alf Matsson hatte zwischen dem 25. und 28. Mai im Hotel gewohnt.

«Wer hatte damals Dienst?»

Der junge Mann dachte nach. «Das müßte Stefi gewesen sein», sagte er. «Oder mein Vorgänger. Seinen Namen hab ich vergessen.»

«Stefi», wiederholte Martin Beck. «Arbeitet er immer noch hier?»

«Sie», sagte der junge Mann. «Es ist ein Mädchen, Stefania. Ja, sie und ich arbeiten in Schicht.»

«Wann kommt sie her?»

«Sie ist sicher schon hier. Ich meine, in ihrem Zimmer. Sie wohnt hier im Hotel. Aber diese Woche hat sie Nachtschicht, da wird sie wohl schlafen.»

«Könnten Sie das nicht mal feststellen?» fragte Martin Beck. «Wenn sie wach ist, würde ich gern mal mit ihr sprechen.»

Der junge Mann öffnete eine Klappe in dem Tresen und kam heraus. «Ich werde mal nachsehen, wo sie ist. Einen Augenblick, bitte.»

Er ging zu einem der Fahrstühle, und Martin Beck sah an der Leuchtziffer, daß er im ersten Stock anhielt. Nach einer Weile kam er wieder herunter. «Ihre Zimmergenossin sagt, daß sie draußen in der Sonne liegt. Warten Sie, ich werde sie holen.»

Er verschwand im Gesellschaftsraum und kam nach einer Weile mit einem Mädchen zurück. Sie war klein und dicklich und hatte Sandalen an den Füßen und einen karierten Rock über dem Bikini. Sie knöpfte den Rock zu, während sie auf Martin Beck zuschritt.

«Entschuldigen Sie, wenn ich Sie gestört habe», sagte er.

«Macht nichts», entgegnete das Mädchen, das Stefi hieß. «Kann ich etwas für Sie tun?»

Martin Beck fragte sie, ob sie an den fraglichen Maitagen Dienst gehabe habe. Sie trat hinter die Theke, sah in dem schwarzen Buch nach und nickte.

«Ja», sagte sie. «Aber nur tagsüber.»

Martin Beck zeigte Alf Matssons Paß.

«Schwede?» fragte sie, ohne aufzublicken.

«Ja», nickte Martin Beck. «Journalist.»

Er blickte sie an und wartete. Sie betrachtete das Paßfoto und legte den Kopf schräg.

«Hm ...» sagte sie nachdenklich. «Ja, ich glaube, ich entsinne mich an ihn. Er wohnte zuerst allein in einem Dreibettzimmer, aber dann bekamen wir eine russische Gruppe, so daß ich das Zimmer brauchte und ihn verlegen mußte. Er wurde ziemlich böse, weil er in seinem neuen Zimmer kein Telefon hatte. Wir haben nicht in allen Räumen Telefonanschluß. Er machte solchen Wirbel um dieses Telefon, daß ich gezwungen war, ihn das Zimmer mit einem Herrn tauschen zu lassen, der sein Telefon nicht benötigte.»

Sie schlug den Paß zu und legte ihn auf den Tisch. «Sofern er es überhaupt gewesen ist. Das Foto ist nicht sonderlich gut ...»

«Entsinnen Sie sich, ob er irgendwelchen Besuch hatte?» fragte Martin Beck.

«Nein», sagte sie. «Das glaube ich nicht. Jedenfalls nicht, soweit ich mich erinnere.»

«Telefonierte er viel? Oder bekam er viele Anrufe, an die Sie sich entsinnen?»

«Mir ist so, als ob er mehrmals von einer Dame angerufen wurde, aber ich bin nicht sicher», sagte Stefi.

Martin Beck überlegte eine Weile. «Erinnern Sie sich an sonst etwas?»

Das Mädchen schüttelte den Kopf. «Nur daß er eine Schreibmaschine mit bei sich hatte und auffallend gut gekleidet war. Mehr kann ich nicht sagen.»

Martin Beck steckte den Paß ein, dabei geriet ihm die leere Zigarettenschachtel in die Hand. «Kann ich hier eine Schachtel Zigaretten kaufen?» erkundigte er sich.

Das Mädchen beugte sich hinunter und blickte in eine Schublade. «Ja sicher», sagte sie. «Aber wir haben nur Terv.»

«Ist in Ordnung», sagte Martin Beck und nahm das Päckchen entgegen; es war aus grauer Pappe und trug das Bild einer Fabrik mit hohen Schornsteinen. Er bezahlte mit einem Schein und bat sie, das Wechselgeld zu behalten. Dann nahm er Feder und Schreibblock vom Tisch und schrieb seinen Namen und den des Hotels auf, riß das Blatt ab und reichte es Stefi. «Wenn Ihnen sonst noch etwas einfällt, können Sie mich dort erreichen.»

Stefi sah mit gerunzelten Augenbrauen auf den Zettel.

«Mir ist gerade etwas eingefallen», sagte sie zögernd. «Ich glaube, daß es dieser Schwede war, der fragte, wie man zu einer Adresse in Ujpest kommt. Natürlich kann ich mich auch irren und es war ein anderer Gast. Ich weiß nur, daß ich damals eine kleine Skizze für ihn aufgezeichnet habe.»

Sie schwieg, und Martin Beck wartete.

«Ich weiß auch noch die Straße, nach der er fragte, die Nummer hab ich vergessen. Meine Tante wohnt nämlich in der Straße, deswegen kann ich mich daran erinnern.»

Martin Beck schob ihr den Schreibblock hin.

«Sind Sie so nett, mir die Straße aufzuschreiben?»

Als Martin Beck aus dem Hotel trat, blickte er auf den Zettel. Venetianer út.

Er steckte den Zettel in die Tasche, zündete sich eine Terv an und begann seine Wanderung zum Fluß hinunter.

8

Es war Montag, der 8. August. Das Läuten der Telefonglocke riß Martin Beck aus dem Schlaf. Verwirrt fuhr er hoch, fand nicht gleich den Hörer und hörte dann den Mann in der Telefonzentrale etwas Unverständliches sagen. Kurz darauf sagte eine wohlbekannte Stimme:

«Einen wunderschönen guten Morgen!»

Vor lauter Erstaunen vergaß Martin Beck zu antworten.

«Hallo! Ist jemand da?»

Kollbergs Stimme war so deutlich, als wenn er sich im Raum nebenan befände.

«Wo bist du denn?»

«Im Dienst natürlich. Es ist Viertel nach neun. Sag bloß, daß du noch im Bett liegst und pennst.»

«Was für Wetter ist denn bei euch ...»

Martin Beck unterbrach sich, weil er sich der Albernheit seiner Frage bewußt wurde.

«Es regnet», entgegnete Kollberg mürrisch. «Aber deswegen habe ich nicht angerufen. Bist du vielleicht krank?»

Es gelang Martin Beck, sich auf die Bettkante zu setzen und sich eine der ungewohnten ungarischen Zigaretten aus dem Paket mit der Fabrik drauf anzustecken.

«Nein. Was gibt's denn?»

«Ich habe mich ein bißchen umgehört hier oben. Scheint kein besonders liebenswerter Typ zu sein, dieser Matsson.»

«Wieso?»

«Tja, es ist wohl mehr ein Eindruck, den ich gewonnen habe. Muß ein ziemlicher Armleuchter sein.»

«Rufst du an, um mir das zu sagen?»

«Nein, natürlich nicht. Ich hab da eine Kleinigkeit in Erfahrung gebracht, die dich interessieren könnte. Ich hatte Sonnabend nichts vor und ging mal in diese Kneipe, *Tennstopet*.»

«Hör mal. Laß die Finger davon. Offiziell hast du niemals was von dieser Sache gehört. Du weißt auch nicht, daß ich hier bin.»

Kollberg wurde spürbar böse. «Hältst du mich für einen Idioten?»

«Nur manchmal», entgegnete Martin Beck freundlich.

«Ich hab kein Wort mit den Leuten geredet; saß nur am Tisch neben dieser Clique und hörte zu. Fünf Stunden lang. Es ist unheimlich, was die saufen können.»

Der Mann von der Vermittlung schaltete sich in die Leitung ein und sagte etwas Unverständliches.

«Du ruinierst den Staat», sagte Martin Beck. «Komm endlich zur Sache.»

«Bin ja schon mittendrin. Also, es wurde ein wenig hin und her geredet über dies und das und dann kamen sie auf Alf zu sprechen. Die Kerle gehören zu den Typen, die sich gegenseitig hinterm Rükken schlechtmachen. Sobald einer von ihnen aufs Klo geht, ziehen die anderen über ihn her.»

«Sei nicht so langatmig.»

«Dieser Molin scheint einer von den Übelsten. Er war es auch, der das erwähnte, weswegen ich jetzt anrufe. Häßlich, aber möglicherweise wahr.»

«Komm endlich zur Sache, Lennart.»

«Und das sagst ausgerechnet du. Also hör zu: Aus ihrem Getratsche ging hervor, daß Matsson 'n Mädchen in Budapest zu stehen hat. Muß 'ne junge Sportlerin sein, die er hier in Stockholm als Sportberichterstatter während eines Länderkampfes kennengelernt hat. Zu der Zeit hat er noch mit seiner Frau zusammengewohnt.»

«Sieh mal einer an!»

«Sie meinten, daß er seine verschiedenen Reisen in die Ostblockstaaten so einrichtet, daß sie mit irgendwelchen Sportveranstaltungen übereinstimmen und er sich dann mit ihr trifft.»

«Klingt unwahrscheinlich, finde ich. Sportmädchen werden meist streng gehalten.»

«Es sollte ja auch nur ein Tip sein.»

«Danke», entgegnete Martin Beck ohne eine Spur Enthusiasmus. «Tschüß denn.»

«Moment noch. Ich bin noch nicht ganz fertig. Ihren Namen haben sie nie erwähnt, ich glaube nicht einmal, daß sie ihn kennen. Aber sie nannten genügend Einzelheiten, daß ich ... Es regnete gestern nämlich.»

«Lennart», sagte Martin Beck genervt.

«Ich hab es geschafft, in die Königliche Bibliothek hineinzukommen. Dann hab ich mich den ganzen Tag im Archiv vergraben und in den Zeitungsausschnitten nachgesehen. Es kann sich nur um ein Mädchen handeln, das ... Hast du was zu schreiben?»

Martin Beck knipste die Nachttischlampe an und notierte den Namen auf dem Rand seines Stadtplans. A-R-I B-Ö-K-K.

«Hast du?» fragte Kollberg.

«Ja, natürlich.»

«Sie ist offenbar eigentlich Deutsche, aber mit ungarischer Staatsbürgerschaft. Wo sie wohnt, weiß ich nicht, auch nicht, ob die Schreibweise richtig ist. Gehört wohl auch nicht zu den Spitzenleuten, ich habe von Mai letzten Jahres an keinen Namen gefunden, der so ähnlich klang. Auch in anderem Zusammenhang nicht. Wahrscheinlich hat man die nur als eine Art Ersatzmann mitgenommen, für die Reservebank.»

«Ist das alles?»

«Noch etwas. Wir haben Matssons Wagen gefunden, stand auf dem Parkplatz von Arlanda. Ein Opel Rekord. Nichts Bemerkenswertes daran.»

«Soso. Bist du nun fertig?»

«Ja.»

«Also dann tschüß.»

«Tschüß.»

Martin Beck starrte gleichgültig auf die Buchstaben. Ari Bökk. Merkwürdiger Name, wenn es überhaupt einer war. Vermutlich war er falsch gedruckt und die Auskunft völlig wertlos.

Er stand auf, öffnete die Fenster und ließ den Sommer herein. Der Blick über den Fluß und die Budaseite war ebenso überwältigend wie vor vierundzwanzig Stunden. Nur daß der tschechische Raddampfer jetzt einem propellergetriebenen Motorfahrzeug mit zwei niedrigen Schornsteinen Platz gemacht hatte. Es stammte ebenfalls aus der ČSSR und hieß Druzba.

Auf der Terrasse vor dem Hotel saßen sommerlich gekleidete Leute und frühstückten. Die Uhr war schon halb zehn. Er kam sich faul und pflichtvergessen vor, machte sich schnell fertig, steckte die

Karte ein und ging ins Vestibül hinunter. Dort blieb er unentschlossen stehen. Was nützte es, sich zu beeilen, wenn man ohnehin nicht weiß, was man tun soll. Er überlegte eine Weile, ging in den Speisesaal, setzte sich an eines der großen offenen Fenster und ließ sich sein Frühstück bringen.

Boote verschiedener Größe glitten vorbei. Ein großer sowjetischer Motorschlepper mit drei Ölprahmen zog langsam stromaufwärts. Wahrscheinlich kam er von Batum. Eine lange Reise bis dorthin. Der Kapitän trug eine weiße Mütze.

Die Kellner schwärmten um seinen Tisch, als wäre er Rockefeller. Auf der Straße spielten ein paar kleine Jungen Fußball. Ein großer Hund wollte mitspielen und zog so stark an seiner Leine, daß die elegant gekleidete Dame, die ihn ausführte, beinahe umgerissen wurde. Sie mußte sich an einem der Steinpfeiler der Balustrade festhalten, um nicht hinzufallen. Nach einer Weile lockerte sie ihren Griff, hielt aber immer noch die Leine fest und lief zurückgelehnt mit der strammen Leine an der Hand dem Hund nach zwischen die Ballspieler. Es war schon recht warm. Glast lag über dem Fluß.

Aus Mangel an konstruktiven Ideen begann Martin Beck sich umzusehen. Nicht weit von ihm entfernt saß ein Mann, der ihn anstarrte. Ein sonnengebräunter Mann, so alt wie er selber, mit angegrautem, dunklem Haar, gerader Nase, braunen Augen, grauem Anzug, schwarzen Schuhen, weißem Hemd und grauem Schlips. Auf dem kleinen Finger der linken Hand trug er einen großen Siegelring, und neben ihm auf dem Tisch lag ein grüngesprenkelter Hut mit schmalem Band und einer kleinen Feder. Der Mann widmete sich wieder seinem doppelten Espresso.

Martin Beck ließ seinen Blick weiterwandern. Drüben saß eine Frau, die ihn anstarrte, eine Afrikanerin, jung und bildschön, mit reinen Zügen, großen, glänzenden Augen, weißen Zähnen, langen, schlanken Beinen; sie trug Silbersandalen und ein hautenges hellblaues Kleid aus einem blanken Stoff.

Wahrscheinlich starrten ihn die beiden an, weil er so jung und männlich aussah. Der Mann voller Neid und die Frau mit kaum versteckter Begierde.

Martin Beck mußte niesen, und drei Ober wünschten Gesundheit. Er dankte, ging hinaus ins Vestibül, zog den Stadtplan aus der Tasche und zeigte dem Portier den notierten Namen.

«Ist Ihnen dieser Name bekannt?»

«Nein, Sir.»

«Es soll eine berühmte Sportlerin sein.»

«Wirklich?» Der Portier sah ihn mit höflicher Anteilnahme an. Der Gast hat bekanntlich immer recht. «Vielleicht nicht so bekannt, Sir.»

«Ist das ein Frauen- oder Männername?»

«Ein Frauenname. Das heißt, Ari ist eine Koseform von Aranka.» Der Portier hielt den Kopf schräg und betrachtete die Buchstaben. «Aber der Nachname kommt mir fremd vor, Sir.»

«Kann ich mal das Telefonbuch haben?»

Es fand sich natürlich niemand, der Bökk hieß. Aber Martin Beck gab sich nicht so leicht besiegt; eine billige Tugend, wenn man ohnehin nicht weiß, was man unternehmen soll. Er versuchte noch einige Möglichkeiten. Das Resultat war folgendes: BOECK ESZTER, Penzió XII, Venetianer út 6 292–173.

Gepackt von dem ersten Gedanken des Tages, nahm er den Zettel zur Hand, den er von dem Mädchen im Jugendhotel bekommen hatte. Venetianer út. Das konnte kaum ein Zufall sein.

In der Rezeption hatte inzwischen eine junge Dame den Platz des würdevollen Portiers übernommen.

«Was bedeutet dies hier?»

«Penzió? Hotel-Pension. Soll ich die Nummer für Sie anrufen?»

Er schüttelte den Kopf. «Wo liegt diese Straße?»

«Im zwölften Distrikt. In Ujpest.»

«Wie kommt man da hin?»

«Am schnellsten natürlich mit dem Taxi. Sie können aber auch mit der Straßenbahn fahren, Linie drei vom Marxplatz. Aber bequemer ist es, eins der Boote zu nehmen, die hier draußen liegen. In Richtung Norden.»

Das Boot hieß Úttörö und war eine wahre Augenweide. Ein kleines Dampfboot mit hohem, geradem Schornstein und offenem Deck. Es stampfte schwer und ruhig den Fluß hinauf; vorbei an der grünen Margaretheninsel und dem Parlament. Martin Beck stand an der Reling und philosophierte über den Fluch der Motorisierung. Dann ging er hinüber zum Oberlicht des Maschinenraums und blickte hinunter. Die Hitze stand wie eine Säule über der Öffnung. Der Heizer hatte lediglich eine Badehose an. Sein muskulöser Rükken war schweißnaß. Die Kohlenschaufel rasselte. Woran dachte wohl der Mann da unten in der infernalischen Hitze? Mit Sicherheit an den Segen der Motorisierung, sah sich selbst zeitunglesend neben einem Dieselmotor sitzend, die Ölkanne und eine Handvoll Putzwolle in bequemer Reichweite. Martin Beck ging wieder auf dem Boot hin und her und sah sich alles genau an, aber der Heizer hatte seine neugierige Freude an diesem alten Fahrzeug merklich gedämpft. So war es meistens. Man konnte den Kuchen nicht gleichzeitig aufheben und essen.

Das Boot glitt an Parkanlagen und weitläufigen Freiluftbädern vorbei, dann schob es sich durch einen Haufen von Kanufahrern und Seglern, passierte ein paar Brücken und kam durch einen engen Sund hinein in einen ganz schmalen Flußarm. Stieß dann ein heiseres, triumphierendes Tuten aus und legte in Ujpest an.

Als Martin Beck an Land gegangen war, drehte er sich um und sah zurück auf das Boot, das so perfekt geformt und so funktionell gebaut worden war – damals. Der Heizer kam an Deck, lachte in die Sonne und sprang direkt ins Wasser hinein.

Der Stadtteil hatte einen anderen Charakter als die Teile Budapests, die Martin Beck bisher gesehen hatte. Er überquerte einen großen, kalten Markt und machte ein paar lahme Versuche, sich durchzufragen; unmöglich, sich verständlich zu machen. Obwohl er den Stadtplan hatte, verlief er sich und gelangte in einen Hof hinter einer Synagoge, offenbar ein Altersheim für Juden. Kränkliche Überlebende aus der Zeit der großen Verfolgung nickten ihm aus ihren Korbstühlen, die in dem schmalen schattigen Streifen an den Hauswänden entlang standen, aufmunternd zu. Fünf Minuten später stand er vor dem Haus Venetianer út Nr. 6. Es hatte zwei Stockwerke, und nichts in seinem Äußeren unterstrich den Pensionscharakter. Aber draußen auf der Straße standen ein paar Autos mit ausländischen Kennzeichen. Er traf die Inhaberin schon in der Halle.

«Frau Boeck?»

«Ja. Wir sind leider voll belegt.»

Sie war eine kräftige Frau, um die Fünfzig. Ihr Deutsch war akzentfrei.

«Ich suche eine Dame, Ari Boeck.»

«Das ist meine Nichte. Eine Treppe hoch. Zweite Tür rechts», sagte sie und verschwand.

So einfach war das also! Martin Beck blieb einen Augenblick vor der weißen Tür stehen und hörte, wie sich drinnen jemand bewegte. Dann klopfte er, ganz leicht. Die Tür öffnete sich sofort.

«Fräulein Boeck?»

Sie schien irgendwie überrumpelt. Offenbar hatte sie auf jemanden gewartet. Sie trug einen dunkelblauen zweigeteilten Badeanzug. In der rechten Hand hielt sie ein Zyklopenauge aus grünem Gummi mit anhängendem Schnorchel. Sie stand mit weit gespreizten Beinen völlig regungslos da. Ihre linke Hand lag immer noch auf dem Türgriff.

Ihr Haar war dunkel und kurz geschnitten, die Gesichtszüge kräftig. Sie hatte dichte schwarze Augenbrauen, eine breite, gerade Nase und volle Lippen, hübsche Zähne. Der Mund war halb offen, und die Zungenspitze lag auf dem unteren Zahnrand, als wenn sie gerade etwas sagen wollte. Sie war kaum mehr als 1,55 m groß, aber kräftig und ebenmäßig gebaut mit gut entwickelten Schultern, breiten Hüften und schmaler Taille. Die Beine waren muskulös und die Füße kurz und breit mit geraden Zehen. Trotz der tiefen Sonnenbräune wirkte ihre Haut weich und elastisch, besonders über dem Zwerchfell und dem Magen. Ausrasierte Achselhöhlen. Große Brüste und gewölbter Bauch mit dichter Behaarung, die sich sehr hell von der sonnengebräunten Haut abhob. Einzelne schwarze Haare, lang und gekräuselt, schauten unter dem Gummiband an den Innenseiten ihrer Schenkel hervor. Sie konnte höchstens zweiundzwanzig oder dreiundzwanzig Jahre sein. Nicht schön im eigentlichen Sinne, aber ein höchst funktionelles Exemplar ihres Geschlechts.

Fragender Blick aus großen dunkelbraunen Augen. Schließlich sagte sie: «Ja, ich bin es. Suchen Sie mich?»

Nicht ganz so einwandfreies Deutsch wie das der Tante.

«Ich suche Alf Matsson.»

«Wer ist das?»

Für Martin war es nicht möglich, irgendeine Reaktion auf den Namen zu entdecken. Vielleicht hatte sie ihn noch nie gehört.

«Ein schwedischer Zeitungsmann. Aus Stockholm.»

«Soll er hier wohnen? Hier sind gegenwärtig keine Schweden. Da haben Sie sich wohl geirrt.» Sie dachte eine Weile nach, runzelte die Augenbrauen. «Woher kennen Sie meinen Namen?»

Das Zimmer war das übliche Pensionszimmer. Auf Tisch und Stuhl ein paar hingeworfene Kleidungsstücke, nur weibliche, soweit er sehen konnte.

«Er hat mir selbst diese Adresse gegeben. Matsson ist ein Freund von mir.»

Sie sah ihn mißtrauisch an: «Seltsam.»

Er holte den Paß hervor und schlug die Seite mit Matssons Foto auf.

«Den kenne ich nicht», sagte sie, nachdem sie das Bild forschend betrachtet hatte. Nach einer Weile setzte sie hinzu: «Haben Sie Ihren Freund verloren?»

Bevor Martin Beck antworten konnte, hörte er einen schlurfenden Schritt hinter sich und trat einen Schritt zur Seite. Ein Mann, etwa dreißig Jahre alt, hatte das Zimmer betreten. Er war in Badehose, kaum mittelgroß, blond, sehr kräftig gebaut und ebenso tiefbraun getönt wie die Frau. Der Mann trat neben sie und blickte neugierig in den Paß.

«Wer ist das?» fragte er auf deutsch.

«Ich weiß nicht. Der Herr hier hat ihn aus den Augen verloren. Er glaubt, er sei hierher gezogen.»

«Aus den Augen verloren», sagte der Blonde. «Das ist unangenehm. Und jetzt läuft der andere ohne Paß durch die Gegend. Ich weiß, wie peinlich das sein kann. Ich bin selbst aus der Branche.»

Spielerisch faßte er der Frau an den elastischen Träger des Badeanzugs, zog ihn, so weit es ging, heraus und ließ ihn schwungvoll zurückfedern. Sie warf ihm einen schnellen, vorwurfsvollen Blick zu.

«Wollen wir jetzt nicht baden gehen?» fragte der Mann.

«Ja. Ich bin soweit.»

«Ari Boeck», sagte Martin Beck. «Ich meine den Namen zu kennen. Sind Sie nicht Schwimmerin?»

Zum erstenmal flackerte ihr Blick. «Ich beteilige mich nicht mehr an Wettkämpfen.»

«Aber Sie waren beruflich in Schweden?»

«Ja, einmal. Vor zwei Jahren. Leider nicht sehr ruhmvoll. Ich wurde Letzte. Seltsam, daß er Ihnen meine Adresse gegeben haben soll.»

Der Blonde blickte sie fragend an. Alle drei schwiegen. Martin Beck steckte den Paß wieder ein.

«Ja, dann wohl auf Wiedersehen. Entschuldigen Sie, daß ich Sie bemüht habe.»

«Auf Wiedersehen», sagte die Frau und lachte zum erstenmal.

«Hoffentlich finden Sie Ihren Freund», sagte der Blonde. «Haben Sie es schon auf den Campingplätzen beim Römerbad versucht? Es ist hier oben, auf der anderen Seite des Flusses. 'ne Menge Leute da. Sie können mit dem Boot hinüberfahren.»

«Sie sind Deutscher, oder?»

«Ja, Hamburger.»

Der Mann fuhr der Frau durch die dunklen, kurzgeschnittenen Haare. Sie strich ihm mit der Rückseite der linken Hand leicht über die Brust. Martin Beck verließ die offensichtlich Verliebten.

Die Halle war leer. Auf einem Bord hinter dem Tisch, der als Rezeptionstheke diente, lag ein kleiner Stapel Pässe. Der oberste war finnisch, aber darunter lagen zwei mit der typischen moosgrünen Farbe. Gleichsam im Vorbeigehen streckte er die Hand aus und nahm einen an sich. Er öffnete ihn, und der Mann, den er eben in Ari Boecks Zimmer getroffen hatte, starrte ihm entgegen. Tetz Radeberger, Reisebüroangestellter, Hamburg, geboren 1935. Er gehörte offenbar nicht zu den Leuten, die sich Mühe machten, jemanden anzulügen.

Auf der Rückfahrt hatte er das Pech, ein modernes, schnellgehendes Verkehrsboot mit überbautem Deck und bullerndem Dieselmotor zu erwischen. Nur eine geringe Zahl Passagiere waren diesmal an Bord. In der Nähe saßen ein paar Frauen mit farbigen Kopftüchern und bunten Trachten. Sie trugen weiße Beutel und kamen vermutlich vom Lande. Weiter hinten im Salon saß ein seriöser Herr mittleren Alters mit braunem Filzhut, Mappe und Beamtenmiene. Ein langer Kerl in blauem Anzug schnippelte nachlässig an einem Holzstück. Unmittelbar an der Tür der Gangway stand ein uniformierter Polizist. Er aß Kringel aus einer Papiertüte und plauderte zwischendurch mit einem gepflegt gekleideten Mann mit kahlem Kopf und dünnem schwarzen Schnurrbart. Ein junges Paar mit zwei puppigen Kindern vollendete die Sammlung.

Düster musterte Martin Beck seine Mitpassagiere. Die Expedition war mißglückt. Nichts deutete darauf hin, daß Ari Boeck nicht die Wahrheit gesagt hatte.

Er verwünschte seine Neugierde, die ihn diesen sinnlosen Auftrag hatte übernehmen lassen.

Die Möglichkeit, den Fall zu lösen, war praktisch gleich Null. Er war auf sich allein angewiesen und hatte nicht einmal einen Anhaltspunkt. Und selbst wenn er einen gehabt hätte, hätte ihm die Möglichkeit gefehlt, ihm nachzugehen.

Das allerschlimmste war, daß er genau wußte, nicht von irgendeinem Impuls getrieben zu sein. Lediglich sein Polizistencharakter, oder wie man es sonst nennen wollte, war in Funktion getreten. Derselbe Trieb, der Kollberg veranlaßte, seine Freizeit zu opfern. Eine Art Berufskrankheit, die ihn zwang, alle Aufträge zu übernehmen und sein Bestes zu tun, sie zu lösen.

Als er ins Hotel zurückkam, war die Uhr Viertel nach vier und der Speisesaal geschlossen. Er hatte den Lunch versäumt. Er ging in sein Zimmer, duschte und zog einen Morgenmantel an. Aus der Flasche Whisky, die er sich im Flugzeug gekauft hatte, nahm er einen Schluck, fand den Geschmack aber so roh und ekelhaft, daß er in die Toilette ging und sich die Zähne putzte. Dann lehnte er aus dem Fenster, stützte sich mit den Ellbogen auf die breite Fensterbank und sah zu den Flußschiffen hinunter. Aber auch das vermochte ihn nicht nennenswert zu beruhigen. Plötzlich entdeckte er unten auf der Terrasse einen der Bootspassagiere – den Mann im blauen Anzug. Er hatte ein Glas Bier vor sich und schnippelte immer noch an seinem Stück Holz.

Martin Beck runzelte die Augenbrauen und legte sich auf das knarrende Bett. Wieder überdachte er seine Lage. Früher oder später würde er gezwungen sein, Kontakt mit der Polizei aufzunehmen. Das war ein dubioses Unterfangen, und niemand würde das gutheißen – nicht einmal er selber.

Die Zeit bis zum Abendessen verbrachte er in einem Sessel in der Halle. In der entgegengesetzten Ecke des Raumes war ein graumelierter Mann mit Siegelring in eine ungarische Zeitung vertieft. Es war derselbe Mann, der ihn beim Frühstück angestarrt hatte. Martin Beck schielte mehrmals zu ihm hinüber, doch der Mann trank ruhig seinen Kaffee und schien die Umwelt gar nicht zu beachten.

Martin Beck aß eine Champignonsuppe, danach einen barschähnlichen Fisch aus dem Balaton-See und spülte ihn mit Weißwein hinunter. Die Kapelle spielte Melodien von Liszt und Strauß und andere anspruchsvolle Stücke; es war ein großartiges Abendessen, aber seine Stimmung blieb gedrückt, obwohl die Ober um den illustren Gast herumschwärmten wie Medizinprofessoren um das Krankenbett eines Diktators.

Er bestellte Kaffee und Cognac in der Lobby. Der Mann gegenüber mit dem Siegelring las immer noch seine Zeitung. Er hatte ein neues Glas Kaffee vor sich stehen. Nach einigen Minuten sah der Mann auf die Uhr, warf einen flüchtigen Blick auf sein Gegenüber, faltete die Zeitung zusammen und erhob sich.

Martin Beck sollte dem Problem, Kontakt mit der Polizei aufzunehmen, enthoben sein. Sie kam selber zu ihm. Dreiundzwanzigjährige Erfahrung hatte ihn gelehrt, einen Polizisten an seinem Gang zu erkennen.

9

Der Mann im grauen Anzug nahm eine Visitenkarte aus der Brusttasche und legte sie auf die Tischkante. Martin Beck warf einen schnellen Blick darauf, während er sich aus dem Sessel erhob. Nur ein Name. Vilmos Szluka.

«Darf ich mich etwas zu Ihnen setzen?»

Der Mann sprach englisch. Martin Beck nickte.

«Ich bin Polizeibeamter.»

«Ich auch», sagte Martin Beck.

«Das habe ich angenommen. Kaffee?»

Martin Beck nickte. Der Mann von der Polizei hielt zwei Finger in die Höhe, und sofort kam ein Ober mit zwei Gläsern herbeigeeilt. Die Ungarn waren ganz offensichtlich ein kaffeetrinkendes Volk.

«Ich nehme weiter an, daß Sie sich hier befinden, um gewisse Nachforschungen anzustellen.»

Martin Beck antwortete nicht sofort. Er rieb sich die Nase und dachte nach. Dies war natürlich der richtige Augenblick, zu sagen: Durchaus nicht, ich bin hier als Tourist, aber ich versuche einen Freund zu finden, mit dem ich mich gern treffen möchte. Das erwartete man vermutlich von ihm.

Szluka hatte es offenbar nicht sehr eilig. Er schlürfte mit deutlichem Wohlbehagen seinen Doppel-Espresso, der wievielte es auch sein mochte. Martin Beck hatte ihn vorher mindestens drei trinken sehen. Der Mann benahm sich höflich, aber formell. Sein Blick war freundlich, doch sehr berufsmäßig.

Martin Beck dachte immer noch nach. Der Mann war unverkennbar Polizist. Aber bekanntlich gibt es nirgendwo in der ganzen Welt ein Gesetz, das von dem Bürger verlangt, der Polizei gegenüber die Wahrheit zu sagen. Seltsam genug.

«Ja», sagte Martin Beck. «Das stimmt.»

«Wäre es da nicht am einfachsten gewesen, wenn Sie sich erst einmal an uns gewandt hätten?»

Martin Beck zog es vor, die Frage nicht zu beantworten. Nach einer Pause von ein paar Sekunden spann der andere seinen Gedankengang weiter.

«Falls tatsächlich etwas geschehen sein sollte, was einer Nachforschung bedarf.»

«Ich habe keinen offiziellen Auftrag bekommen.»

«Und wir keine Meldung. Lediglich eine Anfrage in recht vager Form. Mit anderen Worten, es scheint nichts passiert zu sein.»

Martin Beck trank einen Schluck von dem Kaffee, der unerhört stark war. Das Gespräch machte Anstalten, schärfer zu werden, als er erwartet hatte. Trotzdem hatte er keine Lust, sich in einem Hotelfoyer von einem Polizisten abkanzeln zu lassen, der es nicht einmal für nötig gehalten hatte, seine Legitimation zu zeigen.

«Immerhin hat sich die Polizei für Alf Matssons Gepäckstücke interessiert», entgegnete er.

Das war vielleicht eine wenig liebenswürdige Bemerkung, aber sie saß.

«Davon weiß ich nichts», sagte Szluka streng. «Können Sie sich im übrigen legitimieren?»

«Können Sie?»

Er bemerkte einen schnellen Wechsel in den braunen Augen. Der Mann war offensichtlich nicht ungefährlich.

Szluka griff in die Innentasche, zog seine Brieftasche und schlug sie auf, schnell und lässig. Martin Beck hielt es nicht für nötig, sie entgegenzunehmen, sondern zeigte seine Dienstmarke, die festgehakt am Schlüsselring saß.

«Das ist keine gültige Identifikation», sagte Szluka. «Solche Embleme kann man hier bei uns in Spielzeugläden kaufen.»

Der Gesichtspunkt war nicht völlig von der Hand zu weisen. Martin Beck reichte ihm seine Identitätskarte hinüber.

«Bitte schön. Mein Paß liegt bei der Rezeption.»

Der andere studierte den Ausweis lange und sorgfältig; dann gab er ihn zurück. «Wie lange gedenken Sie hier zu bleiben?» erkundigte er sich.

«Mein Visum gilt bis Monatsende.»

Zum erstenmal während des Gesprächs lachte Szluka. Aber sein

Lachen war nicht fröhlich; es war nicht schwer zu erkennen, was es bedeutete. Der Ungar schlürfte den letzten Kaffee in sich hinein, knöpfte seine Jacke zu und sagte: «Ich will Sie nicht hindern, obwohl ich es selbstverständlich könnte. Wenn ich es recht verstehe, ist Ihre Tätigkeit mehr privater Natur. Ich setze voraus, daß sie so bleibt und nicht mit den Interessen der Allgemeinheit in Konflikt gerät.»

«Sie können mich ja weiterhin beschatten lassen.»

Szluka antwortete nicht. Sein Blick war kalt und zurückweisend. «Was gedenken Sie zu unternehmen?»

«Was schlagen Sie vor?»

«Ich weiß von nichts. Es ist ja nichts passiert.»

«Immerhin besteht die Tatsache, daß ein Mensch verschwunden ist.»

«Wer behauptet das?»

«Ich.»

«Dann müssen Sie sich an die ungarischen Behörden wenden und beantragen, daß man dem Fall amtlich nachgeht», entgegnete Szluka steif.

Martin Beck trommelte mit den Fingern auf die Tischplatte. «Der Mann ist jedenfalls nicht aufzufinden.»

Der andere machte Anstalten, aufzubrechen. Er saß aufrecht im Sessel, die rechte Hand auf der Armlehne. «Sie spielen mit dieser Bemerkung auf die Tatsache an, daß sich die betreffende Person in den letzten zwei Wochen nicht hier im Hotel gezeigt hat. Matsson hat eine gültige Aufenthaltserlaubnis und kann frei innerhalb der Landesgrenzen umherreisen. Gerade jetzt befinden sich einige hunderttausend Touristen bei uns im Land. Viele übernachten im Zelt oder schlafen in ihren Autos. Ihr Freund kann nach Szeged oder Debrecen gereist sein. Er kann zum Balaton-See gefahren sein, um dort Urlaub zu machen oder zu baden.»

«Alf Matsson ist nicht zum Baden hergekommen.»

«So? Auf jeden Fall hat er ein Touristenvisum. Weswegen sollte er verschwinden, wie Sie es nennen? Und was ist mit seiner Fahrkarte? Hatte er beispielsweise ein Rückreisebillett?»

Es lohnte sich wohl, diese Frage zu überdenken. Die Art, wie Szluka sie stellte, deutete darauf hin, daß er die Antwort schon wußte. Szluka erhob sich.

«Einen Augenblick, bitte», hielt ihn Martin Beck zurück. «Ich möchte Sie etwas fragen.»

«Bitte sehr. Was wollen Sie wissen?»

«Als Alf Matsson das Hotel verließ, hatte er den Zimmerschlüssel bei sich. Am nächsten Tag wurde er hier im Hotel von einem uniformierten Polizisten abgegeben. Woher hatte der Polizist den Schlüssel?»

Szluka blickte ihn mindestens fünfzehn Sekunden starr an. Dann sagte er: «Diese Frage kann ich leider nicht beantworten. Auf Wiedersehen.»

Szluka ging rasch durch die Halle, ließ sich am Garderobentresen den grüngrauen Federhut geben und blieb dann stehen, als ob ihm ein Gedanke gekommen sei. Plötzlich wandte er sich um und ging zu Martin Becks Tisch zurück.

«Hier ist Ihr Paß. Bitte schön.»

«Danke.»

«Er war also nicht in der Rezeption, wie Sie annahmen. Sie haben sich, wie man so sagt, eines Fehlurteils schuldig gemacht.»

«Ja», sagte Martin Beck. Er fand das Auftreten des anderen nicht besonders entgegenkommend und hielt es nicht für nötig, aufzublicken.

Szluka blieb immer noch stehen. «Wie finden Sie das Essen hier?»

«Gut.»

«Das freut mich.»

Der Ungar sagte dies, als meine er es wirklich. Martin Beck hob den Kopf.

«Sie verstehen», sagte Szluka erklärend, «bei uns geschehen keine dramatischen oder überhitzten Dinge mehr. Nichts wie in Ihrem Land oder in London und New York.»

Die Kombination war irgendwie verblüffend.

«Früher hatten wir natürlich auch mit solchen Dingen zu tun», sagte Szluka ernst. «Jetzt wollen wir Ruhe haben. Interessieren uns für andere Dinge. Zum Beispiel für Essen. Ich selber habe zum Frühstück vier Scheiben Speck und zwei Spiegeleier gegessen. Und zum Lunch bekam ich Fischsuppe und panierten Karpfen. Apfelstrudel als Nachtisch.»

Er machte eine Pause. Dann fügte er nachdenklich hinzu:

«Die Kinder mögen natürlich keinen Speck. Die trinken lieber Kakao und essen Hefebrötchen, ehe sie zur Schule gehen.»

«Soso.»

«Ja, und jetzt am Abend werde ich ein Kalbsschnitzel und Reis mit Paprikasoße essen. Nicht schlecht. Haben Sie übrigens unsere Fischsuppe schon einmal probiert?»

«Nein.»

Tatsächlich war das gleich am ersten Abend geschehen, aber der Gast aus Schweden sah nicht ein, warum er dies der ungarischen Polizei erzählen sollte.

«Das müssen Sie unbedingt tun. Sie ist ausgezeichnet. Besonders gut bekommt man sie bei Matyas; ein Lokal hier ganz in der Nähe. Sie müssen sich die Zeit nehmen, mal hinzugehen.»

«Das kann ich ja mal tun.»

«Aber ich kann Ihnen ja ruhig sagen, daß ich ein Lokal mit noch besserer Fischsuppe kenne. Das beste in Budapest. Das ist ein ganz kleines Restaurant, oben in der Lajos út, das finden die meisten Touristen gar nicht. Sie müssen bis nach Szeged hinunter fahren, um so eine Suppe noch einmal zu finden.»

«Aha.»

Szluka war bei diesem kulinarischen Gespräch merklich aufgelebt. Nun schien er sich zu besinnen und blickte auf die Uhr. Vermutlich dachte er an sein Kalbsschnitzel.

«Haben Sie sich Budapest schon ein wenig angesehen?»

«Ein bißchen. Es ist eine schöne Stadt.»

«Ja, nicht wahr? Sind Sie schon im Palationobad gewesen?»

«Nein.»

«Das sollten Sie sich ansehen. Ich will morgen selber hin. Vielleicht haben Sie Lust, mitzukommen?»

«Gute Idee.»

«Ausgezeichnet. Wir treffen uns dann um zwei vorm Eingang. Auf Wiedersehen.»

«Auf Wiedersehen.»

Martin Beck blieb noch eine Weile nachdenklich sitzen. Das Gespräch war unangenehm gewesen und hatte ihn beunruhigt, und selbst die plötzliche Wandlung in Szlukas Haltung konnte diesen Eindruck nicht verwischen. Mehr als je zuvor empfand er, daß irgend etwas nicht stimmte. Zugleich wurde er sich seiner eigenen Ohnmacht immer deutlicher bewußt.

Gegen halb zwölf begannen sich Foyer und Speisesaal zu leeren. Martin Beck ging in sein Zimmer hinauf. Als er sich ausgezogen hatte, stand er eine Weile am offenen Fenster und atmete die warme

Nachtluft ein. Auf dem Fluß glitt ein Raddampfer vorbei, reich illuminiert mit roten, grünen und gelben Lichtern.

Auf dem Achterdeck wurde getanzt, der Klang der Musik drang stoßweise über das Wasser herüber.

Auf der Speiseterrasse vorm Hotel saßen immer noch ein paar Leute. Einer von ihnen war ein Langer, etwa dreißig Jahre alt, mit dunklem, gewelltem Haar. Der Mann hatte ein Glas Bier vor sich. Offensichtlich war er zu Hause gewesen und hatte den blauen Anzug gegen einen hellgrauen gewechselt.

Martin Beck schloß das Fenster und legte sich hin. Als er das Licht ausgeknipst hatte, dachte er: Wenn die Polizei auch nicht an Alf Matsson interessiert ist, so doch um so mehr an Martin Beck.

Es dauerte lange, bis er einschlief.

10

Martin Beck saß an der Balustrade vor dem Hotel und frühstückte. Das war nun sein dritter Tag in Budapest, und er versprach mindestens ebenso warm und schön zu werden wie die vorhergegangenen.

Das Frühstück ging zu Ende; er und das ältere Paar, das einige Tische weiter vor sich hin schwieg, waren die einzigen Gäste. Draußen auf der Straße und auf dem Kai herrschte lebhafter Verkehr, hauptsächlich Mütter mit Kindern und niedrigen, stromlinienförmigen Kinderwagen, die wie kleine weiße Panzer aussahen.

Den langen Dunkelhaarigen mit dem Holzstock konnte er nicht entdecken; doch das brauchte nicht zu bedeuten, daß er nicht länger beschattet wurde. Die Polizei hat mehr als einen Bewacher zur Verfügung.

Ein Ober erschien und deckte ab. «Frühstück nicht gut?» Er sah besorgt auf den unberührten Salamiteller.

Martin Beck versicherte, das Frühstück sei sehr gut gewesen. Als der Ober verschwunden war, holte er eine Ansichtskarte heraus, die er im Hotelkiosk gekauft hatte. Sie stellte einen Raddampfer dar, der – mit einer der Brücken im Hintergrund – donauaufwärts fuhr. Die Dame im Kiosk hatte ihm die Karte frankiert, und er überlegte eine Weile, wem er sie schicken sollte. Dann adressierte er sie an Gunnar Ahlberg, Polizeidirektion Motala, schrieb einen Gruß und steckte sie wieder in die Tasche.

Er hatte Ahlberg vor zwei Sommern kennengelernt, als man eine tote Frau aus dem Götakanal geborgen hatte. Während der sechs Monate langen Untersuchung waren sie gute Freunde geworden und hatten seither sporadischen Kontakt miteinander gehalten. Damals waren die Ermittlungen und die Jagd nach dem Mörder für ihn zu einer persönlichen Angelegenheit geworden. Es war nicht nur der Polizist in ihm, der dazu führte, daß er monatelang nichts anderes im Kopf hatte als diesen Fall.

Nun saß er hier in Budapest mit einem Auftrag, dem er nur mit allergrößter Mühe irgendwelches Interesse abgewinnen konnte.

Martin Beck fühlte sich völlig überflüssig. Bis zu dem Treffen mit Szluka hatte er mehrere Stunden vor sich, und das einzig Konstruktive, das ihm einfiel, war, die Karte an Ahlberg in den Kasten zu werfen. Warum hatte er nicht nachgeprüft, ob Matsson für die Rückreise gebucht hatte? Daß Szluka ihn erst auf den Gedanken bringen mußte, ärgerte ihn schrecklich.

Er zog den Stadtplan heraus und fand ein Büro der Fluggesellschaft an einem Platz in der Nähe des Hotels. Dann stand er auf, ging durch den Speisesaal und die Halle, steckte die Ansichtskarte in einen roten Briefkasten vor dem Hoteleingang und machte sich auf den Weg in die Stadt.

Der Markt war groß mit Läden und Reisebüros und lebhaftem Verkehr. Die vielen kleinen Tische des Straßencafés waren alle besetzt, hier saßen die Leute bei Eis oder Kaffee. Auf dem Bürgersteig entdeckte er eine nach unten führende Treppe. FÖLDALATTI stand auf einem Schild. Ähnliche Treppen gab es auch in Stockholm, und sie führten zu öffentlichen Toiletten. Er fühlte sich schmutzig und beschloß hinunterzugehen und sich die Hände zu waschen, bevor er die Fluggesellschaft aufsuchte. Er ging quer über die Straße und folgte ein paar Herren mit Ledermappen hinunter in die Unterwelt.

Zu seiner Überraschung gelangte er zu der kleinsten U-Bahn, die er je gesehen hatte. Auf dem Bahnsteig befand sich ein glasfenterversehener grün-weiß gemalter kleiner Holzkiosk; sein niedriges Dach wurde von dekorativen Eisenpfeilern gehalten. Der Zug, der schon bereitstand, sah aus wie ein Liliputzug im Tivoli. Jetzt fiel ihm ein, daß diese Untergrundbahn die älteste von Europa war.

Am Kiosk kaufte er eine Fahrkarte, bestieg einen kleinen lackierten Holzwagen; vielleicht war es derselbe, den Kaiser Franz Joseph benutzt hatte, als er die Bahn irgendwann gegen Ende des vorigen Jahrhunderts eingeweiht hatte. Endlich wurden die Türen geschlossen, und der Zug, der jetzt voller Passagiere war, setzte sich in Bewegung. Auf der Plattform standen drei Männer und eine Frau. Sie waren taubstumm und unterhielten sich in Zeichensprache. Als der Zug zum drittenmal hielt, stiegen sie aus, immer noch eifrig gestikulierend. Da bemerkte Martin Beck einen Mann am anderen Ende des Wagens; er saß halb von ihm abgewendet.

Der Mann war dunkel und sonnenverbrannt. Martin Beck erkannte ihn sofort wieder. Statt des grauen Anzugs trug er ein grünes Hemd mit offenem Kragen. Vermutlich war von dem Holz, an dem er am Tage vorher geschnippelt hatte, nichts mehr übrig.

Plötzlich tauchte der Zug aus dem Tunnel auf und verlangsamte seine Fahrt. Er fuhr in einen grünen Park, in dem ein großer Teich in der Sonne glänzte. Dann hielt er; der Wagen leerte sich. Offenbar war hier die Endstation.

Martin Beck stieg als letzter aus dem Wagen und sah sich nach dem Dunklen um; er war nicht mehr zu erblicken.

Ein breiter Weg, kühl und einladend, führte in den Park hinein. Aber Martin Beck verzichtete auf weitere Ausflüge. Dem Fahrplan auf dem Bahnsteig entnahm er, daß die Strecke zwischen dem Platz, bei dem er eingestiegen war, und dem Park die einzige Linie war, und daß der Zug in einer Viertelstunde zurückfahren würde.

Die Uhr war halb zwölf, als er das Büro der Fluggesellschaft betrat. Die fünf Mädchen hinter dem Tresen waren vollauf mit fragenden Fluggästen beschäftigt. Martin Beck setzte sich ans Fenster zur Straße hin und wartete.

Den dunklen Herrn mit dem gewellten Haar hatte er auf der Rückfahrt aus dem Park nicht entdecken können, doch vermutete er, daß er sich immer noch in der Nähe befand. Ob er ihn auch während des Zusammentreffens mit Szluka beschatten würde?

Einer der Besucherstühle am Tisch wurde frei, und Martin Beck ging nach vorn und nahm Platz. Die junge Dame an der Auskunft hatte ihr schwarzes Haar zu einer hohen, kunstreichen Lockenfrisur aufgetürmt. Sie sah recht geschäftstüchtig aus und rauchte eine Zigarette mit knallrotem Filtermundstück.

Martin Beck brachte sein Anliegen vor. Hatte ein schwedischer

Journalist mit Namen Alf Matsson nach dem 23. Juli einen Flug nach Stockholm oder irgendwo anders hin gebucht?

Das Mädchen bot ihm eine Zigarette an und begann in ihren Mappen zu blättern. Dann nahm sie den Hörer ab, führte ein kurzes Gespräch, schüttelte den Kopf und ging zu einer ihrer Kolleginnen hinüber, um diese zu befragen.

Als alle fünf ihre Listen durchgesehen hatten, war es nach zwölf. Nein, ein Herr Matsson habe für keinen Flug einer von Budapest abgehenden Maschine gebucht, teilte ihm das Mädchen mit der Lokkenfrisur freundlich mit.

Martin Beck beschloß den Lunch zu überspringen und kehrte in sein Hotel zurück. Von seinem Zimmer aus blickte er hinunter auf die Terrasse. Kein langer Mann in grünem Hemd war unter den Gästen.

An einem der Tische saßen sechs Leute in den Dreißigern beim Bier. Da kam ihm ein Gedanke. Er ging zum Telefon, gab eine Voranmeldung nach Stockholm auf und lag wartend auf dem Bett. Nach einer Viertelstunde klingelte es.

«Hallo, wie geht's dir?» sagte Kollberg.

«Schlecht.»

«Hast du dieses Mädchen gefunden? Diese Ari Bökk?»

«Ja, aber es war nichts. Sie wußte nicht einmal, wer er war. Da stand ein blonder Muskelprotz und tatschte an ihr herum.»

«Dann hat er wohl bloß angegeben. Er scheint ein großer Angeber gewesen zu sein, jedenfalls finden das seine sogenannten Freunde.»

«Hast du im Moment viel zu tun?»

«Keine Spur. Was hast du auf dem Herzen?»

«Du könntest mir einen Gefallen tun. Stell doch mal fest, wie diese Burschen in *Tennstopet* heißen und um was für Leute es sich handelt!»

«Okay. Sonst noch was?»

«Nein – aber sei vorsichtig. Vergiß nicht, daß du es mit Journalisten zu tun hast. So, und jetzt gehe ich zum Baden mit einem, der Szluka heißt.»

«Komische Namen haben die Mädchen in Ungarn! Du, Martin, hast du festgestellt, ob er die Rückreise gebucht hatte?»

«Tschüß», sagte Martin und legte auf.

Er holte sich seine Badehose aus dem Koffer, wickelte sie in eines der Hotelhandtücher und ging hinunter zur Bootsanlegestelle.

Das Boot hieß Obuda und war eins von den ungemütlichen Typen mit geschlossenem Dach. Aber er hatte sich verspätet und dies hier hatte den Vorteil, daß es schneller als die mit Kohlen beheizten war.

Unterhalb eines großen Hotels auf der Margaretheninsel stieg er aus. Dann folgte er dem Weg ins Innere der Insel, ging schnell im Schatten der großen Bäume an einem saftiggrünen Rasen entlang, kam an einem Tennisplatz vorbei, und hatte sein Ziel erreicht.

Szluka stand vorm Eingang mit einer Ledertasche in der Hand und wartete. Er war ebenso gekleidet wie am Vortag.

«Tut mir leid, daß ich Sie habe warten lassen», begrüßte ihn Martin Beck.

«Bin gerade eben gekommen», lächelte Szluka.

Sie bezahlten und gingen in den Umkleideraum. Ein alter Glatzkopf in weißem Unterhemd schloß ihnen zwei Schranktüren auf. Szluka holte seine schwarze Badehose aus der Mappe, zog sich schnell aus und hängte seine Kleider sorgfältig auf einen Bügel. Gleichzeitig zogen sie die Badehosen an, obwohl Martin Beck viel weniger abzulegen hatte.

Szluka nahm seine Mappe und ging voraus. Martin Beck folgte ihm mit seinem zusammengerollten Handtuch.

Das Bad war voll von sonnenverbrannten Menschen. Vor dem Umkleideraum befand sich ein rundes Planschbecken, aus dem hohe Wasserfontänen emporspritzten. Schreiende Kinder sprangen darunter umher. Auf der einen Seite lag ein kleineres Becken, zu dem einige breite Stufen hinunterführten, und auf der anderen das große Schwimmbassin mit klarem grünen Wasser, das zur Mitte hin dunkler wurde. Es war voll von schwimmenden und planschenden Menschen aller Altersstufen. Die Flächen zwischen Bassin und Rasen waren mit Steinplatten abgedeckt.

Martin Beck folgte Szluka an der Kante des großen Bassins entlang. Er steuerte auf eine halbkreisförmige Arkade zu.

Plötzlich gab ein Lautsprecher eine Ansage durch, und ganze Scharen von Menschen eilten zu dem kleinen mit Treppen versehenen Becken. Martin Beck wäre fast umgestoßen worden. Nach Szlukas Beispiel trat er zur Seite, bis das Gedränge vorbei war. Er blickte fragend auf Szluka.

«Wellenbad», sagte der Ungar.

Das kleine Becken füllte sich nun schnell mit Menschen; schließlich standen sie gepackt wie die Heringe. Zwei mächtige Pumpen warfen das Wasser gegen den hohen Beckenrand, und der Menschenschwarm wiegte sich unter verzückten Ausrufen auf den hohen Wellen.

«Wir können ja mitschaukeln», sagte Szluka.

Martin Beck blickte ihn an. Szluka schien es ernst zu meinen.

«Lieber nicht», sagte Martin Beck.

«Eigentlich bade ich auch lieber in der Schwefelquelle», sagte Szluka. «Das ist wunderbar entspannend.»

Die Quelle rann aus einer Steinfassung in ein ovales Bassin mit kniehohem Wasser, dessen hinterer Teil von den Arkaden beschattet wurde. Das Bassin war wie ein Labyrinth gebaut, mit Mauern, die etwa zwanzig Zentimeter über die Erdoberfläche ragten. Die Mauern bildeten die Rückenstütze für eine Reihe Steinsessel, in denen man, bis zum Kinn im Wasser, sitzen konnte.

Szluka stieg ins Bassin und watete zwischen den badenden Menschen hindurch. Immer noch hielt er die Mappe in der Hand. War er so gewohnt, sie bei sich zu haben, daß er ganz vergessen hatte, sie abzulegen? Martin unterdrückte eine Bemerkung, stieg ins Bassin und watete hinter Szluka her.

Das Wasser war warm; der Dampf roch nach Schwefel. Szluka watete in den Gang mit den Pfeilern, legte die Mappe auf die Mauerkante und setzte sich ins Wasser. Martin Beck ließ sich neben ihm nieder. Er saß recht bequem in dem geräumigen Steinsessel mit den breiten Armstützen einige Dezimeter unterhalb der Wasserfläche.

Szluka legte seinen Kopf gegen die Steinwandrücklehne und schloß die Augen. Wortlos blickte Martin Beck auf die Badenden.

Schräg gegenüber saß ein blasses, mageres Männchen und schaukelte eine fette Blondine auf seinen Knien. Sie sahen beide ernst und geistesabwesend auf ein kleines Mädchen, das, einen Gummiring um den Bauch, um sie her planschte.

Ein blasser, sommersprossiger Junge in weißem Badeanzug kam langsam an ihnen vorbeigewatet. Er zog einen kräftigen jungen Mann an der großen Zehe hinter sich her; der Jüngling lag, die Hände auf dem Bauch gefaltet, auf dem Rücken und stierte zum Himmel hinauf.

Auf der Bassinkante stand ein langer, sonnengebräunter Mann mit gewelltem, dunklem Haar. Seine Badehose war hellblau gestreift und sah fast wie eine Unterhose aus. Wahrscheinlich war es auch eine, dachte Martin Beck, denn wie hätte der Mann auch ahnen können, daß es zum Baden ging.

Plötzlich sagte Szluka, ohne die Augen zu öffnen: «Der Schlüssel lag auf der Treppe der Polizeidirektion. Ein Polizist hat ihn dort gefunden.»

Martin Beck starrte Szluka, der völlig entspannt neben ihm lag, erstaunt an. In dem grünschimmernden Wasser bewegte sich das Haar auf seiner gebräunten Brust sacht wie weißes Seegras.

«Wie mag er dort hingekommen sein?»

Szluka wandte den Kopf und blickte ihn mit halbgeschlossenen Augen an. «Sie glauben mir natürlich nicht. Ich kann Ihnen aber wirklich nur versichern, daß ich es selber nicht weiß.»

Eintönige, langgezogene Rufe der Enttäuschung ließen sich drüben vom Wellenbad her vernehmen. Die Maschinen waren abgestellt worden. Nun füllte sich das große Schwimmbassin wieder.

«Gestern wollten Sie mir nicht sagen, woher Sie den Schlüssel hatten. Warum jetzt auf einmal?» erkundigte sich Martin Beck.

«Da Sie offenbar das meiste falsch auslegen und dies eine Auskunft ist, die Sie sich auch anderweitig beschaffen können, hielt ich es für besser, es selbst zu erwähnen.»

Nach einer Weile fragte Martin Beck: «Warum lassen Sie mich beschatten?»

«Ich weiß nicht, wovon Sie reden.»

«Was haben Sie zum Lunch gegessen?»

«Fischsuppe und Karpfen», sagte Szluka.

«Und Apfelstrudel?»

«Nein, Walderdbeeren mit Schlagsahne und Puderzucker. Köstlich.»

Martin Beck blickte sich um. Der Herr in Unterhosen war weg.

«Wann wurde der Schlüssel gefunden?» fragte er.

«Einen Tag bevor er im Hotel abgeliefert wurde. Am Nachmittag des 23. Juli.»

«Also am selben Tag, an dem Alf Matsson verschwand.»

Szluka richtete sich auf und sah Martin Beck an. Dann drehte er sich um, öffnete seine Mappe, holte sein Handtuch hervor und trocknete sich die Hände. Anschließend zog er einen Aktendeckel aus der Mappe und blätterte darin herum. «Tatsächlich haben wir ein paar Nachforschungen durchgeführt, obwohl wir offiziell nicht um Ermittlungen gebeten worden sind.» Er nahm ein Blatt aus der Akte und fuhr fort: «Sie scheinen die Sache ziemlich ernst zu nehmen. Ist dieser Alf Matsson denn eine so wichtige Persönlichkeit?»

«Jeder Mensch, der aus heiterem Himmel verschwindet, ist wichtig genug, daß man seinem Verbleib nachforscht.»

«Nehmen Sie denn an, daß ihm etwas zugestoßen ist?»

«Nein. Aber Tatsache ist doch, daß er verschwunden ist.»

Szluka blickte auf sein Papier. «Nach Angabe der Paß- und Zollstellen ist kein Schwede mit Namen Alf Matsson nach dem 22. Juli aus Ungarn ausgereist. Im übrigen hat er seinen Paß im Hotel zurückgelassen und kann ohne ihn das Land nicht verlassen haben. Keine Person, bekannt oder unbekannt, auf die Matssons Beschreibung zutrifft, ist während der fraglichen Zeit hier im Land ins Krankenhaus oder in die Leichenhalle eingeliefert worden. Ohne seinen Paß kann Matsson auch in kein anderes Hotel gezogen sein. Alles deutet folglich darauf hin, daß Ihr Landsmann es aus irgendeinem Grund für richtig befunden hat, sich noch eine Zeitlang in Ungarn aufzuhalten.»

Szluka legte das Schreiben in die Akte zurück und schloß seine Mappe.

«Außerdem ist der Mann früher schon mal hier gewesen. Vielleicht hat er Freunde gefunden, bei denen er nun wohnt», fuhr Szluka fort und richtete sich auf.

«Ich sehe trotzdem keinen verständlichen Grund, warum er sein Hotel verlassen hat und keinerlei Lebenszeichen von sich gibt», beharrte Martin Beck nach einer Weile.

Szluka stand auf und nahm seine Mappe.

«Solange er eine gültige Aufenthaltserlaubnis hat, kann ich, wie gesagt, nichts weiter in der Sache unternehmen.»

Martin Beck erhob sich ebenfalls.

«Bleiben Sie ruhig sitzen. Ich muß leider weg. Aber wir sehen uns vielleicht wieder. Viel Spaß noch.»

Sie gaben einander die Hand. Martin Beck blickte ihm nach, wie er mit seiner Mappe davonwatete. Er machte nicht den Eindruck, als ob er zum Frühstück vier Scheiben Speck zu essen pflegte.

Als Szluka verschwunden war, ging Martin Beck ins große Bassin. Das warme Wasser, die Schwefeldämpfe hatten ihn müde gemacht. Er schwamm eine Weile in dem klaren, kühlen Wasser umher und stellte sich dann auf den Beckenrand, um sich von der Sonne trocknen zu lassen. Eine Weile blickte er auf zwei todernste Männer mittleren Alters, die im flachen Teil des Bassins einen roten Ball hin und her warfen.

Dann ging er, um sich anzuziehen. Er fühlte sich unsicher und hilflos. Die Begegnung mit Szluka hatte ihn auch nicht weitergebracht.

11

Nach dem Bad wirkte die Hitze nicht mehr so drückend. Martin Beck spazierte gemächlich durch die ausgedehnten Grünanlagen, blieb mehrmals stehen und schaute sich um. Sein Schatten war nirgends zu entdecken. Vielleicht war er endgültig zu der Erkenntnis gekommen, wie ungefährlich Martin Beck war, und hatte seine Tätigkeit eingestellt. Andererseits wimmelte die Insel von Menschen, und es war schwer, eine bestimmte Person in dem Getümmel zu entdecken, besonders wenn man nicht wußte, wie die betreffende Person aussah. Auf der Ostseite der Insel suchte er sich einen Weg hinunter zum Wasser und folgte der Strandbefestigung bis zu einer Anlegestelle, an der alle die Boote, mit denen er bisher gefahren war, festgemacht hatte. Er kannte jetzt auch schon den Namen der Station: Casino.

Am Strand oberhalb des Anlegeplatzes standen eine Reihe Bänke, spärlich besetzt mit Leuten, die auf das Boot warteten. Auf einer dieser Bänke saß einer der wenigen Personen in Budapest, die er kannte. Das Mädchen aus der Pension in Ujpest, Ari Boeck. Sie trug eine Sonnenbrille, Sandalen und ein weißes Trägerkleid und hatte ein deutsches Taschenbuch auf dem Schoß. Neben ihr lag ein Einkaufsnetz. Sein erster Gedanke war, vorbeizugehen, doch dann entschied er sich anders, blieb stehen und begrüßte sie: «Guten Tag.»

Leicht erschrocken hob sie den Blick von ihrem Buch und sah ihn verständnislos an. Dann schien sie ihn wiederzuerkennen. Sie lachte. «Ach, sind Sie es! Haben Sie Ihren Freund inzwischen gefunden?»

«Leider nein.»

«Ich hab gestern noch drüber nachgedacht, als Sie weg waren. Ich begreife nicht, wie er Ihnen meine Adresse geben konnte.»

«Das ist mir auch schleierhaft.»

«Ich hab gestern abend auch noch daran gedacht», erzählte sie mit gerunzelten Augenbrauen. «Konnte kaum einschlafen.»

«Ja, das ist sehr eigenartig.»

(Nicht ganz, kleines Mädchen, es gibt eine ganz natürliche Erklärung. Erstens hat er mir niemals deine Adresse angegeben. Zweitens ist es vermutlich folgendermaßen zugegangen: Er sah dich bei der Stockholmer Sportveranstaltung, und da dachte er, das ist ein unerhörtes Mädchen, die möchte wohl gern mal ... Ja, genau das. Und als er dann ein halbes Jahr später hierherkam, besorgte er sich deine Adresse und erkundigte sich, wo die Straße lag, fand aber keine Zeit mehr, hinzufahren.)

«Wollen Sie nicht Platz nehmen? Heute kann man vor Hitze ja kaum stehen.»

Er schob das Netz zur Seite und setzte sich gleichzeitig hin. Es enthielt zwei Sachen, die er wiedererkannte, nämlich den dunkelblauen Badeanzug und das Zyklopenauge aus grünem Gummi. Außerdem ein zusammengerolltes weißes Frotteehandtuch und eine Flasche Sonnenöl.

(Martin Beck, der geborene Detektiv und hervorragende Beobachter, war ständig damit beschäftigt, nebensächliche Beobachtungen zu machen und sie für späteren Gebrauch zu speichern.)

«Warten Sie auch aufs Boot?»

«Ja», sagte er. «Aber wir wollen vermutlich in verschiedene Richtungen.»

«Ich hab nichts Besonderes vor. An und für sich wollte ich nach Hause.»

«Sind Sie auch baden gewesen?»

(Großartige Schlußfolgerung.)

«Ja sicher, warum fragen Sie?»

(Ja, das kann man sich wirklich fragen.)

«Wo haben Sie heute Ihren Freund?»

(Was geht mich das an? Ach, das ist nur Vernehmungstechnik.)

«Tetz? Der ist abgereist. Im übrigen ist er nicht mein Freund.»

«Soso.»

(Äußerst geistreich.)

«Nur einer, den ich so kenne. Er wohnt öfter in unserer Pension. Recht nett.»

Sie zuckte die Achseln. Er betrachtete ihre Füße. Die waren immer noch kurz und breit mit geraden Zehen.

(Martin Beck, der Unbestechliche, mehr interessiert an der Schuhnummer einer Frau als an der Farbe ihrer Brustwarzen.)

«Aha. Und jetzt wollen Sie nach Hause.»

(Nötigungstaktik.)

«Eigentlich ja. Hab nichts Besonderes vor. Und Sie? Was machen Sie jetzt?»

«Keine Ahnung.»

(Endlich ein wahres Wort.)

«Sind Sie schon mal oben auf dem Gellértberg gewesen? Die Aussicht vom Befreiungsdenkmal ist wunderbar.»

«Nein.»

«Von dort aus sieht man die ganze Stadt, wie auf einem Tablett.»

«Aha.»

«Haben Sie Lust, raufzufahren? Oben wird es auch etwas frischer sein.»

«Warum nicht», sagte Martin Beck.

(Man kann sich's ja immerhin mal ansehen.)

«Dann nehmen wir das Boot, das jetzt kommt. Mit dem hätten Sie sowieso fahren müssen.»

Das Boot hieß Ifjugárda und war offenbar nach derselben Zeichnung gebaut wie das Dampfboot, mit dem er am Tag vorher gefahren war. Nur die Ventilatoren waren von anderer Konstruktion und der Schornstein schräger.

Sie standen an der Reling. Das Boot glitt schnell in die Mitte des Stromes hinein zur Margarethenbrücke hin. Unter dem Brückenbogen sagte sie:

«Übrigens, wie heißt du eigentlich?»

«Martin.»

«Und ich Ari. Aber das weißt du ja schon, woher auch immer.»

Er antwortete nicht. Erst nach einer Weile fragte er: «Was bedeutet ‹Ifjugárda› eigentlich?»

«Junggardist.»

Die Aussicht vom Befreiungsdenkmal hielt, was Ari versprochen hatte, und noch etwas mehr. Es wehte tatsächlich ein frischer Wind. Sie waren mit dem Boot bis zur Endstation vor das berühmte Hotel *Gellért* gefahren, ein Stückchen eine Straße entlanggegangen, die nach Béla Bartók benannt war, und schließlich waren sie in einen Bus gestiegen, der sie langsam und brummend den Berg hinaufgebracht hatte.

Nun standen sie an der Brustwehr der Zitadelle gegenüber dem Denkmal. Unter ihnen lag die Stadt mit Hunderttausenden von

Fensterscheiben, in denen sich die späte Nachmittagssonne spiegelte. Sie standen so nahe beieinander, daß sie ihn leicht streifte. Er ertappte sich dabei, daß seine Gedanken zum erstenmal seit fünf Tagen nicht ausschließlich bei Alf Matsson waren.

«Dort hinten liegt das Museum, in dem ich arbeite. Im Sommer ist es geschlossen», sagte sie.

«Aha.»

«Sonst bin ich auf der Universität.»

«Aha.»

Bergab gingen sie auf schmalen Serpentinenwegen zum Fluß hinunter, schlenderten über die riesige neue Brücke und gelangten bald in die Nähe seines Hotels. Die Sonne war hinter dem Berg untergegangen; ein warmer Schatten fiel über den Fluß.

«Und was machen wir nun?» fragte Ari Boeck.

Sie hatte ihn leicht untergehakt, während sie am Kai entlangschritten.

«Wir können uns über Alf Matsson unterhalten», schlug Martin Beck vor.

Die Frau warf ihm einen raschen, vorwurfsvollen Blick zu, doch gleich darauf lachte sie: «Warum nicht? Was ist er für ein Mann? Würde er mir gefallen, wenn ich ihn kennenlernte?»

«Das glaube ich nicht», meinte Martin Beck.

«Warum suchst du ihn denn so eifrig? Seid ihr gute Freunde?»

«Eigentlich nicht. Wir ... kennen uns nur.»

Er war jetzt fast überzeugt, daß sie die Wahrheit sagte und daß der vage Hinweis, der ihn zum Haus in Ujpest geführt hatte, ein reiner Zufall war. Aber vielleicht ein ganz angenehmer Zufall, dachte Martin Beck.

Sie hing jetzt leicht an seinem Arm und ging mit den Füßen im Zickzack, so daß ihr Körper leicht hin und her schwang.

Sie waren an seinem Hotel vorbeigegangen und kamen zu dem großen illuminierten Raddampfer, den er am vergangenen Abend auf dem Fluß gesehen hatte. Eine Menge Leute drängten sich an Bord.

«Was ist das für ein Schiff?» erkundigte er sich.

«Szabadság heißt es. Das bedeutet Freiheit. Es macht eine Mondscheinfahrt stromaufwärts, rund um die Margaretheninsel und wieder zurück. Dauert ungefähr eine Stunde. Kostet fast nichts. Wollen wir mitfahren?»

Sie gingen an Bord, und sofort legte das Schiff ab, friedlich in der dunklen Strömung plätschernd. Unter allen maschinengetriebenen Fahrzeugtypen ist keines, das sich so gelassen bewegt wie ein Raddampfer.

Sie standen oberhalb des Radhauses und sahen den Strand vorbeigleiten. Sie lehnte sich an ihn, ganz leicht, und er konnte jetzt deutlich feststellen, was er schon vorher bemerkt hatte. Daß sie unter dem Kleid keinen Büstenhalter trug.

Eine kleine Kapelle spielte auf dem Achterdeck; einige Leute tanzten.

«Möchtest du tanzen?» fragte sie.

Martin Beck schüttelte den Kopf.

«Ich mach mir auch nicht viel daraus», sagte sie, um gleich darauf hinzuzufügen: «Ich kann's aber, wenn's darauf ankommt.»

«Ich auch», sagte Martin Beck.

Das Schiff fuhr an der Margaretheninsel und Ujpest vorbei, wendete und ließ sich mit der Strömung lautlos in südlicher Richtung zurücktreiben.

Sie standen eine Weile hinter dem Schornstein und sahen hinunter durch das offene Skylight. Die Maschine bewegte sich im ruhigen Rhythmus, die Kupferrohre glänzten, der warme, mit Öl gemischte Lufthauch schlug zu ihnen hinauf.

«Bist du schon öfter mit diesem Boot gefahren?» fragte er.

«Ja. Schon oft. Es ist das beste, was man in dieser Stadt an einem so warmen Abend tun kann.»

Er wußte nicht recht, wie er sie einschätzen sollte. Das irritierte ihn, neben allem anderen.

Das Schiff fuhr am Parlamentsgebäude vorbei, über dessen Hauptkuppel jetzt diskret ein großer roter Stern glänzte, fuhr mit gekapptem Schornstein unter der Brücke mit den großen Steinlöwen hindurch und legte schließlich wieder dort an, wo sie eingestiegen waren.

Als sie über die Gangway an Land gingen, ließ Martin Beck die Augen über die Mole gleiten. Unter der Laterne vor dem Billettschalter stand der lange Mann mit dem dunklen, zurückgestrichenen Haar. Er trug wieder den blauen Anzug und starrte sie beide an. Dann wandte der seltsame Verfolger sich um und verschwand mit schnellen Schritten hinter dem Wartehäuschen. Die Frau folgte Martin Becks Blicken und legte ihre linke Hand auf seine rechte; schnell, aber vorsichtig.

«Hast du den Kerl da gesehen?» fragte er.

«Ja», sagte sie.

«Weißt du, wer er ist?»

Sie schüttelte den Kopf. «Nein, kennst du ihn denn?»

«Nein. Noch nicht.»

Martin Beck entdeckte plötzlich, daß er hungrig war. Er hatte den Lunch ausgelassen, und die Abendessenszeit war fast vorbei.

«Wie wär's, wollen wir zusammen essen?»

«Wo denn?»

«In meinem Hotel.»

«Kann ich denn so in diesem Kleid da hingehen?»

«Sicher.» Er hätte beinah gesagt: Wir sind ja nicht in Schweden.

Der Speisesaal war noch ziemlich voll, die meisten saßen an der Balustrade vor dem offenen Fenster. Mückenschwärme tanzten um die Lampen.

«Kleine Mücken», sagte sie, «die beißen nicht. Wenn sie verschwinden, ist der Sommer zu Ende. Wußtest du das?»

Das Essen war wie immer ausgezeichnet, der Wein ebenso. Sie war spürbar hungrig und aß mit frischer, jugendlicher Unbekümmertheit. Dann saß sie schweigend da und lauschte der Musik. Sie rauchten zum Kaffee und tranken eine Art Kirschlikör, der außerdem nach Schokolade schmeckte. Als sie die Zigarette im Aschenbecher ausdrückte, berührte sie wie zufällig seine rechte Hand. Gleich darauf wiederholte sie das Manöver, und anschließend spürte er unter dem Tisch ihren einen Fuß gegen seinen Spann. Sie hatte ihren Schuh abgestreift.

Nach einer Weile nahm sie Fuß und Hand weg und ging in den Waschraum.

Martin Beck massierte mit den Fingern der rechten Hand nachdenklich seinen Haaransatz. Dann beugte er sich über den Tisch und nahm das Nylonnetz, das sie auf den Stuhl neben sich gelegt hatte. Er griff hinein und holte den Badeanzug hervor. Er war vollständig trocken, auch in den Nähten und entlang dem Gummirand. So trokken, daß er innerhalb des letzten Tages kaum mit Wasser in Berührung gekommen sein konnte. Martin Beck rollte ihn wieder zusammen und legte ihn ordentlich in das Netz zurück. Gedankenvoll biß er sich auf den Zeigefingerknöchel. Das alles brauchte natürlich nichts zu bedeuten. Im übrigen kam er sich weiterhin ziemlich hilflos vor.

Sie kam zurück und setzte sich wieder, lächelte, schlug die Beine übereinander, steckte sich eine neue Zigarette an und lauschte den Wiener Melodien. «Schön ist das», sagte sie.

Er nickte.

Allmählich leerte sich der Speisesaal. Die Ober standen in Gruppen und plauderten. Die Kapelle schloß das Abendkonzert und den ‹*Donauwellen*›. Sie blickte auf die Uhr.

«Jetzt muß ich wohl nach Hause», sagte sie.

Er blickte nachdenklich vor sich hin. Eine Treppe höher lag eine kleine nachtklubähnliche Bar; aber er verabscheute derartige Lokale, und es mußte sich schon um dringende dienstliche Aufgaben handeln, wenn er sich zum Besuch einer Bar entschloß. Ob hier ein solcher Fall vorlag?

«Wie kommst du nach Hause?» fragte er. «Mit dem Boot?»

«Nein, das letzte ist schon weg. Ich nehm die Straßenbahn; das geht außerdem schneller.»

Er überlegte immer noch. Die Situation war bei aller Einfachheit etwas kompliziert. Warum, wußte er nicht.

So schwieg er auf ihre Bemerkung. Die Musiker packten ihre Instrumente zusammen und verbeugten sich gemessen.

Ari sah wieder auf die Uhr. «Ich sollte jetzt wohl gehen», sagte sie.

Der Nachtportier in der Halle dienerte. Der Türsteher half ihnen ehrfurchtsvoll durch die große Drehtür. Als sie auf der Straße standen, allein in der warmen Nachtluft, machte sie plötzlich eine halbe Wendung, reckte sich hoch und küßte ihn. Durch das dünne Kleid konnte er deutlich ihre Brust und ihren Magen fühlen, ihren Schoß und ihre Schenkel. Sie reichte ihm knapp bis an das Kinn.

«Oha, wie bist du lang», lachte sie. Mit einer geschmeidigen kleinen Drehung trat sie wieder zurück. «Vielen Dank für den schönen Abend», sagte sie. «Wir sehen uns sicher bald mal wieder. Gute Nacht.»

Sie ging. Drehte den Kopf. Winkte mit der rechten Hand. Das Netz mit den Badesachen schlug ihr gegen das linke Bein.

«Gute Nacht», rief Martin Beck ihr nach.

Er ging ins Vestibül zurück, ließ sich den Schlüssel geben und ging auf sein Zimmer. Es war stickig, und er öffnete das Fenster. Dann zog er Hemd und Schuhe aus, ging ins Badezimmer und wusch sich Gesicht und Oberkörper kalt ab. Er kam sich nicht nur hilflos, sondern auch etwas dämlich vor.

Es muß an der Hitze liegen, dachte er; nur gut, daß mich niemand sieht.

In diesem Augenblick klopfte es leise an die Tür; die Klinke bewegte sich nach unten, und sie stand im Zimmer.

«Ich hab mich vorbeigeschlichen», sagte sie. «Niemand hat mich gesehen.»

Sie zog die Tür hinter sich zu, schnell und leise, machte zwei Schritte auf ihn zu, ließ das Nylonnetz auf den Fußboden fallen und schlüpfte aus den Sandalen. Überrascht starrte er sie an. Ihr Blick hatte sich plötzlich verändert, die Augen waren trübe, wie mit einem Schleier überzogen. Sie bückte sich mit überkreuzten Armen, faßte mit beiden Händen den Kleidersaum, zog sich mit einer schnellen, geschmeidigen Bewegung das Kleid über den Kopf und stand auf einmal nackt vor ihm. Das war an und für sich nicht weiter überraschend. Man sah, daß sie sich immer in demselben Badeanzug sonnte, denn über Brust und Bauch liefen scharf abgegrenzte Felder, die weiß gegen die übrige dunkelbraune Haut abstachen. Die Brust war wohlgeformt und weiß und rund, die Brustwarzen groß und rosa und zylindrisch wie verankerte Seemarkierungen. Die Schambehaarung tiefschwarz, ebenfalls scharf abgegrenzt, ein eingezeichnetes Dreieck, das einen großen Teil des weißen Rechtecks bedeckte. Die dichten krausen Haare standen aufrecht, so als ob sie sich elektrisch aufgeladen hätten. Um die Brustwarzen hatte sie kreisrunde hellbraune Ringe. Sie sah aus wie eine kolorierte geometrische Figur.

Die zurückliegenden Jahre beim Sittendezernat hatten Martin Beck gegen derartige Provokationen immun gemacht. Und auch wenn dies hier keine Provokation im eigentlichen Sinne des Wortes war, so fiel es ihm wesentlich leichter, damit fertig zu werden, als mit der Situation im Speisesaal eine halbe Stunde vorher. Noch ehe Ari überhaupt Zeit gefunden hatte, das Kleid über den Kopf zu ziehen, hatte er ihr die Hand auf die Schulter gelegt:

«Einen Augenblick.»

Sie senkte das Kleid ein wenig und starrte ihn verständnislos an. Den linken Arm hatte sie aus dem Kleid gelöst, damit griff sie nach seiner Hand und führte sie langsam zwischen ihre Schenkel, während ihre andere Hand immer noch das Kleid umklammert hielt. Ihr Geschlecht war geschwollen und offen. Er spürte Feuchtigkeit an seinen Fingerspitzen.

«Fühl doch», sagte sie mit einer Hilflosigkeit in der Stimme, die weit entfernt von Gut und Böse war.

Martin Beck machte sich frei, streckte den Arm aus, stieß die Tür zum Hotelkorridor auf und sagte in seinem besten Schuldeutsch: «Seien Sie so freundlich, Ihr Kleid anzuziehen.»

Sie stand einen Augenblick fassungslos da, wie damals, als er an ihre Tür in Ujpest geklopft hatte. Dann verstand sie und schlüpfte hastig in Kleid und Sandalen.

Er zog sich Hemd und Schuhe an, hob ihr Netz vom Fußboden auf und führte sie mit leichtem Griff am Oberarm ins Vestibül hinunter.

«Ein Taxi für die Dame», sagte er zum Nachtportier.

Das Auto kam sofort. Er öffnete die Tür, doch als er ihr beim Einsteigen helfen wollte, machte sie sich mit heftigem Ruck frei.

«Ich bezahle den Fahrer», sagte er.

Sie warf ihm einen bitterbösen Blick zu. Der trübe Schimmer in ihren Augen war verflogen – sie war wieder nüchtern und bei Sinnen. Ihr Blick war klar, dunkel und voller Haß. «Den Teufel wirst du tun», stieß sie hervor. «Fahren Sie los.» Sie knallte die Tür zu, und der Wagen fuhr an.

Martin Beck blickte dem Auto nach. Die Uhr zeigte schon weit nach Mitternacht. Er ging ein Stückchen südwärts, hinauf zur neuen Brücke. Auch sie lag ganz öde da; nur ein paar nächtliche Straßenbahnwagen waren unterwegs. Auf der Brücke blieb er stehen, lehnte sich gegen das Geländer und sah hinunter in das dunkle, lautlos dahinströmende Wasser. Es war warm und menschenleer und still. Ein idealer Platz zum Nachdenken, wenn man wüßte, worüber man hätte nachdenken sollen. Nach einer Weile ging er ins Hotel zurück. Ari Boeck hatte eine Zigarette mit rotem Filtermundstück in seinem Zimmer verloren. Er hob sie auf und steckte sie an. Sie schmeckte scheußlich. Da warf er sie aus dem Fenster.

12

Martin Beck lag in der Badewanne, als das Telefon klingelte.

Er hatte das Frühstück verschlafen und vor dem Lunch einen Spaziergang an der Mole entlang gemacht. Die Sonne stach heißer als je, und selbst unten am Wasser regte sich kein Lüftchen. Bei der

Rückkehr ins Hotel fühlte er sich verschwitzt und war darum schnell in die Badewanne gegangen. Der Lunch konnte warten. Nun lag er in dem lauen Wasser und hörte das Telefon mit kurzen Signalen klingeln.

Er stieg aus der Wanne, warf das große Badelaken um und nahm den Hörer ab.

«Herr Beck?»

«Ja.»

«Sie müssen entschuldigen, wenn ich Sie nicht mit Ihrem Titel anrede. Wie Sie verstehen, ist es eine reine ... ja, lassen Sie uns es so nennen, tja ... Sicherheitsmaßnahme.»

Es war der junge Mann von der Botschaft.

Martin Beck fragte sich, wem gegenüber es eine Sicherheitsmaßnahme sei, nachdem man im Hotel wie auch bei Szluka wußte, daß er von der Polizei war. Trotzdem sagte er: «Ich verstehe.»

«Wie geht es? Haben Sie irgendwelche Fortschritte gemacht?»

Martin Beck ließ das Badelaken fallen und setzte sich aufs Bett. «Nein.»

«Haben Sie wenigstens eine Spur gefunden?»

«Nein.» Als sein Gesprächspartner schwieg, setzte er hinzu: «Ich habe mit der hiesigen Polizei gesprochen.»

«Das halte ich für einen Fehler», sagte der Mann von der Botschaft.

«Möglich», gab Martin Beck zurück. «Aber es ließ sich nicht vermeiden. Ein gewisser Vilmos Szluka hat mich im Hotel angesprochen.»

«Major Szluka. Was wollte er?»

«Nichts. Er teilte mir wahrscheinlich dasselbe mit, was er Ihnen schon gesagt hatte. Daß er keinerlei Veranlassung sehe, sich mit dem Fall zu befassen.»

«Ich verstehe. Was gedenken Sie nun zu tun?

«Jetzt gehe ich essen.»

«Ich meine, in dieser Angelegenheit?»

«Ich weiß nicht.»

Es wurde eine Weile still. Dann sagte der junge Mann: «Sie haben ja unsere Nummer. Rufen Sie an, wenn sich irgend etwas ergeben hat.»

«Mach ich.»

«Dann auf Wiedersehen.»

«Auf Wiedersehen.»

Martin Beck legte auf, ging ins Badezimmer und zog den Stöpsel aus der Wanne. Dann zog er sich an, ging hinunter und setzte sich unter die Markise vor dem Speisesaal und bestellte sein Essen. Auch hier im Schatten war es drückend heiß. Er aß langsam und trank große Schlucke von dem kühlen Bier. Während er sein Lunch verzehrte, hatte er die ganze Zeit das Gefühl, beobachtet zu werden. Der lange Dunkelhaarige war nicht in Sicht, trotzdem konnte er sich nicht eines gewissen Unbehagens erwehren.

Unauffällig sah er sich unter den Leuten um. Es war die übliche Ansammlung von Lunchgästen, hauptsächlich Ausländer wie er selber und zum überwiegenden Teil Hotelgäste. Er fing verstreute Gesprächsfetzen auf, meist auf deutsch oder ungarisch, aber auch englisch und in einigen Sprachen, die er nicht identifizieren konnte. Plötzlich hörte er deutlich das Wort *Knäckebröd* fallen. Er drehte sich um und sah zwei Damen, zweifellos Schwedinnen, die am Fenster des Speisesaals saßen.

Er hörte, wie die eine sagte: «Ja, das habe ich prinzipiell bei mir. Auch Toilettenpapier. Damit ist es im Ausland immer schlecht bestellt – wenn es überhaupt was gibt.»

«Ja», stimmte die andere zu, «ich entsinne mich, damals in Spanien ...»

Martin Beck interessierte sich nicht mehr für die Erlebnisse seiner Landsmänninnen und machte sich erneut daran, seinen Beschatter unter den Umsitzenden herauszufinden.

Sein Verdacht fiel eine Zeitlang auf einen älteren Herrn, der ein paar Tische entfernt mit dem Rücken zu ihm saß und sich ab und zu nach ihm umdrehte; doch nach einer Weile stand der Mann auf, hob einen kleinen, zotteligen Hund in die Höhe, der zusammengekauert auf seinen Knien gehockt hatte, und verschwand mit dem Tier um die Hotelecke.

Als Martin Beck sein Lunch beendet und eine Tasse von dem starken Kaffee getrunken hatte, war es schon lange Nachmittag. Die Hitze flimmerte, aber er ging ein Stück in die Stadt hinauf, dabei versuchte er, sich möglichst im Schatten zu halten. Er hatte festgestellt, daß das Polizeigebäude nur einige Häuserblocks vom Hotel entfernt lag, und es bereitete ihm keine Schwierigkeiten, dorthin zu finden.

Auf der Treppe, wo nach Szlukas Aussage der Schlüssel gelegen haben sollte, stand ein Polizist in blaugrauer Uniform und wischte sich den Schweiß von der Stirn.

Martin Beck ging um das Gebäude herum und auf einem anderen Weg wieder zurück in sein Hotel, die ganze Zeit mit dem gleichen unbehaglichen Gefühl, beobachtet zu werden.

Dies war etwas ganz Neues für ihn. Während seiner dreiundzwanzigjährigen Dienstzeit hatte er selber etliche Male verdächtige Personen bewachen oder beschatten müssen. Jetzt ging ihm auf, was für ein Gefühl es ist, die ganze Zeit beobachtet zu werden, jede Bewegung, die man macht, registriert zu sehen und jemand ständig hinter sich herschleichen zu haben.

Martin Beck verbrachte den Rest des Tages in der relativen Kühle seines Zimmers. Er saß am Tisch vor einem Bogen Papier, einen Kugelschreiber in der Hand, und versuchte eine Art Aufstellung zu machen von dem, was er über den Fall Alf Matsson wußte.

Schließlich zerriß er das Papier in kleine Fetzen und spülte es in der Toilette weg. Was er wußte, war so verschwindend wenig, daß sich das Aufschreiben nicht lohnte. Es machte ihm weiß Gott keine Schwierigkeiten, die Fakten im Kopf zu behalten. Tatsächlich wußte Martin Beck nicht mehr, als was in das Hirn einer Krabbe hineinpaßte.

Die Sonne versank hinter den Bergen und färbte den Fluß rot. Kaum merklich ging die kurze Dämmerung in samtweiche Dunkelheit über, und mit der Dunkelheit kam der erste kühle Lufthauch des Tages von den Hügeln hinunter über den Fluß.

Martin Beck stand an seinem Fenster und sah, wie die Wasserfläche sich unter der leichten Abendbrise kräuselte. An einem Baum schräg unter seinem Fenster stand ein Mann. Eine Zigarette glühte auf, und Martin Beck meinte, den langen Dunklen wiederzuerkennen. Irgendwie empfand er es als Erleichterung, ihn dort zu sehen, nicht nur das vage, schleichende Gefühl zu haben, daß er sich in der Nähe befinde.

Er zog sein Jackett über und ging in den Speisesaal hinunter. Er aß so langsam wie möglich und trank zwei Barack Palinka, ehe er wieder auf sein Zimmer ging.

Die Abendbrise hatte sich gelegt. Der Fluß lag schwarz und blank, und die Hitze war ebenso drückend draußen wie drinnen im Zimmer.

Martin Beck ließ Fenster und Laden offen und zog die Gardinen beiseite. Dann zog er sich aus und legte sich in das knarrende Bett.

13

Wirklich hochsommerliche Hitze wird fast noch unerträglicher, wenn die Sonne untergegangen ist. Wer Hitze gewohnt ist und sie kennt, schließt Fenster und Laden und zieht die Gardinen vor. Wie den meisten Nordländern fehlten Martin Beck diese Kenntnisse. Er hatte die Gardinen zurückgezogen und die Fenster weit geöffnet. Nun lag er in der Dunkelheit auf dem Rücken und wartete auf die Kühle. Sie wollte nicht kommen. Er knipste die Nachttischlampe an und versuchte zu lesen. Aber daraus wurde nicht viel. Er hatte zwar ein Röhrchen Schlaftabletten im Badezimmer, wollte aber nicht darauf zurückgreifen. Der Tag war vergangen, ohne daß er etwas Sinnvolles getan hatte, somit hatte er allen Grund, sich darauf vorzubereiten, daß er am nächsten Tag aktiver war und etwas Praktisches unternahm. Nahm er jetzt eine Tablette, würde er den ganzen nächsten Vormittag wie im Tran umherlaufen. Das wußte er aus Erfahrung.

Er setzte sich ans offene Fenster. Ein Unterschied war kaum zu merken. Nicht der geringste Luftzug, nicht einmal ein heißer Hauch von der Pußta her, wo sie auch liegen mochte. Die Stadt wirkte fast, als ob sie an Atemnot litt, in Koma gefallen und nun von der Hitze bewußtlos war. Nach einer Weile tauchte auf der anderen Seite des Flusses ein einsamer gelber Straßenbahnwagen auf. Langsam, kreischend fuhr er über die Elisabethbrücke; unter dem Brückenbogen verstärkte sich der Lärm. Trotz der Entfernung konnte er sehen, daß der Wagen leer war. Dreiundzwanzig Stunden zuvor hatte er dort oben auf der Brücke gestanden und über sein seltsames Zusammentreffen mit dem Mädchen aus Ujpest nachgedacht. Der Platz da oben war gar nicht so uneben.

Er zog Hose und Hemd an und ging hinaus. Die Portierloge war leer. Auf der Straße fuhr ein grüner Skoda an. Langsam rollte er um die Ecke. Liebespaare in Autos sind sich in der ganzen Welt gleich. Er schlenderte die Kaischonung entlang, vorbei an einigen schlafenden Booten, passierte das Standbild von Petöfi und gelangte zur Brücke. Sie lag still und einsam wie in der vorangegangenen Nacht, war aber im Gegensatz zu vielen Straßen der Stadt hell beleuchtet. Wieder blieb er auf der Brücke stehen, die Ellbogen auf dem Geländer, und starrte ins Wasser. Ein Schlepper fuhr unter ihm hindurch; in großem Abstand folgte der Schleppzug, vier lange Prahme, je zwei und zwei zusammengebunden. Sie glitten lautlos mit gelöschten Lichtern dahin, nur eine Nuance dunkler als die Nacht.

Beim Gehen hörte er, wie seine eigenen Schritte irgendwo auf der stillen Brücke widerhallten. Einige Meter weiter hörte er wieder das Echo. Es wollte ihm so vorkommen, als wäre der Laut eine Idee zu lang. Er blieb regungslos stehen und lauschte, konnte aber nichts feststellen. Mit schnellen Schritten ging er ungefähr zwanzig Meter weiter und blieb abrupt stehen. Der Laut war von neuem vernehmbar, und auch jetzt fand er, daß er zu spät kam, um wirklich ein Echo zu sein. So leise er konnte, ging er nun über die Fahrbahn auf die andere Seite der Brücke und sah sich um. Es war jetzt ganz still. Nichts rührte sich. Von der Pestseite fuhr eine Straßenbahn auf die Brücke und machte weitere Beobachtungen unmöglich. Martin Beck setzte seinen Spaziergang über die Brücke fort. Wahrscheinlich war er vom Verfolgungswahn befallen. Wenn jemand die Ausdauer und Möglichkeit hatte, ihn zu dieser Nachtzeit unter Bewachung zu halten, so konnte es kaum jemand anders als die Polizei sein. Und damit war das Problem im großen und ganzen ja gelöst. Wenn nicht . . .

Martin Beck war fast an der Mole unterhalb des Gellért-Berges angelangt, als die Straßenbahn vorbeirumpelte. Gegen eines der Fenster gelehnt, schlief ein einsamer Fahrgast mit offenem Mund.

Der nächtliche Wanderer gelangte zu den Stufen, die von der Südseite der Brücke zur Kaimauer führten, und ging hinunter. Durch das verklingende Bullern des Straßenbahnwagens glaubte er das Rattern eines Autos zu vernehmen, das irgendwo in der Nähe hielt. Aber er konnte nicht ausmachen, wie weit von ihm oder in welcher Richtung.

Martin Beck war nun unten am Kai. Schnell und lautlos ging er in südlicher Richtung; wo die Dunkelheit am dichtesten war, blieb er stehen und lauschte. Nichts war zu hören oder zu sehen. Mit größter Wahrscheinlichkeit befand sich keine Menschenseele auf der Brücke, aber das war an und für sich nicht entscheidend. Wenn jemand ihm von der anderen Seite gefolgt war, konnte derjenige ebensogut bis zum Brückenende gelangt und die Treppen an der Nordseite hinuntergegangen sein. Daß niemand außer ihm die Treppen an der Südseite heruntergekommen war, konnte er mit Sicherheit sagen. Nichts war zu hören außer den schwachen Verkehrsgeräuschen in der Ferne. In der unmittelbaren Umgebung herrschte vollständige Ruhe. Martin Beck lachte leise auf; nun war er fest davon überzeugt, daß niemand ihm gefolgt war. Aber das Spiel machte ihm Spaß, und im stillen wünschte er sich, daß sich dort drüben in der Dunkelheit auf der anderen Seite der Brücke irgendein verwirrter Mensch aufhielt. Er selbst kannte die Routine ja im Schlaf und wußte, daß derjenige, der eventuell auf der anderen Seite hinuntergegangen war, nicht riskieren konnte den gleichen Weg zurückzugehen, die Brücke zu überqueren und die Treppe auf der Südseite herunterzukommen. Unter der Brücke liefen zwei Parallelstraßen den Kai entlang; die innere lag etwa eineinhalb Meter höher als der Kai selber, der seinerseits treppenförmig zum Wasser hinunterging. Die beiden Straßen wurden von einer niedrigen Steinmauer getrennt. Außerdem gab es ein Stück weiter oben einen Fußgängertunnel durch das Fundament der Brücke. Aber auch keiner dieser Wege konnte von dem eventuellen Schatten genutzt werden, vorausgesetzt, der Betreffende beherrschte sein Handwerk. Jeder Versuch, unter der Brücke durchzukommen, hatte zur Folge, daß der Mann das Licht im Rücken hatte und dadurch sofort entdeckt werden konnte. Blieb also nur eine Möglichkeit: das ganze Brückenende in einem weiten Halbkreis zu umgehen, alle Zufahrtsrampen zu überschreiten und so weit wie möglich hinunter zum Kai zu kommen. Aber das brauchte Zeit, auch wenn der Mann das Risiko auf sich nahm und losrannte, und während dieser Zeit hatte der Beschattete, im vorliegenden Fall Erster Kriminalassistent Martin Beck aus Stockholm, Gelegenheit, in beinahe jede beliebige Richtung zu verschwinden.

Nun war es allerdings unwahrscheinlich, daß es überhaupt jemanden gab, der ihn beschattete, und außerdem hatte Martin Beck die ganze Zeit über die Absicht gehabt, am Fluß entlang nach Norden zu gehen und über die nächste Brücke nach Hause ins Hotel zu kommen. Demzufolge verließ er seinen Aussichtsplatz in dem schützenden Dunkel und ging ruhigen Schritts in nördlicher Richtung. Martin Beck wählte die innere der beiden Straßen, ging unter der Brücke hindurch und weiter die Steinmauer entlang, zwei Meter oberhalb der Kaihöhe. Auf der entgegengesetzten Seite des Flusses lag das Hotel, dunkel mit Ausnahme von zwei schmalen, senkrechten Lichtrechtecken. Die Fenster in seinem eigenen Zimmer. Er setzte sich auf die niedrige Steinmauer und steckte sich eine Zigarette an. Große Wohnhäuser aus der Jahrhundertwende begrenzten die Straße. Davor standen parkende Autos. Alle Fenster waren geschlossen und dunkel. Martin Beck lauschte in die Stille. Er war immer noch auf der Hut, ohne sich aber dessen ganz bewußt zu sein.

Auf der anderen Straßenseite wurde ein Automotor angelassen. Er ließ den Blick an der Reihe parkender Wagen entlangschweifen, konnte aber nicht feststellen, woher das Geräusch kam. Leise murmelnd ging der Motor im Leerlauf. Das dauerte nur dreißig Sekunden, dann hörte er, wie der Gang eingelegt wurde; das Standlicht wurde eingeschaltet. Fünfzig Meter weiter oben löste sich ein Auto aus dem Schatten und fuhr auf der anderen Straßenseite und in langsamem Tempo auf ihn zu. Ein dunkelgrüner Skoda. Ihm war, als habe er ihn schon einmal gesehen. Der Wagen kam näher. Martin Beck saß ruhig auf der Steinmauer und beobachtete ihn. Als er fast auf gleicher Höhe mit Martin Beck war, schwenkte er nach links ein, als wolle der Fahrer auf der Straße wenden. Aber die Wendung erfolgte nicht, das Auto fuhr fast noch langsamer als vorher, direkt auf ihn zu. Offenbar war, daß jemand ihn treffen wollte, aber Martin Beck wußte nicht, was er davon halten sollte ... der Mann konnte ja kaum die Absicht haben, ihn zu überfahren, nicht mit diesem Tempo, und außerdem wäre es Augenblickssache, sich nötigenfalls hinter der Mauer in Sicherheit zu bringen. Sofern nicht jemand im Rücksitz versteckt lag, konnte er nur eine Person im Auto erkennen.

Martin Beck drückte seine Zigarette aus. Er war keineswegs ängstlich, nur sehr neugierig, was jetzt geschehen würde. Der grüne Skoda hielt mit laufendem Motor, das rechte Vorderrad an der Bürgersteigkante, nur drei Meter von ihm entfernt. Der Fahrer schaltete die Scheinwerfer ein. Alles war jetzt in strahlendes Licht getaucht. Zwei Sekunden später ging das Licht wieder aus. Die Autotür öffnete sich, und ein Mann stieg aus dem Fahrersitz.

Martin Beck hatte ihn oft genug gesehen, um ihn trotz des Blendeffekts sofort zu erkennen. Den Langen mit dem dunklen, nach hinten gekämmten Haar. Der Mann hatte nichts in der Hand. Er trat einen Schritt näher. Leise brummte der Motor.

Martin spürte irgend etwas. Keine Bewegung und auch keinen Laut, nur einen leichten Luftzug schräg hinter sich. So schwach, daß nur die Stille der Nacht ihn wahrnehmbar machte.

Der schwedische Kriminalbeamte wußte jetzt, daß er nicht mehr allein an der Mauer war, daß das Auto lediglich seine Aufmerksamkeit ablenken sollte, während sich jemand lautlos auf dem Kai näherte und sich hinter der Steinmauer an ihn heranschlich. Und im gleichen Augenblick ging ihm auf, daß es sich hier nicht um irgendeine Beschattung handelte ... das war bitterer Ernst. Und mehr als das. Das konnte der Tod sein, der es diesmal auf ihn abgesehen hatte, und nicht aus Zufall, sondern eiskalt und berechnend und geplant.

Mit seinen Boxkünsten war es nicht weit her, dafür war sein Reaktionsvermögen um so beachtlicher. Im gleichen Augenblick, als er den leichten Luftzug spürte, zog er den Kopf zwischen die Schultern, setzte den rechten Fuß gegen die Mauerkante, gab sich einen Schwung, drehte den Oberkörper und warf sich hintenüber. Das Ganze war eine einzige blitzschnelle Bewegung. Der Arm, der sich gerade um seinen Hals legen wollte, wurde hart gegen Nase und Augenbrauen gestoßen und glitt dann über die Stirn. Er spürte ein heißes, überraschtes Keuchen an seiner Wange und sah ein Messer aufblitzen, das nun sein Ziel verfehlt hatte. Er fiel rücklings auf den Kai hinunter, schlug mit der linken Schulter hart aufs Pflaster und ließ sich abrollen, um wieder auf die Füße zu kommen. Wie Silhouetten gegen den Sternenhimmel erkannte er zwei Gestalten auf der Mauer. Dann war es nur noch eine, und während er noch halb auf dem Pflaster kniete, war der Mann mit dem Messer wieder über ihm. Der linke Arm war nach dem Fall gegen die Kaimauer wie gelähmt, aber für eine Sekunde waren die Lichtverhältnisse für ihn vorteilhaft. Der andere zeichnete sich gegen den Hintergrund ab. Der Angreifer stieß vorbei, und in der nächsten Sekunde glückte es Martin Beck, ihn am rechten Handgelenk zu packen. Es war kein guter Griff und ein ungewöhnlich kräftiges Handgelenk, aber er hielt es fest gepackt, denn er wußte genau, daß hier seine einzige Chance lag. Für eine Zehntelsekunde kamen sie hoch. Er stellte fest, daß der andere kleiner, doch bedeutend breiter als er war. Mechanisch wandte er einen der uralten Polizeigriffe aus der Ausbildungszeit an, und tatsächlich glückte es ihm, den Widersacher zu Boden zu werfen. Das dumme war nur, daß er die Messerhand nicht loszulassen wagte und deshalb selbst im Fall mitgezogen wurde. Sie rollten ein paarmal um ihre Achse und lagen nun unmittelbar an der Kaikante, von wo aus die Treppenstufen zum Wasser hinunterführten. Jetzt kehrte auch das Gefühl im linken Arm zurück, und er kriegte das andere Handgelenk des Mannes zu fassen. Aber sein Widersacher war stärker und wälzte sich langsam über ihn. Ein harter Fußtritt gegen seinen Kopf erinnerte ihn, daß er nicht nur physisch, sondern auch zahlenmäßig unterlegen war. Er lag nun auf dem Rücken, so dicht an den Treppen, daß er die erste Stufe mit dem Fuß spürte. Der Mann mit dem Messer keuchte ihm seinen Atem ins Gesicht. Er roch nach Schweiß, Rasierwasser und Halstabletten. Langsam, aber unerbittlich brach sein Widersacher die linke Hand auf.

Martin Beck spürte, das war das Ende: Blitze zuckten hin und her durch den pulsierenden Nebel. Ihm war, als wenn sein Herz sich mehr und mehr und mehr erweiterte – wie eine blaurote Geschwulst, die im nächsten Augenblick platzen wollte. In seinem Kopf dröhnte es wie in einem Hammerwerk. Er hörte mehrere dumpfe Schläge, Schüsse, ein Stöhnen, wildes Hupen ... auf einmal war die Welt in blendendweiße Lichtfülle getränkt, die alle Formen und alles Leben verschmelzen ließ. Sein letzter bewußter Gedanke war, daß er hier auf dem Kai in einer fremden Stadt sterben sollte, genau wie Alf Matsson es vermutlich getan hatte, und ohne zu wissen warum. Mit letzter reflexmäßiger Anstrengung packte Martin Beck mit beiden Händen das rechte Handgelenk des anderen, stieß mit dem Fuß ab und wälzte sich selbst und seinen Gegner über die Kaikante. Er prallte mit dem Kopf gegen die zweite Treppenstufe und verlor das Bewußtsein.

Nach einer Weile, die ihm wie eine Ewigkeit vorkam, öffnete Martin Beck die Augen. Alles war in grellweißes Licht getaucht. Er lag auf dem Rücken, hatte den Kopf zur Seite geneigt und berührte mit dem rechten Ohr das Pflaster. Das erste, was er sah, war ein Paar saubergeputzte schwarze Schuhe, die fast sein ganzes Blickfeld ausfüllten. Er drehte den Kopf und richtete den Blick nach oben.

Szluka, in grauem Anzug und immer noch mit dem lächerlichen Jägerhut auf dem Kopf, beugte sich über ihn. «Guten Abend.»

Martin Beck hob sich auf den Ellbogen. Die Lichtfülle rührte von den Scheinwerfern zweier Polizeiautos her. Das eine hielt auf dem Kai und das andere an der Steinmauer auf der höher gelegenen Straße. Dicht neben Szluka stand ein Polizist in Schirmmütze, schwarzen Lederstiefeln und heller graublauer Uniform. Er hatte einen Gummiknüppel in der Rechten und betrachtete nachdenklich die auf dem Boden zusammengesunkene Gestalt. Tetz Radeberger, der Mann, der im Haus in Ujpest mit dem Achselband von Ari

Boecks Badeanzug gespielt hatte, lag jetzt in tiefer Bewußtlosigkeit auf dem Rücken, Blut an der Wange und im blonden Haar.

«Es waren zwei», brachte Martin Beck heraus. «Wo ist der andere?»

«Angeschossen», sagte Szluka lakonisch. «Natürlich vorsichtig. In der Wade.»

Aus den Fenstern der angrenzenden Häuser starrten die Menschen neugierig auf den Kai hinunter.

«Bleiben Sie liegen», warnte Szluka. «Der Ambulanzwagen kommt sofort.»

«Nicht nötig», sagte Martin Beck und richtete sich auf.

Genau drei Minuten und fünfzehn Sekunden waren vergangen, seit er auf der Steinmauer gesessen und den Luftzug im Nacken verspürt hatte.

14

Das Auto war ein blauweißer Warszawa, Modell 1962. Es fuhr mit Blaulicht und diskret heulender Sirene durch die nachtleeren Straßen. Auf dem weißen Band quer über der Vordertür stand in Blockschrift das Wort RENDÖRSEG – Polizei.

Martin Beck saß auf dem Rücksitz, neben ihm ein uniformierter Polizist. Szluka hatte vorn rechts neben dem Fahrer Platz genommen.

«Sie haben Ihre Sache gut gemacht», sagte Szluka. «Ganz schwere Jungen die beiden.»

«Wer hat Radeberger unschädlich gemacht?»

«Er sitzt neben Ihnen», sagte Szluka.

Martin Beck wandte den Kopf. Der Polizist hatte einen dünnen schwarzen Schnurrbart, braune und teilnahmsvolle Augen.

«Er spricht nur Ungarisch», sagte Szluka.

«Wie heißt er?»

«Foti.»

Martin Beck hielt ihm die Hand hin. «Vielen Dank, Foti», sagte er.

«Er mußte ziemlich hart zuschlagen», sagte Szluka. «Es war höchste Eisenbahn.»

«Gut, daß Sie zur Stelle waren», sagte Martin Beck.

«Wir pflegen zur Stelle zu sein», entgegnete Szluka. «Außer auf Karikaturen.»

«Die haben ihren Unterschlupf in Ujpest», erklärte Martin Beck. «In einer Pension in der Venetianer út.»

«Das wissen wir.»

Szluka saß einen Moment schweigend da. Dann fragte er:

«Wie sind Sie denn mit denen in Kontakt gekommen?»

«Durch eine Frau, die Boeck heißt. Matsson hatte sich nach ihrer Adresse erkundigt. Und sie ist als Schwimmerin anläßlich eines Wettkampfes in Stockholm gewesen. Da hätte es eine Verbindung geben können. Daher bin ich dort gewesen.»

«Und was hat sie gesagt?»

«Daß sie an der Universität studiert und in einem Museum arbeitet. Von Matsson hätte sie nie etwas gehört.»

Sie waren an der Polizeidirektion bei Deák Ferenc Tér angekommen. Das Auto bog in einen asphaltierten Hof ein und hielt, Martin Beck ging mit in Szlukas Dienstzimmer hinauf. Es war sehr geräumig. An der einen Wand hing ein großer Stadtplan von Budapest, abgesehen davon ähnelte es seinem eigenen zu Haus in Stockholm. Szluka hängte den Jägerhut auf und wies auf einen Stuhl. Ehe er noch ein Wort sagen konnte, klingelte das Telefon.

Er ging zum Schreibtisch und nahm den Hörer hoch. Martin Beck meinte, einen Teil des Wortschwalls zu verstehen. Das Gespräch dauerte ziemlich lange. Szluka gab hier und da einsilbige Laute von sich, blickte nach einer Weile auf die Uhr, bellte ein paar Unfreundlichkeiten und legte auf.

«Meine Frau», sagte er. Mit dem Rücken zu seinem Besucher trat er vor die Karte und studierte die nördlichen Stadtteile.

«Polizist zu sein», sagte Szluka, «ist nicht irgendein Beruf. Auch nicht etwas wie eine Berufung. Eher ein Fluch.»

Nach einer Minute drehte er sich um und sagte: «Ich meine natürlich nicht dies hier. Nur manchmal kommen mir solche Gedanken. Sind Sie verheiratet?»

«Ja.»

«Dann wissen Sie ja Bescheid.»

Ein Polizist kam herein und stellte ihnen ein Tablett mit zwei Tassen Kaffee hin. Sie tranken. Szluka blickte auf die Uhr.

«Wir machen jetzt Hausdurchsuchung da oben. Der Bericht müßte bald hier sein.»

«Wie kam es, daß Sie rechtzeitig zur Stelle waren?» fragte Martin Beck.

Szluka wiederholte den gleichen Satz, den er im Auto gebracht hatte: «Wir pflegen zur Stelle zu sein. Außer auf Karikaturen.»

Dann lachte er und erklärte: «Sie hatten etwas von einer Beschattung angedeutet, das hat uns hellhörig gemacht. Wir haben Sie nicht beobachtet. Warum sollten wir?»

Martin Beck rieb sich die Nase. Ein Schuldbewußtsein kam in ihm auf.

«Die Leute bilden sich so vieles ein», fuhr Szluka fort. «Aber Sie sind ja Polizist, und Polizisten tun das selten. Also wir begannen die zu verfolgen, die Sie beschatteten. *Backtailing* nennt man das auf amerikanisch, wenn ich nicht irre. Heute nachmittag stellte unser Mann fest, daß es zwei Leute waren, die Sie bewachten. Ihm kam das seltsam vor, und er schlug Alarm. So einfach war das also.»

Martin Beck nickte. Szluka betrachtete ihn nachdenklich.

«Trotzdem wären wir beinahe noch zu spät gekommen.» Er trank seinen Kaffee aus und setzte die Tasse vorsichtig hin. «*Backtailing*», sagte er und ließ das Wort gleichsam auf der Zunge zergehen. «Sind Sie schon mal in Amerika gewesen?»

«Nein.»

«Ich auch nicht.»

«Vor zwei Jahren habe ich mit einem amerikanischen Kollegen zusammengearbeitet; Kafka hieß er.»

«Klingt tschechisch.»

«Eine amerikanische Touristin, die in Schweden ermordet wurde. Üble Geschichte. Komplizierte Nachforschungen.»

Szluka antwortete nicht gleich; plötzlich fragte er unvermittelt: «Haben Sie den Täter gefunden?»

«Ja», sagte Martin Beck.

«Über die amerikanische Polizei habe ich nur gelesen. Eine eigentümliche Organisation; schwer zu verstehen.»

Martin Beck nickte.

«Und viel zu tun», sagte Szluka. «In New York passieren ebenso viele Morde in einer Woche wie bei uns hier im ganzen Jahr.»

Ein uniformierter Polizeibeamter mit zwei Sternen auf den Schulterklappen kam ins Zimmer. Er sagte etwas zu Szluka, machte vor Martin Beck eine Ehrenbezeigung und ging. Da er während des Gesprächs die Tür offengelassen hatte, konnte Martin Beck das

Mädchen Ari Boeck auf dem Korridor mit einer weiblichen Polizeibeamtin vorbeigehen sehen. Sie trug dasselbe weiße Kleid und dieselben Sandalen wie am Vorabend, nur hatte sie jetzt einen Schal um die Schultern. Sie warf einen flackernden, leeren Blick auf Martin Beck.

«Bis jetzt haben wir nichts in Ujpest gefunden», sagte Szluka. «Wir basteln jetzt das Auto auseinander. Wenn Radeberger wieder zu sich gekommen und der andere verpflastert ist, werde ich mir die beiden vornehmen. Es ist da verschiedenes, was ich immer noch nicht begreife.» Nachdenklich schwieg er. «Aber das wird sich schnell klären», setzte er dann hinzu.

Das Telefon klingelte und legte ihn eine ganze Weile mit Beschlag. Martin Beck verstand nichts von dem Gespräch außer einem gelegentlichen *Svéd* und *Svédország*, was, wie er wußte, schwedisch und Schweden bedeutete.

Szluka legte auf und sagte: «Die ganze Sache scheint mit Ihrem Landsmann Matsson zusammenzuhängen.»

«Das nehme ich auch an.»

«Das Mädchen hat Sie im übrigen angelogen. Sie studiert weder an der Universität, noch arbeitet sie in einem Museum. Sie scheint eigentlich überhaupt nichts zu tun. Wurde als Schwimmerin disqualifiziert, weil sie sich herumgetrieben hat.»

«Es muß da ein Zusammenhang bestehen.»

«Ja, aber wo? Na, wir werden schon sehen.»

Szluka zuckte die Achseln. Martin Beck bewegte vorsichtig seinen zerschlagenen Körper. Es schmerzte in Schultern und Armen, und der Kopf war auch nicht so, wie er sein sollte. Er fühlte sich hundemüde und hatte Mühe, klar zu denken. Trotzdem wollte er aber nicht ins Hotel und sich hinlegen.

Wieder klingelte das Telefon. Szluka hörte mit gerunzelten Augenbrauen zu, doch dann klärte sich sein Blick.

«Jetzt kommt Bewegung in die Sache», sagte er. «Wir haben etwas Wichtiges gefunden. Und der eine von ihnen ist vernehmungsfähig, der Lange. Fröbe heißt er übrigens. Nun werden wir sehen. Kommen Sie mit?»

Martin Beck stand langsam auf.

«Oder möchten Sie sich lieber eine Weile hinlegen?»

«Nein, danke», sagte Martin Beck.

15

Szluka setzte sich an den Schreibtisch, die Hände leicht gefaltet. Neben seinem rechten Ellbogen lag ein Paß mit grünem Umschlag.

Der Lange im Stuhl gegenüber hatte dunkle Schatten unter den Augen. Martin Beck wußte, daß der Mann in den letzten Tagen nicht viel Schlaf bekommen hatte; er saß steif im Stuhl und blickte auf seine Hände hinunter.

Szluka nickte dem Stenografen zu und begann: «Ihren Namen?»

Der Mann hob den Blick und sah Szluka an: «Theodor Fröbe.»

Szluka: «Wann sind Sie geboren?»

Fröbe: «21. April 1936 in Hannover.»

Szluka: «Sie sind also Westdeutscher. Wohnhaft wo?»

Fröbe: «In Hamburg. Hermannstraße 12.»

Szluka: «Ihr Beruf?»

Fröbe: «Reiseleiter oder – genauer – Angestellter in einem Reisebüro.»

Szluka: «Bei welchem Reisebüro?»

Fröbe: «Reiseagentur Winklers.»

Szluka: «Wo wohnen Sie in Budapest?»

Fröbe: «In einer Pension in Ujpest, Venetianer út 6.»

Szluka: «Was ist der Grund Ihres Aufenthalts in Budapest?»

Fröbe: «Ich arbeite als Reiseleiter und betreue die Gruppen, die sich hier in der Stadt aufhalten.»

Szluka: «Sie wurden heute nacht zusammen mit einem gewissen Tetz Radeberger auf frischer Tat ergriffen, als Sie einen Mann am Groza Peter Rakpart überfielen. Sie waren beide bewaffnet und beabsichtigten ganz offenbar, den Mann niederzuschlagen, wenn nicht gar zu töten. Kennen Sie diesen Mann?»

Fröbe: «Nein.»

Szluka: «Haben Sie ihn vorher gesehen?»

– – –

Szluka: «Antworten Sie.»

Fröbe: «Nein.»

Szluka: «Wissen Sie, wer er ist?»

Fröbe: «Nein.»

Szluka: «Sie kennen ihn nicht, haben ihn bisher nicht gesehen und wissen nicht, wer er ist. Warum haben Sie ihn dann überfallen?»

– – –

Szluka: «Erklären Sie, warum Sie ihn überfallen haben.»

Fröbe: «Wir ... brauchten Geld und ...»

Szluka: «Und?»

Fröbe: «Wir sahen ihn dort auf dem Kai, und ...»

Szluka: «Sie lügen! Lügen Sie mich gefälligst nicht an, daß ist nicht gut für Sie. Der Überfall war geplant, und Sie waren bewaffnet. Außerdem stimmt es nicht, daß Sie ihn nicht gekannt haben wollen. Sie haben ihn mehr als zwei Tage lang verfolgt. Warum? Antworten Sie!»

Fröbe: «Wir haben uns geirrt, wir hielten ihn für jemand anders.»

Szluka: «Für wen?»

Fröbe: «Einen, der ... einen, der ...»

Szluka: «Der?»

Fröbe: «Der uns Geld schuldete.»

Szluka: «Und deshalb verfolgten und überfielen Sie ihn?»

Fröbe: «Ja.»

Szluka: «Ich habe Sie schon einmal gewarnt. Mit Lügen schaden Sie sich nur selber. Ich weiß nämlich mehr von der Sache, als Sie ahnen. Kennen Sie einen Schweden namens Alf Matsson?»

Fröbe: «Nein.»

Szluka: «Ihre Freunde Radeberger und Boeck haben aber erklärt, daß Sie ihn kennen.»

Fröbe: «Ich kenne ihn nur ganz flüchtig. Ich hatte seinen Namen vergessen.»

Szluka: «Wann haben Sie Alf Matsson zum letztenmal gesehen?»

Fröbe: «Im Mai, glaube ich.»

Szluka: «Und wo?»

Frobe: «Hier in Budapest.»

Szluka: «Und seither haben Sie ihn nicht gesehen?»

Fröbe: «Nein.»

Szluka: «Vor drei Tagen war dieser Mann in Ihrer Pension und fragte nach Alf Matsson. Seitdem haben Sie ihn verfolgt, und jetzt in der Nacht versuchten Sie, ihn umzubringen. Warum?»

Fröbe: «Nicht umzubringen.»

Szluka: «Warum?»

Fröbe: «Wir haben nicht versucht, ihn umzubringen.»

Szluka: «Aber Sie überfielen ihn, oder vielleicht nicht? Und Sie waren mit Messern bewaffnet.»

Fröbe: «Ja, aber es war ein Irrtum. Ihm ist doch nichts passiert? Er wurde ja nicht verletzt. Sie haben nicht das Recht, mich in dieser Weise auszufragen.»

Szluka: «Wie lange kannten Sie Alf Matsson?»

Fröbe: «Ungefähr ein Jahr. Ich entsinne mich nicht so genau.»

Szluka: «Wie lernten Sie sich kennen?»

Fröbe: «Bei einer gemeinsamen Bekannten hier in Budapest.»

Szluka: «Wie heißt diese Bekannte?»

Fröbe: «Ari Boeck.»

Szluka: «Haben Sie ihn seither mehrmals getroffen?»

Fröbe: «Einige Male. Nicht besonders oft.»

Szluka: «Trafen Sie sich immer hier in Budapest?»

Fröbe: «Wir haben uns auch in Prag getroffen. Und in Warschau.»

Szluka: «Und in Preßburg?»

Fröbe: «Ja.»

Szluka: «Und in Konstanza?»

– – –

Szluka: «Dort nicht?»

Fröbe: «Doch.»

Szluka: «Wie ist das zu verstehen? Daß Sie sich in all diesen Städten trafen, wo doch keiner von Ihnen wohnt?»

Fröbe: «Ich reise viel. Das ist mein Beruf, und er reiste auch viel. So ergab es sich, daß wir uns dort trafen.»

Szluka: «Warum trafen Sie sich?»

Fröbe: «Ohne besonderen Grund. Wir sind gute Freunde.»

Szluka: «Jetzt erklären Sie, daß Sie ihn innerhalb eines Jahres in mindestens fünf verschiedenen Städten getroffen haben, weil Sie gute Freunde sind. Vor einer Weile wollten Sie ihn nur flüchtig kennen. Warum wollten Sie nicht zugeben, daß Sie ihn kennen?»

Fröbe: «Es hat mich nervös gemacht, hier zu sitzen und ausgefragt zu werden. Und ich bin müde. Außerdem tut mein Bein weh.»

Szluka: «Soso. Sie sind müde. War Tetz Radeberger auch dabei, als Sie Alf Matsson an diesen verschiedenen Stellen trafen?»

Fröbe: «Ja. Wir arbeiten beim gleichen Reisebüro und reisen zusammen.»

Szluka: «Wie kommt es Ihrer Meinung nach, daß Radeberger

auch nicht sofort zugeben wollte, Alf Matsson zu kennen? War er vielleicht auch so müde?»

Fröbe: «Keine Ahnung.»

Szluka: «Wissen Sie, wo Alf Matsson sich gegenwärtig befindet?»

Fröbe: «Nein, das weiß ich nicht.»

Szluka: «Soll ich es Ihnen sagen?»

Fröbe: «Ja.»

Szluka: «Das werde ich aber nicht tun. Wie lange sind Sie beim Reisebüro Winklers angestellt?»

Fröbe: «Seit sechs Jahren.»

Szluka: «Ist es eine gutbezahlte Tätigkeit?»

Fröbe: «Nicht besonders. Aber ich habe alles frei, wenn ich unterwegs bin. Essen, Hotel und Reisen.»

Szluka: «Aber das Gehalt ist nicht hoch?»

Fröbe: «Nein. Aber ich komme zurecht.»

Szluka: «Es scheint so. Damit sollte man schon zurechtkommen.»

Fröbe: «Was meinen Sie damit?»

Szluka: «Sie besitzen 1500 Dollar, 830 Pfund und 10000 D-Mark. Das ist eine Menge Geld. Wo haben Sie das her?»

Fröbe: «Das geht Sie nichts an.»

Szluka: «Beantworten Sie meine Frage, und etwas manierlicher, wenn ich bitten darf.»

Fröbe: «Das geht Sie nichts an, woher ich mein Geld habe.»

Szluka: «Es ist gut möglich und auch vorstellbar, daß Sie dümmer sind, als ich zu Anfang gedacht habe; aber selbst mit einem Minimum an Verstand müßten Sie begreifen, daß Sie besser daran tun, meine Fragen zu beantworten. Also, wo haben Sie das Geld her?»

Fröbe: «Ich habe Nebeneinkommen gehabt und es mir während langer Zeit zusammenverdient.»

Szluka: «Und um was für eine Nebentätigkeit handelt es sich?»

Fröbe: «Verschiedenerlei.»

Szluka sah Fröbe an und zog eine Schreibtischschublade auf, aus der er ein in eine Plastikhülle eingewickeltes Päckchen nahm. Das Päckchen war etwa zwanzig Zentimeter lang und zehn Zentimeter breit und mit Klebestreifen verschlossen. Szluka legte es mitten auf den Schreibtisch, wobei er Fröbe nicht aus den Augen ließ. Dessen Blick begann zu flackern; er versuchte die Augen von dem Päckchen abzuwenden. Szluka sah ihn starr an, Fröbe wischte sich den Schweiß ab, der in kleinen Perlen um seinen Nasenrücken stand. Schließlich wiederholte Szluka:

«Verschiedenerlei. Soso. Wie zum Beispiel Schmuggel und Handel mit Haschisch. Eine einträgliche Beschäftigung. Aber nicht auf die Dauer, Herr Fröbe.»

Fröbe: «Ich verstehe nicht, wovon Sie sprechen.»

Szluka: «Nicht? Und Sie erkennen dieses kleine Päckchen auch nicht wieder?»

Fröbe: «Nein, natürlich nicht. Warum sollte ich wohl?»

Szluka: «Und auch nicht die fünfzehn gleichen Päckchen, die wir in den Türen und den Polstern von Radebergers Auto fanden?»

– – –

Szluka: «Ein solches Päckchen wie dieses enthält eine enorme Menge Haschisch. Wir haben nicht viel Erfahrung mit diesen Dingen, darum kenne ich nicht einmal den Tagespreis. Um wieviel wäre Ihr Kapital angewachsen, wenn Sie Ihr kleines Lager verkauft hätten?»

Fröbe: «Ich verstehe immer noch nicht, wovon Sie reden.»

Szluka: «Ich ersehe hier aus Ihrem Paß, daß Sie recht oft in die Türkei reisen. Allein in diesem Jahr siebenmal.»

Fröbe: «Meine Agentur organisiert Gesellschaftsreisen in die Türkei, die ich als Reiseleiter zu begleiten habe.»

Szluka: «Ja, und das paßte Ihnen vortrefflich, nicht wahr? In der Türkei ist Haschisch verhältnismäßig billig und leicht zu bekommen. Oder nicht, Herr Fröbe?»

– – –

Szluka: «Durch Ableugnen oder Schweigen machen Sie Ihre Lage nur schlimmer. Wir haben bereits den nötigen Beweis und außerdem einen Zeugen.»

Fröbe: «Das blöde Aas hat also gesungen.»

Szluka: «Genau.»

Fröbe: «Dieses verdammte schwedische Schwein?»

Szluka: «Vielleicht sehen Sie nun ein, daß Ihr Leugnen zwecklos ist. Nun reden Sie endlich, Fröbe! Ich will alles hören, mit allen Fakten, an die Sie sich erinnern können. Ich brauche Namen, Datum und Zahlen. Zuerst einmal – wie sind Sie zu dem Rauschgiftschmuggel gekommen?»

Fröbe schloß die Augen und rutschte seitwärts vom Stuhl. Martin

Beck sah, daß er sich mit der Hand abstützte, ehe er auf dem Fußboden aufschlug und dann liegen blieb.

Szluka stand auf und nickte dem Stenografen zu; der schloß seinen Block und verschwand durch die Tür.

Szluka betrachtete den reglos Daliegenden.

«Er simuliert», sagte Martin Beck. «Er ist nicht bewußtlos geworden.»

«Ich weiß», nickte Szluka. «Meinetwegen soll er sich eine Weile ausruhen, bevor ich weitermache.» Er trat zu dem Mann und stieß ihn leicht mit der Fußspitze an. «Hoch mit Ihnen, Fröbe!»

Fröbe rührte sich nicht, aber seine Augenlider zuckten. Szluka ging zur Tür, öffnete sie und rief etwas auf den Korridor hinaus. Ein Polizist kam herein und Szluka sagte etwas zu ihm. Der Polizist faßte Fröbe an den Arm und Szluka sagte:

«Liegen Sie hier nicht so albern herum, Fröbe. Sie kriegen eine Pritsche, damit Sie sich ausruhen können. Das ist bedeutend bequemer.»

Fröbe stand auf und blickte Szluka wütend an. Dann ließ er sich taumelnd von dem Polizisten hinausführen.

Martin Beck sah ihm nach. «Was ist mit seinem Bein?» fragte er.

«Keine Gefahr», sagte Szluka. «Nur eine Fleischwunde. Wir brauchen nicht oft zu schießen, aber wenn, dann schießen wir gut.»

«Das war es also, was dahintersteckte. Haschischschmuggel», sagte Martin Beck. «Ich möchte wissen, was sie mit ihm gemacht haben.»

«Mit Alf Matsson? Das werden wir wohl aus ihnen herausbekommen. Aber es ist besser, wir warten, bis sie sich etwas ausgeruht haben. Sie müßten selber doch auch müde sein», sagte Szluka und setzte sich an den Schreibtisch.

Martin Beck spürte auf einmal, daß er zum Umfallen müde war. Der halbe Vormittag war schon vorbei. Er fühlte sich wie zerschlagen.

«Gehen Sie ins Hotel und schlafen Sie ein paar Stunden», rief Szluka. «Ich rufe Sie später an. Gehen Sie runter zur Wache, ich lasse Ihnen einen Wagen kommen.»

Martin Beck war einverstanden. Er schüttelte Szluka die Hand und verließ ihn. Während er die Tür hinter sich zumachte, hörte er, wie Szluka ins Telefon sprach. Als er auf die Straße kam, wartete das Auto bereits.

16

Das Stubenmädchen war in seinem Zimmer gewesen, hatte das Licht gelöscht und die Fensterladen vorgelegt. Er machte sich nicht die Mühe, sie wieder aufzumachen. Jetzt wutße er ja, daß dort unten kein langer dunkelhaariger Mann stehen und zu seinem Fenster hinaufblicken würde.

Martin Beck schaltete die Deckenbeleuchtung an und zog sich aus. Er hatte Schmerzen im Kopf und im linken Arm. Er betrachtete sich in dem großen Kleiderschrankspiegel. Über dem rechten Knie hatte er einen großen blauen Fleck; die linke Schulter war geschwollen und blutunterlaufen. Er fuhr mit der Hand über die Haare und spürte eine große Beule am Hinterkopf. Andere Verletzungen konnte er nicht feststellen.

Das Bett sah weich und kühl und einladend aus; er machte das Licht aus und kroch unter die Decke. Eine Weile blieb er auf dem Rücken liegen und versuchte nachzudenken, während er ins Halbdunkel starrte. Dann drehte er sich auf die Seite und war wenige Sekunden später eingeschlafen.

Die Uhr war zwei, als er vom Läuten des Telefons geweckt wurde. Es war Szluka.

«Haben Sie geschlafen?»

«Wie ein Toter.»

«Ausgezeichnet. Können Sie herkommen?»

«Natürlich. Jetzt gleich?»

«Ich schicke einen Wagen. In einer halben Stunde ist er da. Einverstanden?»

«Ja. Ich gehe in einer halben Stunde hinunter.»

Er duschte, zog sich an und öffnete die Fensterladen. Die Sonne strahlte, das scharfe Licht stach ihm in die Augen. Er sah zum Kai auf der anderen Flußseite hinunter.

Das Erlebnis der vergangenen Nacht erschien ihm beinahe unwirklich und Jahre zurückzuliegen.

Derselbe Fahrer, der ihn zum Hotel gebracht hatte, holte ihn wieder ab. Er fand den Weg zu Szlukas Zimmer ohne Hilfe, klopfte an und trat ein.

Szluka war allein. Er saß an seinem Schreibtisch mit einer Akte und der obligaten Tasse Kaffee vor sich. Er nickte und wies auf den Stuhl, auf dem Fröbe gesessen hatte. Dann hob er den Hörer, sagte etwas in die Muschel und legte wieder auf. «Wie fühlen Sie sich?» erkundigte er sich dann.

«Bedeutend wohler. Ich habe geschlafen. Und Sie? Wie geht's Ihnen?»

Ein Polizist kam herein und stellte zwei Tassen Kaffee auf den Tisch. Dann nahm er Szlukas leere Tasse und verschwand.

«Der Fall ist geklärt. Ich habe alles hier», sagte Szluka und öffnete die Akte.

«Und Alf Matsson?» fragte Martin Beck.

«Tja», sagte Szluka zögernd. «Die Frage ist leider noch offen. Ich habe dazu nichts aus ihnen herausbekommen. Sie bleiben dabei, daß sie nicht wissen, wo er sich aufhält.»

«Aber er gehörte zu dieser Bande?»

«Ja, in gewisser Weise schon. Er war einer ihrer Zwischenhändler. Das Ganze war von Fröbe und Radeberger organisiert. Das Mädchen war eine Art Zentrale für das Ganze. Boeck, wie hieß sie noch gleich mit Vornamen?» Szluka blätterte in seinen Papieren.

«Ari», sagte Martin Beck. «Aranka.»

«Ja, Ari Boeck. Fröbe und Radeberger hatten schon eine Zeitlang Haschisch aus der Türkei geschmuggelt, ehe sie das Mädchen kennenlernten. Beide scheinen ein Verhältnis mit ihr gehabt zu haben. Einige Zeit später begriffen sie, daß sie das Mädchen auch anderweitig ausnutzen konnten, und erzählten ihr von dem Rauschgiftschmuggel. Sie war sofort bereit, mitzumachen. Später wohnten alle beide bei ihr, nachdem sie nach Ujpest umgezogen war. Das Mädchen ist offenbar völlig hemmungslos.»

«Das scheint mir auch so», bemerkte Martin Beck.

«Radeberger und Fröbe fuhren wiederholt geschäftlich in die Türkei. Dort beschafften sie das Haschisch, an das man dort billig und leicht herankommt, und schmuggelten es nach Ungarn. Das war ziemlich risikolos, zumal sie als Reiseführer das gesamte Gepäck der Reisegruppen selber besorgten. Ari Boeck nahm Verbindung mit Zwischenhändlern auf und war behilflich, das Rauschgift hier in Budapest zu verkaufen. Radeberger und Fröbe dehnten ihren Handel auf andere Länder aus, wie Polen, die Tschechoslowakei, Rumänien und Bulgarien, wo sie ebenfalls genügend Wiederverkäufer fanden.»

«Und Alf Matsson?» fragte Martin Beck.

«Alf Matsson war einer ihrer Großabnehmer», berichtete Szluka.

«Sie hatten mehrere davon, die aus England, Deutschland und Holland hierher oder in andere Ostblockländer kamen, wo sie sich mit Radeberger und Fröbe trafen. Sie bezahlten in Westvaluta, Pfund, Dollar oder D-Mark, und bekamen ihr Haschisch, das sie dann zu Hause weiterverkauften.»

«So haben alle gut an der Geschichte verdient – außer denen, die schließlich das Zeug zum Eigenbedarf kauften», sagte Martin Beck. «Seltsam, daß sie es fertigbrachten, so lange unentdeckt zu arbeiten.»

Szluka erhob sich und trat ans Fenster. Dort stand er eine Weile, die Hände auf dem Rücken, und blickte auf die Straße hinaus. Dann ging er zurück und setzte sich wieder.

«Nein», sagte er, «in Wirklichkeit ist das gar nicht so seltsam. Solange die Narkotika hier oder in anderen sozialistischen Ländern lediglich an Zwischenhändler verkauft wurden, war die Sache praktisch risikolos. Weil man in den kapitalistischen Ländern nämlich der Meinung ist, daß es nichts gibt, was sich aus den Ostblockländern einzuschmuggeln lohnt, und der Zoll die Reisenden aus diesen Ländern fast gar nicht kontrolliert. Hätten sie versucht, sich hier einen Markt für ihre Ware zu schaffen, wären sie schnell aufgeflogen. Aber erstens wußten sie das, und zweitens hätte es sich auch nicht gelohnt, denn sie wollten ja Westvaluta haben.»

«Sie müssen allerhand Geld dabei verdient haben», sagte Martin Beck.

«Bestimmt», sagte Szluka. «Aber auch die Wiederverkäufer verdienten gut bei der Geschichte. Das Ganze war tatsächlich sehr geschickt angelegt. Wären Sie nicht gekommen, um nach Alf Matsson zu suchen, hätte es noch lange dauern können, ehe wir die ganze Sache aufgedeckt hätten.»

«Was sagen sie nun eigentlich von Alf Matsson?»

«Sie haben zugegeben, daß er ihr Weiterverkäufer in Schweden war. Ein Jahr lang hat er eine ganze Menge Ware von ihnen bezogen, doch sie behaupten steif und fest, ihn seit Mai nicht mehr gesehen zu haben. Da war er hier und holte eine Ladung ab. Er bekam damals nicht so viel, wie er haben wollte, daher hatte er sehr bald danach Ari Boeck eine Nachricht zukommen lassen. Sie gaben zwar zu, ihn vor etwa drei Wochen in Budapest erwartet zu haben, aber er soll sich nicht gemeldet haben. Sie behaupten, die Ware, die wir im Wagen gefunden haben, war für ihn bestimmt.»

Martin Beck überlegte eine Weile, dann sagte er: «Er kann sich aus irgendeinem Grund mit ihnen entzweit und mit einer Anzeige gedroht haben. Da haben sie es mit der Angst bekommen und ihn beseitigt, wie sie es ja auch mit mir versucht haben.»

Als Szluka nicht antwortete, setzte Martin Beck nachdenklich hinzu: «So könnte es gewesen sein.»

Szluka stand auf und ging ein paar Schritte im Zimmer auf und ab. «Das habe ich anfänglich auch geglaubt», sagte er und blieb vor dem Stadtplan stehen.

«Und was glauben Sie jetzt?» wollte Martin Beck wissen.

Szluka drehte sich um und blickte ihn an. «Ich weiß nicht», gab er zurück. «Aber vielleicht unterhalten Sie sich selber mal mit einem von denen. Diesem Radeberger. Der, mit dem Sie sich in der Nacht geprügelt haben. Er ist redselig, und ich habe den Eindruck, daß er zu einfältig ist, um besonders überzeugend zu lügen. Wollen Sie ihn vernehmen? Vielleicht haben Sie mehr Glück als ich.»

«Danke», sagte Martin Beck, «das will ich gern tun.»

17

Tetz Radeberger kam ins Zimmer. Er war gekleidet wie am Vorabend: engsitzender Pullover, dünne Trevira-Hose und leichte Leinenschuhe mit Gummisohlen. Gekleidet, um zu töten. Er blieb in der Tür stehen und machte eine Verbeugung. Der begleitende Polizist gab ihm einen leichten Stoß in den Rücken.

Martin Beck deutete auf den Stuhl an der gegenüberliegenden Tischseite, und der Deutsche setzte sich. In seinen blauen Augen lag ein abwartender, unsicherer Ausdruck. Er hatte ein Pflaster auf der einen Wange und eine dicke Beule unter dem blonden Haaransatz. Im übrigen wirkte er frisch und ziemlich unberührt.

«Ich möchte mich mit Ihnen über Alf Matsson unterhalten», begann Martin Beck.

«Ich weiß nicht, wo er ist», erwiderte Radeberger prompt.

«Möglich. Aber sprechen wir trotzdem von ihm.»

Szluka hatte ein Tonbandgerät bereitgestellt. Es stand rechts auf dem Tisch, und Martin Beck streckte den Arm aus und stellte es an. Wachsam folgte der Deutsche seinen Handbewegungen.

«Wann haben Sie Alf Matsson kennengelernt?»

«Vor zwei Jahren.»

«Wo?»

«Hier in Budapest. In einem Haus, das *Ifjuság* heißt. Eine Art Jugendhotel.»

«Wie lernten Sie ihn kennen?»

«Ari Boeck machte uns bekannt – sie arbeitete damals in dem Lokal. Das war lange, ehe sie nach Ujpest umzog.»

«Erzählen Sie, was geschah dann?»

«Nichts Besonderes. Theo und ich waren gerade aus der Türkei gekommen. Wir unternahmen Ausflugsreisen mit Touristen dorthin. Von Badeorten in Rumänien und Bulgarien aus. Wir hatten etwas Rauchware mit aus Istanbul.»

«Hatten Sie schon damals begonnen, Rauschgift zu schmuggeln?»

«Nur wenig. Sozusagen nur für den eigenen Gebrauch. Viel haben wir nie genommen, und auch das haben wir bald aufgegeben.» Nach einer kurzen Pause setzte er hinzu: «Man muß vorsichtig damit sein.»

«Wozu brauchten Sie es denn damals?»

«Tja, für Mädchen und so. Für Mädchen ist es nützlich, sie werden ... williger.»

«Und Matsson? Wie ging die Sache weiter?»

«Wir boten ihm zu rauchen an. Er war aber nicht interessiert. Er trank lieber Alkohol.»

Er dachte wieder eine Weile nach und setzte dann einfältig hinzu: «Das ist auch nicht gut für den Körper.»

«Kaufte Matsson Ihnen damals schon etwas ab?»

«Nein. Aber er bekam eine Probe mit – wir hatten nicht soviel. Er zeigte sich sehr interessiert, als er erfuhr, wie leicht man in Istanbul an das Zeug herankommt.»

«Hatten Sie damals schon selber daran gedacht, den Schmuggel in größerem Umfang aufzuziehen?»

«Wir hatten darüber gesprochen. Die Schwierigkeit lag darin, die Ware in die Länder auszuführen, in denen sich der Verkauf lohnte.»

«Wohin zum Beispiel?»

«Nach Skandinavien, Holland oder Deutschland. Aber Zoll und Polizei passen dort höllisch auf, besonders wenn man aus Ländern wie der Türkei, Nordafrika oder Spanien kommt.»

«Bot Matsson sich als Weiterverkäufer an?»

«Ja, er sagte, Reisende aus den Ostblockstaaten kämen praktisch unkontrolliert durch den Zoll, besonders Flugreisende. Das Zeug von der Türkei beispielsweise hier nach Ungarn einzuführen war ein Kinderspiel für uns Reiseleiter. Aber dann kamen wir nicht weiter. Das Risiko war zu groß. Und hier kann man nicht verkaufen. Es ist zu gefährlich und lohnt sich nicht.» Er dachte eine Weile nach. «Wir wollten ja nicht reinfallen.»

«Ich verstehe. Wurden Sie sich damals schon mit Matsson einig?»

«Ja. Er hatte eine gute Idee. Wir sollten uns an verschiedenen Orten treffen, an solchen, die Theo und mir paßten. Wir gaben ihm Bescheid, und dann fuhr er für seine Zeitung dorthin. Das war ein guter Deckmantel. Völlig unverdächtig.»

«Wie bezahlte er?»

«In Dollar natürlich. Das war ein feiner Plan, und wir bauten unsere Organisation in diesem Sommer auf. Beschafften uns mehrere Weiterverkäufer, einen Holländer, mit dem wir uns in Prag trafen, und ...»

Damit sollte sich Szluka beschäftigen ... Martin Beck unterbrach ihn: «Wo trafen Sie und Matsson sich das nächste Mal?»

«In Konstanza in Rumänien, drei Wochen später. Das ging wie geschmiert.»

«War Fräulein Boeck auch mit dabei?»

«Ari? Nein, wieso?»

«Aber sie wußte, um was es ging?»

«Ja. Jedenfalls teilweise.»

«Wie oft trafen Sie und Matsson sich im ganzen?»

«An die fünfzehnmal. Es klappte gut. Er bezahlte, was wir verlangten, und verdiente bestimmt selber noch gut dabei.»

«Wieviel, glauben Sie?»

«Keine Ahnung. Aber er war immer gut bei Kasse.»

«Wo befindet er sich jetzt?»

«Das weiß ich nicht.»

«Wirklich nicht?»

«Bestimmt nicht. Das letzte Mal trafen wir uns im Mai. Das war, als Ari nach Ujpest gezogen war. Er wohnte in diesem Jugendhotel. Damals bekam er eine Sendung. Und weil er großen Bedarf hatte, machten wir ab, uns am 23. Juli wieder zu treffen.»

«Und?»

«Wir kamen am 21. Juli her. Das war ein Donnerstag. Aber er kam nicht.»

«Er war aber hier in Budapest. Kam am Abend des 22. Juli hier an. Am Morgen des 23. Juli verließ er das Hotel. Wo wollten Sie sich treffen?»

«In Ujpest. Bei Ari.»

«Er muß also am Vormittag des 23. Juli bei Ihnen gewesen sein.»

«Aber ich sage Ihnen doch, er ist nicht gekommen. Wir warteten auf ihn, aber er kam nicht. Dann riefen wir im Hotel an, doch er war nicht da.»

«Wer rief an?»

«Ich und Theo und später auch Ari. Immer abwechselnd.»

«Riefen Sie von Ujpest an?»

«Nein, von verschiedenen Stellen in der Stadt. Er kam nicht, sag ich Ihnen. Wir saßen und warteten.»

«Sie behaupten also, daß Sie ihn, seit Sie hierherkamen, nicht getroffen haben?»

«Ja.»

«Nehmen wir einmal an, Sie sagen die Wahrheit. Sie sind nicht mit Matsson zusammengekommen. Aber das heißt nicht, daß Fröbe oder Fräulein Boeck nicht mit ihm Verbindung aufgenommen haben können. Was meinen Sie?»

«Das haben sie aber nicht.»

«Wie können Sie das wissen?»

Radebergers Gesichtsausdruck wurde immer verzweifelter. Er schwitzte unmäßig. Es war äußerst warm im Zimmer. «Hören Sie mal zu», sagte er. «Ich weiß nicht, was Sie glauben. Aber der andere glaubt, wir hätten ihn umgebracht. Warum sollten wir das getan haben? Wir verdienten ja durch ihn, gut sogar.»

«Haben Sie Fräulein Boeck auch Geld gegeben?»

«Na klar. Sie half mit und hat ihren Anteil erhalten. So viel, daß sie nicht zu arbeiten brauchte.»

Martin Beck sah den Mann lange an. Schließlich fragte er: «Haben Sie ihn getötet?»

«Nein, das sage ich doch. Glauben Sie, daß wir volle drei Wochen mit fast dem ganzen Bestand hier herumgehockt hätten, wenn wir ihn getötet hätten?» Seine Stimme war schrill und voller Spannung.

«Mochten Sie Alf Matsson?»

Sein Blick flackerte.

«Sie sollen antworten, wenn ich Sie etwas frage», sagte Martin Beck scharf.

«Natürlich.»

«Fräulein Boeck hat beim Verhör ausgesagt, daß Sie, wie auch Theo Fröbe, abfällig über Matsson gesprochen hätten.»

«Er war unausstehlich, wenn er getrunken hatte. Er ... verachtete uns, weil wir Deutsche sind.» Seine blauen Augen blickten Martin Beck unsicher an. «Und das ist doch unfair, oder finden Sie nicht?»

Es wurde eine Weile still. Tetz Radeberger rutschte auf seinem Stuhl hin und her und zerrte nervös an seinen Fingern. Ihm war sichtlich unwohl. «Wir haben niemanden getötet», fuhr er fort. «Wir sind doch keine Mörder.»

«Aber heute nacht versuchten Sie mich zu töten.»

«Das war etwas anderes.» Der Mann sagte dies so leise, daß man ihn kaum verstehen konnte.

«Wieso?»

«Das war unsere einzige Chance.»

«Was meinen Sie damit? Gehängt zu werden? Oder lebenslang eingesperrt zu werden?»

Der Deutsche sah ihn unterwürfig an.

«Das werden Sie wahrscheinlich sowieso», fuhr Martin Beck freundlich fort. «Haben Sie schon mal im Gefängnis gesessen?»

«Ja. Zu Hause.»

«Na, also was meinten Sie damit, daß der Versuch, mich umzubringen, ihre einzige Chance war?»

«Verstehen Sie denn nicht. Als Sie damals nach Ujpest kamen und seinen, Matssons, Paß mithatten, glaubten wir zuerst, er habe nicht selber kommen können und habe Sie geschickt. Aber Sie erwähnten nichts, und außerdem waren Sie auch nicht der richtige Typ dafür. Also mußte Matsson geschnappt worden sein und alles ausgeplaudert haben. Aber wir wußten nicht, wer Sie waren. Seit zwanzig Tagen warteten wir schon auf ihn; wir hatten die ganze Sendung liegen und wurden allmählich nervös, denn nach drei Wochen muß man eine Verlängerung der Aufenthaltserlaubnis beantragen. Darum folgte Theo Ihnen, als Sie weggingen, und ...»

«Weiter ...»

«Und ich schraubte das Auto auseinander und versteckte die Ware. Theo konnte nicht feststellen, wer Sie waren, da dachten wir, Ari würde es schaffen. Am nächsten Tag ging Theo Ihnen nach, als Sie zum Baden gingen. Von dort aus rief er Ari an, und sie kam hin und fing Sie draußen ab. Dann entdeckte Theo Sie zusammen mit diesem Typen im Bassin. Danach folgte er dem anderen und sah, wie der ins Polizeihaus ging. Nun war uns die Sache klar. Den ganzen Nachmittag und Abend saßen wir wie auf Kohlen, aber nichts geschah. Wir nahmen an, daß Sie nichts gesagt hätten, denn sonst wäre die Polizei ja schon hier gewesen. Gegen Abend fuhr Theo wieder in die Stadt und kontrollierte, daß Sie noch mit Ari zusammen waren. Er sah Sie an dem Bootsanleger oberhalb des Hotels. Spätnachts kam Ari dann zurück.»

«Und hatte sie etwas über mich herausbekommen?»

«Das weiß ich nicht, aber irgendwas war da, und sie war schrecklich wütend. Sie sagte nur: ‹Macht das Schwein fertig, sofort.› Dann ging sie in ihr Zimmer und knallte die Tür hinter sich zu.»

«Und dann?»

«Am nächsten Tag beschatteten wir Sie die ganze Zeit. Es war eine teuflische Situation für uns. Wir mußten Sie zum Schweigen bringen, bevor Sie zur Polizei gingen. Wir dachten schon, es sei alles umsonst, als Sie dann nachts das Hotel verließen. Theo folgte Ihnen über die Brücke, und ich fuhr mit dem Wagen außen herum über die andere Brücke, Lanchid. Dann tauschten wir die Rollen. Theo traute sich nicht, und ich bin stärker. Hab mich immer gut in Form gehalten.» Er schwieg eine Weile. Dann sagte er unsicher, halbwegs entschuldigend: «Wir wußten ja nicht, daß Sie von der Polizei sind.»

Martin Beck antwortete nicht.

«Sind Sie doch von der Polizei?»

«Ja. Ich bin von der Polizei. Aber kommen wir jetzt wieder auf Alf Matsson zurück. Sie sagten, Sie hätten ihn durch Fräulein Boeck kennengelernt. Waren die beiden schon lange befreundet?»

«Erst seit kurzem. Ari war mit einer Sportmannschaft in Schweden gewesen und hatte ihn dort kennengelernt. Dann durfte sie nicht mehr an Wettkämpfen teilnehmen. Aber er besuchte sie, wenn er hierherkam.»

«Sind Matsson und Fräulein Boeck eng befreundet?»

«Ja, sicher.»

«Intim befreundet?»

«Sie meinen, ob sie miteinander schlafen? Selbstverständlich.»

«Pflegen Sie auch mit Fräulein Boeck zu schlafen?»

«Ja sicher. Wenn ich Lust habe. Theo auch. Ari ist mannstoll.

Dagegen kann man nichts machen. Matsson hat auch mit ihr geschlafen, wenn er hier war. Einmal haben wir es alle drei mit ihr gemacht, im selben Zimmer. Ari macht in dieser Hinsicht alles mit. Aber sonst ist sie sehr nett.»

«Nett?»

«Ja, sie tut, was man ihr sagt. Man muß sie nur hin und wieder vögeln. Ich mach das jetzt nicht mehr so oft, aber Theo ist wohl ständig dabei. Daher ist ja auch sonst nicht viel mit ihm los.»

«Aha. Und mit Matsson haben Sie niemals Streit gehabt?»

«Wegen Ari? Wegen der streitet man sich doch nicht.»

«Und in anderem Zusammenhang?»

«Nicht was das Geschäftliche anging. Man konnte gut mit ihm verhandeln.»

«Und sonst?»

«Einmal war er so widerlich, daß ich ihm eine geknallt habe. Aber da war er voll, verstehen Sie? Dann hat sich Ari seiner angenommen und ihn zur Ruhe gebracht. Das ist lange her.»

«Was glauben Sie, wo Matsson sich jetzt befinden kann?»

Radeberger schüttelte hilflos den Kopf. «Keine Ahnung. Hier irgendwo.»

«Hatte er vielleicht andere Freunde in der Stadt?»

«Das glaub ich kaum. Er kam immer her, nahm seine Ware in Empfang, zahlte und schrieb seinen Zeitungsartikel, damit die Sache wasserdicht war. Nach drei, vier Tagen fuhr er dann wieder ab.»

Martin Beck betrachtete eine Weile den Mann, der versucht hatte, ihn zu töten. «Ich glaube, das reicht», sagte er und stellte das Tonbandgerät ab.

Er gab dem Polizisten ein Zeichen, der sich erhob, den Arrestanten am Arm nahm und ihn zur Tür führte. Martin Beck blickte nachdenklich auf den blonden Teutonen. Dann sagte er:

«Einen Moment, Herr Radeberger. Es geht hier nicht um mich persönlich. Gestern haben Sie einen Menschen umzubringen versucht, um ihre eigene Haut zu retten. Sie hatten den Mord so gut Sie konnten geplant, und es war nicht Ihr Verdienst, daß die Sache mißlang. Das war nicht nur verboten, sondern auch ein Verbrechen gegen eine Lebensregel und ein wichtiges Prinzip. Daher ist es unverzeihlich. Mehr wollte ich nicht sagen. Denken Sie mal daran.»

Martin Beck ließ das Tonband zurücklaufen, legte es in die Kassette und ging wieder zu Szluka hinüber.

«Es scheint, daß Sie recht haben. Ich glaube auch nicht, daß sie ihn getötet haben.»

«Tja», meinte Szluka. «Dann müssen wir uns wohl tatsächlich mit der Sache befassen. Und zwar gründlich.»

«Wir auch.»

«Ist Ihr Auftrag jetzt offiziell geworden?»

«Nicht daß ich wüßte.»

Szluka kratzte sich im Nacken. «Seltsam», murmelte er.

«Was?»

«Daß wir ihn nicht finden können.»

Eine halbe Stunde später kam Martin Beck ins Hotel zurück. Es war schon Zeit zum Abendessen. Die Dämmerung senkte sich über die Donau. Auf der anderen Seite des Flusses sah er den Kai und die Steinmauer und die Treppen.

18

Martin Beck hatte sich eben angezogen und wollte in den Speisesaal hinuntergehen, als das Telefon klingelte.

«Stockholm», sagte der Mann in der Vermittlung. «Ein Redakteur Eriksson.»

Martin Beck kannte den Namen; er schmückte Alf Matssons Chef, den Redakteur der voranstrebenden Wochenzeitung. Eine ölige Stimme erreichte ihn. «Kommissar Beck, wenn ich recht verstehe. Hier spricht Chefredakteur Eriksson.»

«Erster Kriminalassistent.»

Der Mann ignorierte die Berichtigung. «Wie Sie ersehen, Herr Kommissar, ist Ihr Auftrag mir bekannt. Ich selber habe Sie auf die Spur gesetzt. Außerdem habe ich Beziehungen zum Außenministerium.»

Sein schrecklicher Namensvetter hatte also, wie erwartet, nicht den Mund halten können.

«Sind Sie noch da?»

«Natürlich.»

«Wir müssen uns vielleicht etwas diskret ausdrücken, wenn Sie verstehen, was ich meine. Zuerst einmal meine Fragen: Haben Sie die betreffende Person gefunden?»

«Matsson? Nein, bisher noch nicht.»

«Irgendeinen Hinweis?»

«Nein.»

«Das ist ja unerhört.»

«Ja.»

«Hm ... wie soll ich mich ausdrücken ... wie ist die Witterung dort unten?»

«Es ist warm. Morgens etwas diesig.»

«Wie bitte? Morgens etwas diesig? Ah, so, ich verstehe. Genau das. Jedenfalls bin ich der Meinung, daß wir diese Angelegenheit nicht länger auf sich beruhen lassen dürfen. Es ist ja unglaublich, was da geschehen ist, läßt ja fürchterliche Schlüsse zu. Wir tragen auch für Matsson persönlich eine große Verantwortung. Er ist einer meiner besten Mitarbeiter, ein ausgezeichneter Mann, grundehrlich und loyal. Ich habe ihn nun seit ein paar Jahren in meinem Stab gehabt und weiß, was ich sage.»

«Wo?»

«Wie bitte?»

«Worin haben Sie ihn gehabt?»

«Ach so. In meinem Stab. Wir nennen das so. Redaktionsstab. Ich weiß, wie gesagt, wovon ich spreche. Ich kann für den Mann geradestehen, und das macht meine Verantwortung um so größer.»

Martin Beck stand da und dachte an etwas anderes. Er versuchte sich vorzustellen, wie dieser Eriksson aussehen mochte. Vermutlich ein fetter, aufgeblasener kleiner Mann mit Schweinsäuglein und rotem Bart.

«Deswegen habe ich mich heute entschlossen, unseren ersten Artikel im Fall Alf Matsson bereits in der Nummer der nächsten Woche zu veröffentlichen. Jetzt am Montag, ohne weitere Verzögerung. Der Augenblick ist gekommen, die allgemeine Aufmerksamkeit auf diese Geschichte zu lenken. Ich wollte mich nur vergewissern, daß Sie bisher keinerlei Spur von ihm gefunden haben.»

«Ich habe einen besseren Vorschlag: Nehmen Sie Ihren Artikel und ...» Martin Beck konnte den Satz in letzter Sekunde noch umformen: «... schmeißen Sie ihn in den Papierkorb.»

«Verzeihung. Was sagten Sie? Ich verstehe nicht.»

«Lesen Sie morgen die Zeitungen», sagte Martin Beck und legte auf.

Das Gespräch hatte ihm den Appetit verdorben. Er nahm die Flasche und goß sich einen Whisky ein. Dann setzte er sich hin und dachte nach. Er war in miserabler Stimmung und hatte Kopfschmerzen; außerdem war er unhöflich gewesen. Aber nicht darüber dachte er nach.

Alf Matsson war am 22. Juli nach Budapest gekommen. Das Personal von der Paßkontrolle hatte ihn gesehen. Er war mit dem Taxi zum Hotel *Ifjuság* gefahren und hatte dort übernachtet. Irgendein Portier mußte sich mit ihm befaßt haben. Am folgenden Morgen, am Sonnabend, dem 23. Juli, war er – wiederum mit dem Taxi – ins Hotel *Duna* umgezogen und war dort eine halbe Stunde geblieben. Er hatte das Hotel gegen zehn Uhr wieder verlassen. Die Leute in der Rezeption hatten ihn beobachtet.

Nach jenem Zeitpunkt war Alf Matsson von niemand mehr gesehen worden. Niemand hatte mit ihm gesprochen. Er hatte nur eine einzige Spur hinterlassen: den Schlüssel zum Hotelzimmer, der sich nach Szlukas Angabe auf der Treppe der Polizeiwache angefunden hatte.

Ging man davon aus, daß Fröbe und Radeberger die Wahrheit gesagt hatten, war er nicht wie verabredet in Ujpest erschienen und sie hatten ihn folglich nicht entführen oder umbringen können.

Also hatte sich Alf Matsson aus irgendeinem unbekannten Grund in Luft aufgelöst.

Das Material, auf das er sich stützen konnte, war äußerst mager, aber für ihn die einzige Arbeitsbasis. Soweit bisher feststand, hatten nur fünf Personen auf ungarischem Boden Kontakt mit Alf Matsson gehabt und konnten als Zeugen gelten: ein Paßkontrolleur, zwei Taxifahrer und zwei Angestellte in zwei verschiedenen Hotelrezeptionen.

War ihm etwas zugestoßen, war er überfallen, entführt, hatte er sein Gedächtnis verloren oder war er bei einem Unglücksfall umgekommen, so waren die Aussagen dieser Zeugen wertlos. Sollte er sich andererseits aus freiem Willen abgesetzt haben, konnten diese Personen irgendwelche Einzelheiten an seinem Aussehen oder Verhalten beobachtet haben, die für die Untersuchung von Bedeutung waren.

Zwei dieser Zeugen hatte Martin Beck bereits gesprochen. Wegen der vorhandenen Sprachschwierigkeiten war er sich allerdings nicht sicher, alles aus ihnen herausgeholt zu haben, was sie wußten.

Das einzige handfeste Material, das zur Verfügung stand, war Matssons Paß und sein Gepäck. Beides war wenig aufschlußreich.

Das war alles, was er im Fall Alf Matsson ermittelt hatte. Mit anderen Worten: Fehlanzeige auf der ganzen Linie. Wenn Matssons Verschwinden trotz allem auf das Konto der Schmugglerbande ging – und kaum vorstellbar, daß es nicht der Fall sein sollte –, würde Szluka die Sache früher oder später aufklären. Die beste Unterstützung, die er der ungarischen Polizei geben konnte, war, nach Hause zu fahren, die Rauschgiftabteilung einzuschalten und mitzuhelfen, den schwedischen Teil der Angelegenheit zu klären.

Martin Beck faßte einen Entschluß und setzte ihn umgehend in zwei Telefongespräche um.

Zuerst meldete sich der gut gekleidete junge Mann aus der Schwedischen Botschaft. «Haben Sie Ihren Mann gefunden?»

«Nein.»

«Also nichts Neues?»

«Matsson gehört einer Bande von Rauschgiftschmugglern an. Die ungarische Polizei ist ihm auf der Spur. Wir werden jetzt über Interpol nach ihm fahnden.»

«Das ist äußerst peinlich.»

«Ja.»

«Und was haben Sie jetzt vor?»

«Ich werde nach Hause fahren. Morgen, wenn es sich einrichten läßt. Können Sie mir bei der Buchung behilflich sein?»

«Das kann schwierig werden. Aber ich werde mein Bestes tun.»

«Ich wäre Ihnen sehr verbunden.»

«Ich rufe morgen früh an.»

«Danke.»

«Also auf Wiedersehen. Hoffentlich haben Sie wenigstens ein paar nette Tage in der Stadt verlebt.»

«Sehr nette sogar. Auf Wiedersehen.»

Als nächstes kam Szluka an die Reihe. Er war in der Polizeidirektion.

«Morgen fahr ich nach Schweden zurück.»

«Soso. Glückliche Reise.»

«Ich schicke Ihnen unsere Untersuchungsergebnisse dann zu.»

«Und Sie bekommen unsere. Wir haben Matsson immer noch nicht gefunden.»

«Wundert Sie das?»

«Ja. So was haben wir hier noch nicht erlebt. Aber wir werden ihn wohl bald haben.»

«Haben Sie die Campingplätze abgesucht?»

«Wir sind gerade dabei. Das braucht natürlich seine Zeit. Fröbe hat übrigens einen Selbstmordversuch unternommen.»

«Und?»

«Ohne Erfolg. Er rannte sich den Kopf an der Wand ein, mit dem Ergebnis, daß er jetzt eine dicke Beule hat. Wir haben ihn auf die psychiatrische Abteilung überführt. Der Arzt hält ihn für manisch depressiv. Wahrscheinlich werden wir das Mädchen auch bald dorthin schicken.»

«Und Radeberger?»

«Ist brav und manierlich. Fragt, ob das Gefängnis eine Turnhalle besitzt. Es ist eine da.»

«Ich hätte noch eine Bitte.»

«Ja?»

«Matsson ist nachweislich hier in Budapest mit fünf Personen in Verbindung gekommen ...»

«Zwei Hotelportiers und zwei Taxifahrer. Woher haben Sie den Fünften?»

«Den Mann von der Paßstelle.»

«Meine einzige Entschuldigung ist, daß ich seit sechsunddreißig Stunden nicht ins Bett gekommen bin. Sie wollen sie also verhört haben.»

«Ja. Alles, an was sie sich entsinnen. Was er sagte, wie er auftrat, was er anhatte.»

«Ich verstehe.»

«Können Sie das Protokoll auf deutsch oder englisch aufsetzen und per Luftpost nach Stockholm schicken?»

«Telex ist besser. Im übrigen können Sie es vielleicht noch vor Ihrer Abreise haben.»

«Kaum. Ich fliege vermutlich gegen elf.»

«Ich werde sehen, was ich tun kann. Wir sind berüchtigt wegen unserer Schnelligkeit. Die Frau des Handelsministers fiel im Herbst beim Nepstadion einem Handtaschenräuber zum Opfer. Sie nahm sich ein Taxi, um herzukommen und eine Anzeige zu erstatten. Als sie eintraf, bekam sie die Tasche von dem Posten in der Eingangshalle überreicht. Da haben wir lange von gezehrt. Na, wir werden sehen.»

«Vielen Dank also. Und auf Wiedersehen.»

«Auf Wiedersehen. Schade, daß wir uns nicht einmal privat zusammensetzen konnten.»

Nach kurzer Überlegung meldete Martin Beck ein Gespräch nach Stockholm an.

Zehn Minuten später war es da.

«Lennart ist verreist», sagte Kollbergs Frau. «Wie üblich, ohne Bescheid zu sagen, wohin er wollte. ‹Dienst; komme Sonntag nach Hause. Mach's gut.› Den Wagen nahm er mit. Zum Teufel mit diesen Polizisten.»

Darauf Melander. Diesmal dauerte es bloß fünf Minuten.

«Hallo. Habe ich dich gestört?»

«Ich hatte mich gerade hingelegt.»

Melander war wegen seines Gedächtnisses berühmt, seines Zehnstundenschlafs und seiner eigenartigen Fähigkeit, sich immer, wenn man ihn suchte, auf der Toilette zu befinden.

«Arbeitest du auch in der Matsson-Sache?»

«Ja sicher.»

«Stell mal fest, was er am Abend vor seiner Abfahrt gemacht hat. Ich brauche Einzelheiten. Wie er sich aufgeführt hat, was er sagte, was er anhatte ...»

«Bis heute abend?»

«Morgen reicht.»

«Na schön.»

«Tschüß denn.»

«Tschüß.»

Nachdem Martin Beck seine Gespräche beendet hatte, nahm er Stift und Papier und ging hinunter.

Alf Matssons Gepäck stand noch im Zimmer hinter der Portierloge.

Er nahm die Hülle von der Schreibmaschine, stellte sie auf den Tisch, legte einen Bogen Papier in die Walze und schrieb:

Reiseschreibmaschine Erika, mit Futteral
Gelbbrauner Schweinslederkoffer mit Riemen, neu

Er öffnete den Koffer und reihte den Inhalt auf dem Tisch auf. Er schrieb weiter:

Schwarz-grau-weiß gestreiftes Hemd
Sporthemd, braun
Weißes Popelinhemd, frisch gewaschen, Metro-Wäscherei, Hagagatan
Hellgraue Gabardinehose, frisch gebügelt
Drei Taschentücher, weiß
Vier Paar Strümpfe, braun, dunkelblau, hellgrau, weinrot
Zwei Unterhosen, grün-weiß kariert
Ein Netzunterhemd
Ein Paar hellbraune Wildlederschuhe

Düster betrachtete er das strickjackenähnliche Kleidungsstück, nahm es in die Hand und ging zu dem Mädchen in die Rezeption. Sie war sehr niedlich. Klein, gut gewachsen, lange Finger, schöne Beine, feinen Spann, eine Unzahl kurze, dunkle Haare auf dem Schienbein, lange Schenkel unter dem Kleid. Keine Ringe. Er starrte sie geistesabwesend an.

«Wie nennt man das hier?» fragte er.

«Jerseyblazer», erwiderte sie.

Er blieb stehen und dachte nach. Das Mädchen wurde rot. Sie ging zum anderen Ende der Portierloge, zog an ihrem Kleid, dann an ihrem BH und dem Hüfthalter. Er verstand nicht, weswegen. Er ging wieder zurück, setzte sich an den Tisch und schrieb:

Dunkelblauer Jerseyblazer
58 Bogen Schreibmaschinenpapier DIN A4
Ein Schreibmaschinengummi
Elektrischer Rasierapparat Marke Remington
‹Der Nachtwanderer› von Kurt Salomonson
Reisenecessaire
Inhalt:
Rasierwasser ‹Tabac›
Zahnpastatube, ‹Squibb›, offen
Zahnbürste
Mundwasser ‹Vademecum›
Magnecyl mit Codein, ungeöffnete Schachtel
Ein Päckchen Präservative ‹Venus›, ungeöffnet
Dunkelblauer Plastikbeutel
500 $ in Zwanzig-Dollar-Scheinen

600 Skr in Hundert-Kronen-Scheinen
Geschrieben mit Alf Matssons Schreibmaschine

Er packte alles wieder ein, faltete sein Verzeichnis zusammen und ging. Das Mädchen in der Rezeption blickte ihm verwirrt nach. Sie sah jetzt noch jugendlicher aus als vorher.

Martin Beck ging in den Speisesaal und bestellte ein spätes Abendessen. Immer noch mit dem gleichen abwesenden Gesichtsausdruck.

Der Ober setzte eine schwedische Flagge vor ihn auf den Tisch. Der Maestro trat neben ihn und spielte ihm ‹*Ack Värmeland du sköna*› ins linke Ohr. Er schien es nicht zu merken.

Er trank seinen Kaffee in einem Zug aus; ohne auf das Wechselgeld zu warten, legte er einen Hundert-Forint-Schein auf den Tisch, ging nach oben und legte sich schlafen.

19

Die Uhr zeigte einige Minuten nach neun, als der junge Mann aus der Botschaft anrief.

«Sie haben Glück gehabt. Es ist mir gelungen, einen Platz in der Zwölf-Uhr-Maschine nach Prag für Sie zu bekommen. Um 13 Uhr 50 sind Sie in Prag und haben gerade genügend Zeit, noch die SAS-Maschine nach Kopenhagen zu erreichen.»

«Danke», sagte Martin Beck.

«Es war gar nicht so einfach, sie so kurzfristig zu bekommen. Können Sie die Fahrscheine selber bei Malev abholen? Ich habe die Bezahlung geregelt, Sie brauchen sie nur abzuholen.»

«Natürlich», sagte Martin Beck. «*Tack så mycket.*»

«Dann glückliche Reise, Herr Beck. Es war sehr nett, Sie kennengelernt zu haben.»

«Danke», sagte Martin Beck. «Und auf Wiedersehen.»

Die Fahrscheine lagen richtig bei der dunkellockigen Schönheit bereit, mit der er vor drei Tagen gesprochen hatte.

Er ging in sein Hotelzimmer zurück, packte seinen Koffer, setzte sich eine Weile rauchend ans Fenster und blickte auf den Fluß hinunter. Dann verließ er das Zimmer, das Alf Matsson eine halbe

Stunde und ihn fünf volle Tage beherbergt hatte, ging zur Rezeption hinunter und bestellte ein Taxi. Als er durch die Drehtür hinauskam, sah er, wie ein blau-weißes Auto sich in voller Fahrt näherte. Es bremste vor dem Hotel, und ein ihm unbekannter Polizist in Uniform sprang aus dem Auto und ging eilig durch die Drehtür. Martin Beck konnte erkennen, daß er einen Briefumschlag in der Hand hatte.

Sein Taxi machte einen Bogen und hielt hinter dem Polizeiauto. Der würdige Portier mit dem grauen Schnurrbart öffnete die hintere Wagentür.

«Einen Augenblick», sagte Martin Beck und ging noch einmal in die Halle zurück, in derselben Sekunde, als der Polizist und der Mann aus der Rezeption nach draußen eilten. Bei Martin Becks Anblick winkte der Hotelangestellte und wies auf den Polizisten. Sie mußten noch zweimal durch die Drehtür, bis sie alle drei auf der Hoteltreppe zusammentrafen. Martin Beck bekam seinen Briefumschlag. Er stieg in das Taxi, nachdem er seine letzten Aluminiummünzen unter dem Mann von der Rezeption und dem an der Tür verteilt hatte.

Im Flugzeug wurde er neben einen unsympathischen Engländer gesetzt, der ihm mit feuchter Aussprache Episoden aus seiner ganz uninteressanten Tätigkeit als Handelsreisender erzählte.

In Prag hetzte Martin Beck durch die Transithalle und erreichte mit knapper Not seinen Anschlußflug nach Kopenhagen. Zu seiner Erleichterung war der spuckende Engländer verschwunden, und als sich die SAS-Maschine in der Luft befand, öffnete er endlich den Briefumschlag.

Szluka und seine Leute hatten ihr Bestes getan, um den Ruf ihrer Schnelligkeit zu bewahrheiten. Sechs Zeugen hatten sie verhört und einen Bericht auf englisch abgefaßt. Martin Beck las:

Zusammenfassung der Vernehmungen mit den der Polizei bekannten Personen, die nachweislich mit dem schwedischen Staatsangehörigen Alf Sixten Matsson von seiner Ankunft auf den Flugplatz Ferihegy (22. Juli 1966, 22 Uhr 15), bis zu seinem Verschwinden aus dem Hotel Duna, *Budapest (23. Juli 1966, zwischen zehn und elf Uhr), in Kontakt gekommen sind. Ferenc Havas, der alleinige Diensthabende der Paßkontrolle von Ferihegy in der Nacht vom 22. auf den 23. Juli 1966, erklärt, er könne sich nicht erinnern, Alf Matsson gesehen zu haben.*

Der Taxichauffeur János Lucacs entsinnt sich, in der Nacht zwi-

schen dem 22. und 23. Juli einen Ausländer von Ferihegy zum Hotel Ifjuság gefahren zu haben. Lucacs schätzt den Mann auf etwa fünfundzwanzig bis dreißig Jahre, er habe einen Bart gehabt und deutsch gesprochen. Lucacs, der die deutsche Sprache nicht beherrscht, begriff lediglich, daß der Mann zum Hotel Ifjuság gefahren werden wollte. Lucacs glaubt sich zu erinnern, daß der Mann einen Koffer bei sich hatte, den er neben sich auf den Sitz gestellt hatte.

Der Medizinstudent Léo Szabo, der in der Woche vom 17. bis zum 24. Juli den Nachtportiersdienst im Hotel Ifjuság versah, erinnert sich an einen spät angekommenen Ausländer, kann aber weder das genaue Datum seiner Ankunft noch seinen Namen oder seine Nationalität sagen. Alles deutet darauf hin, daß dieser Mann Alf Matsson war. Nach Angabe von Szabo war der Mann zwischen dreißig und fünfunddreißig, sprach gut englisch und hatte einen Bart. Er trug helle Hosen, eine blaue Jacke, wahrscheinlich weißes Hemd mit Schlips und hatte ein oder zwei Reisetaschen bei sich. Szabo kann sich nicht erinnern, den Mann nach diesem Abend noch einmal gesehen zu haben.

Der Taxifahrer Béla Péter brachte Alf Matsson am Morgen des 23. Juli vom Hotel Ifjuság zum Hotel Duna. Er erinnert sich an einen jungen Mann mit braunem Bart und Brille, der einen größeren und einen kleineren Koffer bei sich hatte; der kleinere war offenbar eine Reiseschreibmaschine.

Portier Béla Kovacs vom Hotel Duna nahm am Vormittag des 23. Juli Matssons Paß entgegen und gab ihm den Schlüssel zum Zimmer 105. Nach Kovacs Angabe trug Matsson damals helle, wahrscheinlich graue Hosen, ein weißes Hemd mit blauer Jacke und einfarbigem Schlips. Er hatte einen hellen Mantel über dem Arm.

Eva Petrovich, Angestellte in der Rezeption des Hotels Duna, sah den Schweden am 23. Juli kurz vor zehn Uhr im Hotel eintreffen und ihn eine halbe Stunde später das Hotel wieder verlassen. Sie hat die ausführlichste Personenbeschreibung von Matsson geliefert und behauptet, sich aller Einzelheiten sicher zu sein, bis auf die Farbe der Krawatte. Fräulein Petrovich zufolge war Matssons Kleidung beidemal dieselbe. Matsson war – nach Fräulein Petrovichs Beschreibung – von mittlerer Größe, hatte blaue Augen, dunkles Haar, Bart und Schnurrbart und trug eine runde Stahlbrille. Er trug *hellgraue Hosen, einen dunkelblauen Sommerblazer, weißes Hemd, einen blauen oder roten Schlips, beige Schuhe. Über dem Arm hatte er einen hellbeigen Popelinmantel.*

Szluka hatte dem amtlichen Bericht noch einige Bemerkungen hinzugefügt:

Wie Sie sehen, haben wir nicht viel mehr herausgekriegt, als was wir vorher schon wußten. Keiner der Zeugen kann sich an etwas Besonderes erinnern, das Matsson sagte oder tat. Die Beschreibung seiner Kleidung habe ich der Personalbeschreibung beigelegt, die wir über das ganze Land verschickt haben. Sollten wir etwas hören, werde ich Sie umgehend benachrichtigen. Glückliche Reise!

Vilmos Szluka

Martin Beck las Szlukas Bericht noch einmal durch. Er fragte sich, ob Eva Petrovich dasselbe Mädchen war, das ihm geholfen hatte, das strickjackenähnliche Ding in Matssons Tasche zu identifizieren. Auf die Rückseite von Szlukas Brief schrieb er:

Hellgraue Hosen
Weißes Hemd
Dunkelblauer Blazer
Roter oder blauer Schlips
Beige Schuhe
Hellbeiger Popelinmantel

Danach nahm er die Liste zur Hand, die er über den Inhalt von Alf Matssons Koffer aufgestellt hatte, las sie durch und legte schließlich alles in seine Mappe.

Dann lehnte er sich in den Sessel zurück und schloß die Augen. So dämmerte er vor sich hin, bis das Flugzeug durch die dünne Wolkendecke über Kopenhagen hinunterging.

Kastrup hatte sich nicht verändert. Er mußte Schlange stehen, bis er in die Transithalle gelangte, in der sich Menschen aller Nationalitäten vor den verschiedenen Schaltern drängten. An der Bar trank er zur Stärkung eine Flasche Tuborg, bevor er sich an die gedulderheischende Aufgabe machte, sein Gepäck abzuholen. Die Uhr war nach drei, als er schließlich auf dem Platz vor dem Stationsgebäude stand.

Am Taxistand hielt eine Reihe von Wagen, und er legte seinen Koffer in den ersten, setzte sich nach vorn neben den Fahrer und gab als Fahrtziel den Hafen in Dragör an.

Die Fähre, die an der Mole lag und klar zum Auslaufen war, hieß Drogden und war ein ausgesprochen häßliches Fahrzeug. Martin Beck stellte Koffer und Ledertasche im Caférestaurant ab und ging auf Deck, während die Fähre ablegte und Kurs auf Schweden nahm.

Nach der Hitze der letzten Tage wirkte die Brise auf dem Sund beinahe kühl. Nach einer Weile ging Martin Beck hinein und setzte sich in das Café. Es waren viele Leute an Bord, zum größten Teil schwedische Hausfrauen, die zum Wochenendeinkauf in Dragör gewesen waren.

Die Überfahrt dauerte knapp eine Stunde, und in Limhamn bekam er sofort ein Taxi nach Malmö. Der Fahrer war gesprächig, und seine schonische Mundart kam Martin Beck fast ebenso unverständlich vor wie die ungarische Sprache.

20

Das Taxi hielt vor der Polizeidirektion bei Davidshalltorg. Martin Beck stieg aus, ging die breite Steintreppe hinauf und stellte sein Gepäck in die Wachtloge ab. Seit mehreren Jahren war er nicht mehr hier gewesen, aber wie immer war er wieder angetan von der Massivität und dem majestätischen Ernst des Gebäudes, den pompösen Hallen und den breiten Korridoren. Im zweiten Stock blieb er vor einer Tür mit der Aufschrift KOMMISSARIAT stehen, klopfte und trat hinein. Es gab Leute, die behaupteten, Martin Beck beherrschte die Kunst, im gleichen Augenblick, in dem er irgendwo anklopfte, schon im Zimmer zu stehen und die Tür hinter sich geschlossen zu haben. Es lag ein Körnchen Wahrheit darin.

«Hallo!» sagte er.

Zwei Männer befanden sich im Raum – der eine lehnte am Fenster, er war groß und kaute auf einem Zahnstocher, der andere, der am Tisch saß, war dürr und ebenfalls groß, hatte zurückgestrichene Haare und einen lebhaften Blick. Beide waren in Zivil. Der Sitzende warf Martin Beck einen vorwurfsvollen Blick zu.

«Vor einer Viertelstunde lese ich in der Zeitung, du bist im Ausland und sprengst internationale Rauschgiftringe. Und nun kommst du herein und sagst ‹Hallo›. Ist das eine Art? Was hast du auf dem Herzen?»

«Entsinnst du dich an eine Messerstecherei hier in der Nacht zu den Heiligen Drei Königen? Ein gewisser Matsson wurde dabei verletzt.»

«Nein. Müßte ich das?»

«Ich kann mich dunkel erinnern», sagte der Mann am Fenster gleichgültig.

«Das ist Månsson», stellte der Kommissar vor. «Sein Ressort ist ... Ja, was tust du eigentlich, Månsson?»

«Nichts. Ich bin auf dem Weg nach Hause.»

«Genau das. Er tut nichts und will heimgehen. Also, Månsson, dann erzähl mal, woran du dich erinnerst!»

«Ich hab's vergessen.»

«Kannst du uns noch anderweitig helfen?»

«Nicht vor Montag. Ich bin jetzt dienstfrei.»

«Mußt du eigentlich dies Zeug hier kauen?»

«Ich bin dabei, mir das Rauchen abzugewöhnen.»

«Nun mal Scherz beiseite, was erinnerst du von dieser Messerstecherei?»

«Nichts.»

«Gar nichts?»

«Nein. Backlund hat die Geschichte bearbeitet.»

«Und was hat er dazu gesagt?»

«Weiß nicht. Er hat mehrere Tage lang hart an den Ermittlungen gearbeitet. War recht schweigsam.»

«Oh, du hast Glück», sagte der Mann am Tisch zu Martin Beck.

«Wieso?»

«Tja, du kannst mit Backlund selber sprechen», sagte Månsson.

«Genau das. Ein netter Kerl, kommt in einer halben Stunde. Zimmer 312. Laß dir 'ne Nummer geben, dann weißt du, wann du drankommst.»

«Danke.»

«Dieser Matsson, ist das derselbe, den ihr in Budapest gesucht habt?»

«Ja.»

«Ja, glaubst du denn, daß er sich hier in Malmö aufhält?»

«Das nicht.»

«So macht's keinen Spaß», sagte Månsson bekümmert.

«Was denn?»

«Mit dem Zahnstocher.»

«Rauch doch, zum Teufel. Niemand hat dich gebeten, den Zahnstocher aufzuessen.»

«Es soll welche mit Geschmack geben», meinte Månsson.

Martin Beck erkannte diesen Jargon allzu gut wieder. Vermutlich hatte etwas ihren Arbeitstag gestört. Ihre Frauen hatten angerufen, gejammert, daß das Essen kurz vor dem Anbrennen sei, und gefragt, ob es außer ihnen nicht noch andere Polizeibeamte gäbe.

Er überließ sie ihren Sorgen, ging zur Kantine hinauf und trank eine Tasse Tee. Während er Szlukas Brief und die mageren Zeugenaussagen noch einmal durchlas, hörte er hinter sich einen Wortwechsel:

«Entschuldigen Sie bitte, aber ist das hier wirklich ein frisches Marzipantörtchen?»

«Was soll es denn sonst sein?»

«Irgendeine Art Kulturdenkmal. Wär schade drum, wenn's aufgegessen wird. Das Bäckereimuseum müßte sich dafür interessieren.»

«Wenn es Ihnen hier nicht paßt, können Sie ja woanders hingehen.»

«Ja, beispielsweise zwei Treppen runter und Sie wegen Benutzung lebensgefährlicher Waffen anzeigen. Ich bestelle ein Marzipantörtchen und Sie geben mir eine fossile Mißgeburt. So was würde nicht mal die Staatsbahn servieren, ohne daß die Lok rot würde. Ich bin ein empfindlicher Mensch und ...»

«Empfindlich, haha! Und übrigens haben Sie sich das doch selbst vom Tresen genommen.»

Martin Beck drehte sich um und sah Kollberg vor sich. «Hallo», sagte er.

«Hallo.»

Keiner der beiden zeigte sich sonderlich überrascht. Kollberg schob den Gegenstand seiner Beanstandung beiseite.

«Wann bist du eingetroffen?» fragte er.

«Gerade eben. Was tust du hier?»

«Ich wollte mich mit einem gewissen Backlund treffen.»

«Ich auch.»

«Ich bin eigentlich in einer anderen Angelegenheit hier», entschuldigte sich Kollberg.

Zehn Minuten später war die Uhr fünf. Sie gingen zusammen hinunter. Backlund erwies sich als ein älterer Mann von freundlichem, alltäglichem Aussehen. Er schüttelte ihnen die Hand.

«Soso. Hoher Besuch aus Stockholm.» Dann rückte er ihnen Stühle zurecht, setzte sich und erkundigte sich: «Was verschafft mir die Ehre?»

«Ihr hattet hier eine Messerstecherei in der Nacht zum Drei-Königstag», sagte Kollberg. «Ein Mann mit Namen Matsson.»

«Richtig. Ich entsinne mich an den Fall. Die Sache ist zu den Akten gelegt worden. Der Staatsanwalt entschloß sich, keine Anklage zu erheben.»

«Was lag eigentlich vor?» fragte Martin Beck.

«Ja, was lag vor? Einen Augenblick, bitte, ich hole mal eben die Unterlagen.»

Backlund verließ das Zimmer und kam nach zehn Minuten mit der zusammengehefteten Kopie eines maschinengeschriebenen Berichtes zurück. Die war erstaunlich umfangreich. Er blätterte in den Seiten. Offensichtlich betrachtete er den Bericht mit Freude und Stolz. Schließlich sagte er:

«Am besten fangen wir von vorn an.»

«Vielleicht gibst du uns erst mal einen allgemeinen Überblick», bat Kollberg.

«Na schön. Also: In der Nacht vom 5. auf den 6. Januar dieses Jahres, um 1 Uhr 23, wurde aus der Wohnung Sveagatan 26 in Linhamn die Funkstreife benachrichtigt. Es handelte sich um eine Messerstecherei, wie es hieß. Die Polizisten Kristiansson und Kvant begaben sich sofort zu der angegebenen Adresse, wo sie gegen 1 Uhr 29 eintrafen. Sie fanden zwei Personen dort vor – den Wohnungsinhaber Bengt Eilert Jönsson, Journalist, und einen Alf Sixten Matsson, ebenfalls Journalist aus Stockholm, Fleminggatan 34. Matsson beschuldigte Jönsson, ihn mit einem Messer angegriffen und verletzt zu haben. Matsson, der am linken Handgelenk eine etwa fünf Zentimeter lange Wunde hatte, wurde von den Polizisten Kristiansson und Kvant zur Unfallstation des Allgemeinen Krankenhauses gebracht, während Bengt Eilert Jönsson festgenommen und von den Polizisten Elofsson und Borglund, die von den Polizisten Kristiansson und Kvant herbeigerufen waren, zur Kriminalpolizei nach Malmö gebracht wurde. Beide machten einen stark alkoholisierten Eindruck.»

«Kristiansson und Kvant?»

Backlund warf Kollberg einen vorwurfsvollen Blick zu und fuhr fort: «Nachdem Matssons Wunde versorgt war, wurde auch er zur Kriminalpolizei in Malmö gebracht, um seine Aussage zu machen. Matsson gab an, er sei am 5. August 1933 in Mölndal geboren und ansässig ...»

«Ganz so ausführlich ist nicht nötig», unterbrach ihn Martin Beck.

«Ach so. Aber ich muß sagen, daß es nicht leicht ist, sich ein klares Bild zu verschaffen, wenn man nicht alles durchgeht.»

«Gibt dieser Bericht denn ein klares Bild?»

«Die Frage kann ich mit Ja und mit Nein beantworten. Deren Aussagen weichen voneinander ab. Ebenso die Zeitangaben. Die Zeugenaussagen sind sehr unsicher. Daher hat ja auch der Staatsanwalt keinen Grund zu einer Anklage gesehen.»

«Matssons Aussage würde mich interessieren. Wer hat ihn denn verhört?»

«Ich, und zwar sehr eingehend.»

«War er betrunken?»

Backlund blätterte im Bericht. «Moment ... Ah, hier haben wir's. Er gab zu, etwas, aber nicht unmäßig getrunken zu haben.»

«Wie benahm er sich?»

«Darüber habe ich keinen Vermerk gemacht, aber Kristiansson gab an – hier, einen Augenblick –, daß sein Gang ziemlich schwankend und seine Stimme etwas verwaschen und stockend gewesen sei.»

Martin Beck gab es auf. Kollberg war hartnäckiger.

«Wie sah er aus?»

«Darüber habe ich keinen Vermerk. Aber ich erinnere mich, daß er einen gepflegten Eindruck gemacht hatte.»

«Was sagte er denn, wie es zu dieser Messerstecherei gekommen war?»

«Ja, das war auch so eine unklare Sache. Die Aussagen waren recht unterschiedlich. Wenn ich mich nicht irre, gab Matsson an, daß er die Verletzung gegen Mitternacht erhalten habe. Jönsson behauptete, es sei nach ein Uhr passiert. Es war äußerst schwer, sich in diesem Punkt Klarheit zu verschaffen.»

«Lag denn überhaupt ein tätlicher Angriff vor?»

«Ich habe hier Jönssons Aussage. Bengt Eilert Jönsson gibt an, Matsson, den er beruflich seit etwa drei Jahren kannte, am 5. Januar vormittags zufällig im *Savoy Hotel* getroffen und ihn abends zu sich zum Essen eingeladen zu haben. Die verabredete Uhrzeit war ...»

«Ja, ja; aber was sagte er über die Tat selber?»

Backlund wurde immer verwirrter. Er blätterte einige Seiten um. «Jönsson leugnete die Tat rundheraus, gab aber zu, Matsson gegen 1 Uhr 15 gestoßen zu haben, wobei dieser hingestürzt sei und sich möglicherweise an dem Glas, das er in der Hand hielt, geschnitten haben könnte.»

«Ich denke, es handelte sich um einen Messerstich?»

«Moment – diese Frage wird in einem früheren Abschnitt behandelt: Einen Augenblick. Da hab ich's: Matsson gibt an, irgendwann kurz vor 23 Uhr mit Jönsson in ein Handgemenge geraten zu sein und dabei die Stichverletzung davongetragen zu haben. Sie sehen selbst. Kurz vor 23 Uhr! Der andere: 1 Uhr 15! Eine Differenz von zwei Stunden und zwanzig Minuten! Wir haben auch ein Gutachten des Arztes vom Allgemeinen Krankenhaus hier. Er beschreibt die Verletzung als einen fünf Zentimeter langen, stark blutenden Hautriß. Die Ränder der Wunde ...»

Kollberg lehnte sich vor: «Daran sind wir nicht so sehr interessiert. Was glaubst du selbst? Irgendwas muß da doch vorgefallen sein. Was meinst du?»

Der andere konnte seine Verwirrung jetzt nicht länger verbergen. Er nahm die Brille ab und putzte sie fieberhaft. «Ja, ja, ja», sagte er. «Was mag da vorgefallen sein? Alles findet sich genau hier in den Akten. Wenn ihr mich dauernd unterbrecht, weiß ich nicht, wie ich die Sache erklären soll. Wenn ihr Lust habt, könnt ihr das Material ja selbst durchgehen.»

Er schob ihnen die Mappe hin.

Martin Beck blätterte lustlos in den Seiten und sah sich die angehefteten Tatortfotos an. Die Bilder zeigten eine Küche, ein Wohnzimmer und eine Steintreppe. Alles aufgeräumt und sauber. Auf der Treppe befanden sich einige dunkle Fleckchen, kaum mehr als pfenniggroß, hätte man sie nicht mit weißen Pfeilen markiert, so hätte man sie glatt übersehen. Er reichte Kollberg das Blatt hinüber, trommelte mit den Fingern auf die Stuhllehne und fragte: «Wurde Matsson hier vernommen?»

«Ja, hier in diesem Zimmer.»

«Sie haben wohl lange mit ihm gesprochen?»

«Ja. Ich brauchte doch einen detaillierten Bericht.»

«Was machte er für einen Eindruck, als Mensch, meine ich.»

Backlund war jetzt so irritiert, daß er die Hände nicht mehr stillhalten konnte. Immer wieder breitete er die wenigen Unterlagen auf der kahlen Tischplatte aus und legte sie in derselben musterhaften Ordnung zurück. «Ich weiß nicht, was Sie wollen», sagte er hilflos. «Ich habe alle Tatsachen in den Bericht geschrieben. Das habe ich ja schon gesagt. Übrigens ist das alles auf privatem Grund und Boden geschehen, und als wir zu dem entscheidenden Punkt kamen, wollte Matsson keine Strafanzeige stellen. Ich weiß wirklich nicht, was Sie noch wollen.»

Kollberg machte sich nicht einmal die Mühe, die Schriftstücke anzusehen. Er versuchte es zum letztenmal: «Wir wollen deine persönliche Ansicht über Alf Matsson wissen.»

«Ich habe keine», entgegnete der Mann abweisend.

Als sie ihn verließen, saß er am Tisch und las das Voruntersuchungsprotokoll. Seine Haltung drückte seine Mißbilligung aus.

«Leute gibt's», sagte Kollberg im Fahrstuhl.

Bengt Jönsson besaß einen kleinen Bungalow mit offener Veranda und Garten. Das Tor stand offen, und vor dem Haus hockte ein blonder, sonnengebräunter Mann vor einem Kinderfahrrad. Er hatte ölige Hände und war dabei, die abgesprungene Kette aufzulegen. Ein ungefähr fünfjähriger Junge stand daneben, einen Schraubenschlüssel in der Hand, und schaute ihm zu.

Als Kollberg und Martin Beck den Vorgarten betraten, richtete sich der Mann auf und wischte sich die Hände an der Hose ab. Er war in den Dreißigern, trug ein buntes Hemd, schmutzige Khakihosen und Holzschuhe.

«Bengt Jönsson?» fragte Kollberg.

«Ja, das bin ich.» Der Mann sah sie mißtrauisch an.

«Wir sind von der Kriminalpolizei in Stockholm», erklärte Martin Beck, «und wir hätten gern ein paar Auskünfte über einen Ihrer Freunde, Alf Matsson.»

«Ich würde ihn kaum als einen Freund bezeichnen», sagte der Blonde. «Geht es um die Geschichte im Winter? Ich dachte, die sei längst vergessen und begraben.»

«Ist sie auch, da kann ich Sie beruhigen. Uns interessiert auch nicht Ihr Anteil an der Sache, sondern der von Alf Matsson», sagte Martin Beck.

«Er soll verschwunden sein, wie ich aus der Zeitung entnommen habe. Eine Rauschgiftangelegenheit. Ich wußte nicht, daß er süchtig ist.»

«Das ist er vielleicht auch nicht. Er verkaufte das Zeug.»

«So ein Schwein», sagte Bengt Jönsson aus tiefem Herzen. «Was für Auskünfte wollen Sie haben? Von dieser Rauschgiftsache weiß ich nichts.»

«Alles, was Sie über Alf Matsson wissen», sagte Kollberg.

«Das ist nicht viel», gab Jönsson zurück. «Wir kannten uns etwa drei Jahre, aber doch nur flüchtig. Vor dieser Geschichte im Winter war ich nur ein paarmal mit ihm zusammengekommen. Ich bin auch Journalist, und da hat man manchmal miteinander zu tun.»

«Vielleicht erzählen Sie uns mal, was eigentlich damals im Winter passierte?» bat Martin Beck.

«Dazu setzen wir uns besser hin», schlug Jönsson vor und ging zur Veranda hinauf.

Martin Beck und Kollberg folgten ihm.

Dort standen ein Tisch und vier Korbstühle. Martin Beck nahm Platz und bot Jönsson eine Zigarette an. Kollberg beäugte mißtrauisch seinen Stuhl, bevor er sich vorsichtig niederließ. Der Stuhl knackte ganz bedenklich unter seinem Gewicht.

«Ich darf Ihnen noch einmal versichern, daß uns der Fall nur insofern interessiert, als damit Matssons Charakter beleuchtet wird. Weder wir noch die Polizei in Malmö haben irgendeinen Anlaß, die Sache wieder aufzurollen», nahm Martin Beck das Gespräch wieder auf. «Wenn Sie also erzählen wollten ...»

«Ich traf Matsson damals ganz zufällig auf der Straße», begann der Blonde. «Er wohnte im Hotel, und ich lud ihn zum Abendessen zu uns nach Hause ein. Eigentlich mochte ich ihn nicht sehr, aber er war allein in der Stadt und wollte mit mir zusammen in eine Kneipe gehen, und da hielt ich es für besser, daß ich ihn zu uns nach Hause bat. Er kam mit einem Taxi und war noch ziemlich nüchtern. Zum Essen bot ich ihm einen Schnaps an, und wir tranken beide ein paar Gläschen. Danach legten wir ein paar Platten auf, tranken Grog und unterhielten uns. Meine Frau hatte eine Freundin zu Besuch; zuerst war es noch ganz nett, aber dann wurde Matsson ziemlich schnell blau und gleichzeitig unausstehlich. Stellen Sie sich vor, da sagt doch der Kerl tatsächlich zu der Freundin von meiner Frau: ‹Sag mal, darf ich dich mit ins Bett nehmen?›»

Bengt Jönsson schwieg.

Martin Beck nickte ihm zu: «Und weiter?»

«Na, die Freundin meiner Frau war fassungslos; denn solche Redensarten ist sie überhaupt nicht gewöhnt. Und meine Frau wurde wütend und sagte zu Alf, er sei ein Rüpel, und da nannte er sie eine Nutte und war ziemlich unverschämt. Daraufhin bin ich wild geworden und hab ihm gesagt, er soll sich zusammenreißen, und die Frauen sind in ein anderes Zimmer gegangen.»

Als er wieder schwieg, erkundigte sich Kollberg:

«War er immer so unleidlich, wenn er betrunken war?»

«Keine Ahnung. Vorher hatte ich ihn nie betrunken erlebt.»

«Und was geschah dann?» fragte Martin Beck.

«Na, dann haben wir weiter Grog getrunken. Ich selbst aber nicht viel, ich fühlte mich überhaupt nicht angeheitert. Aber er wurde immer betrunkener, saß da und hickte und grölte und sang und kotzte schließlich den ganzen Fußboden voll. Ich schaffte ihn hinaus auf die Toilette, und bald war er wieder in Ordnung und etwas nüchterner. Als ich sagte, wir müßten wohl versuchen aufzuwischen, entgegnete er: ‹Das kann wohl dieses Stück tun, mit dem du verheiratet bist.› Da wurde ich richtig wütend und sagte ihm, daß er verschwinden könnte, daß ich ihn nicht mehr im Haus haben wollte. Dabei lachte er, blieb auf dem Stuhl sitzen und rülpste. Als ich sagte, ich würde jetzt ein Taxi anrufen, erklärte er, er möchte noch hier bleiben und meine Frau ... äh, mit meiner Frau schlafen. Da rutschte mir die Hand aus, und als er aufstand und wieder etwas Obszönes über meine Frau sagte, da schlug ich noch mal zu, daß er über den Tisch kippte und ein paar Gläser herunterriß. Ich versuchte dann, ihn mit Gewalt aus dem Haus zu bekommen, aber ich schaffte es nicht. Schließlich rief meine Frau die Polizei an; wir sahen keine andere Möglichkeit, ihn loszuwerden.»

«Irgendwann hat er sich an der Hand verletzt», warf Kollberg ein. «Wie ging das zu?»

«Ich sah, daß er blutete, hielt es aber nicht für gefährlich. Im übrigen war ich so wütend, daß es mir auch egal gewesen wäre. Als er hinfiel, hat er sich an einem Glas geschnitten. Hinterher behauptete er, ich wäre mit dem Messer auf ihn losgegangen, aber das war eine Lüge; ich hatte gar kein Messer. Die restliche Nacht hab ich dann bei der Polizei verbracht. Alles in allem eine widerliche Geschichte.»

«Sind Sie nach dieser Nacht noch einmal mit Alf Matsson zusammengekommen?» wollte Kollberg wissen.

«Natürlich nicht, wofür halten Sie mich denn? Als ich aus dem Zimmer von diesem Bullen ... Verzeihung, Polizisten, herauskam, saß er auf dem Korridor. Und da hatte dieser Bursche doch die Frechheit zu sagen: ‹Du, du hast doch noch 'ne Flasche Schnaps zu Hause. Wir fahren nachher zu dir und saufen sie aus.› Ich hab gar nicht geantwortet, und seither habe ich ihn Gott sei Dank nicht mehr gesehen.»

Bengt Jönsson stand auf und ging zu seinem Jungen hinunter, der mit dem Schraubenschlüssel auf dem Fahrrad herumhämmerte. Der junge Vater hockte sich hin und arbeitete weiter an der Kette.

«Mehr kann ich Ihnen nicht sagen. Das war eine genaue Beschreibung der Vorkommnisse», sagte er über die Schulter.

Martin Beck und Kollberg standen auf, und er nickte ihnen zu, als sie durch die Gartenpforte gingen.

Auf dem Rückweg nach Malmö meinte Kollberg: «Netter Kerl, unser Matsson. Sollte er tot sein, hat die Menschheit keinen großen Verlust erlitten. Schade nur um deinen Urlaub.»

21

Kollberg wohnte im Hotel *St. Jörgen* am Gustav-Adolf-Platz, und als sie Martin Becks Koffer von der Polizei geholt hatten, fuhren sie dorthin. Das Hotel war ausgebucht, aber Kollberg ließ seiner Überzeugungskraft freien Lauf, und es dauerte nicht lange, bis ein Zimmer zur Verfügung stand.

Martin Beck hatte keine Lust, seinen Koffer auszupacken. Er überlegte eine Weile, ob er seine Frau noch anrufen solle, sah dann auf der Uhr, daß es zu spät war. Sie würde sich kaum freuen, in der Dunkelheit über den Sund rudern zu müssen, nur um ihn sagen zu hören, er wisse nicht, wann er nach Hause käme.

Er zog sich aus und ging ins Badezimmer. Während er unter der Dusche stand, hörte er Kollbergs typisches Bullern an der Schlafzimmertür. Da er vergessen hatte, den Schlüssel außen abzuziehen, dauerte es keine Sekunde, bis Kollberg ins Zimmer stürzte und nach ihm rief.

Martin Beck stellte die Brause ab, schlug das Badelaken um und ging hinaus zu Kollberg.

«Ein fürchterlicher Gedanke hat mich plötzlich gepackt», rief Kollberg. «Vor fünf Tagen hat die Krebssaison begonnen, und du hast sicher noch keine Krebse gegessen. Oder haben sie Krebse in Ungarn?»

«Nicht daß ich wüßte», entgegnete Martin Beck. «Ich habe keine gesehen.»

«Zieh dich an. Ich habe einen Tisch bestellt.»

Der Speisesaal war voll, aber man hatte ihnen einen Ecktisch reserviert und eine Schüssel Krebse aufgetragen. Auf ihren Tellern lagen für jeden ein Lätzchen mit einem rot aufgedruckten Vers und eine Papiermütze. Sie setzten sich und Martin Beck blickte mit düsterer Miene auf seine Mütze aus blauem Kreppapier mit Glanzpapierschirm, auf den in Goldbuchstaben das Wort POLIZEI gedruckt war. Die Krebse waren hervorragend, und die beiden tauschten nicht viele Worte, während sie speisten. Als sie fertig waren, hatte Kollberg immer noch Hunger und bestellte sich ein Tournedo. Während er darauf wartete, begann er:

«Den Abend vor seiner Abreise hat er mit vier Freunden und einem Mädchen verbracht. Ich habe dir eine Liste aufgeschrieben. Sie liegt oben in meinem Zimmer.»

«Fein», sagte Martin Beck. «War es schwer, das herauszubekommen?»

«Nicht besonders. Melander hat mir geholfen.»

«Melander, natürlich. Wieviel Uhr ist es?»

«Halb zehn.»

Martin Beck stand auf und ließ Kollberg allein mit seinem Tournedo.

Melander war natürlich schon im Bett. Martin Beck mußte viele Male das Klingelzeichen abwarten, bevor der andere antwortete.

«Hast du schon geschlafen?»

«Ja, aber das macht nichts. Bist du wieder zu Hause?»

«In Malmö. Wie ging es mit Alf Matsson?»

«Ich bin den Dingen nachgegangen, um die du mich gebeten hast. Willst du es sofort haben?»

«Ja, bitte.»

«Wart einen Moment.» Melander verschwand, kam aber gleich zurück. «Ich hab einen Bericht getippt, aber der liegt jetzt in meinem Dienstzimmer. Ich muß also aus dem Gedächtnis zitieren», sagte er.

«Bitte.»

«Es geht also um Donnerstag, den 21. Juli: Am Vormittag war Alf Matsson zuerst bei seiner Zeitung, wo er im Redaktionsbüro Flugkarten und an der Kasse 400 Kronen abholte. Dann ging er anschließend zur ungarischen Gesandtschaft und holte sich sein Visum. Darauf fuhr er nach Hause zur Fleminggatan, und es ist vorstellbar, daß er da schon seinen Koffer packte. Jedenfalls zog er sich um. Am Vormittag hatte er graue Hosen, eine graue Jerseyweste, einen blauen maschinengestrickten Blazer ohne Revers und beige Wildlerderschuhe angehabt. Nachmittags und abends trug er einen dunkelgrauen Anzug aus dünnem Flanell, dazu ein weißes Hemd, schwarzen gestrickten Schlips, schwarze Schuhe und einen graubeigen Popelinmantel.»

Es war warm in der Telefonzelle. Martin Beck fischte ein Blatt Papier aus der Tasche und kritzelte einige Notizen, während Melander sprach.

«Weiter», sagte er.

«Um Viertel nach zwölf ließ er sich von einem Taxi von Fleminggatan nach *Tennstopet* bringen, wo er mit Sven Erik Molin, Per Kronkvist und Pia Bolt lunchte. Sie heißt Ingrid, wird aber Pia genannt. Zum Essen und hinterher trank er mehrere Glas Bier. Um drei ging Pia Bolt; die drei Männer blieben noch. Ungefähr eine Stunde später, also gegen vier Uhr, kamen Stig Lund und Åke Gunnarsson und setzten sich mit an den Tisch. Die anderen gingen zu Grog über, Alf Matsson trank Whisky mit Eiswasser. Die Bedienerin kann sich nur insoweit an das Gespräch erinnern, als daß sie mitbekommen hatte, daß Matsson verreisen wollte. Wohin, hatte sie vergessen.»

«War er betrunken?» erkundigte sich Martin Beck.

«Etwas angetrunken muß er gewesen sein, aber nicht so, daß es auffiel. Da noch nicht. Kannst du mal eben warten?»

Melander verschwand, und Martin Beck öffnete die Tür der Zelle und ließ etwas Luft hinein. Dann kam Melander zurück.

«Mußte nur mal eben meinen Bademantel anziehen. Wo war ich doch? Ganz recht, *Tennstopet*. Um sechs verließ die Gesellschaft, also Kronkvist, Lund, Gunnarsson, Molin und Matsson, das Lokal und fuhr mit dem Taxi zum *Goldenen Frieden*, wo man zu Abend aß und Schnaps trank. Das Gespräch drehte sich hautpsächlich um verschiedene Bekannte, Alkohol und Mädchen. Alf Matsson wurde mit der Zeit immer blauer und kommentierte lauthals die weiblichen Gäste. Unter anderem soll er einer Malerin mittleren Alters, die am anderen Ende des Lokals saß, etwas zugerufen haben im Stil von: ‹Was für wunderbare Brüste du hast! Darf ich meinen Kopf darauf betten?› Um halb zehn wechselten sie alle fünf per Auto zur *Opera-Bar* über. Hier tranken die anderen wieder Grog und Alf Matsson Whisky und Soda. Pia Bolt, die schon vor ihnen in der *Opera-Bar* war, kam zu den Männern an den Tisch. Gegen zwölf gingen Kronkvist und Lund, und kurz vor eins verdrückte sich Pia Bolt mit Molin. Alle waren betrunken. Matsson und Gunnarsson blieben noch, bis geschlossen wurde; sie hatten beide eine schwere Schlagseite. Matsson konnte sich kaum mehr auf den Beinen halten und belästigte einige weibliche Gäste. Leider konnte ich nicht feststellen, was weiter passierte; ich nehme an, daß er mit einem Taxi nach Hause fuhr.»

«Aber das hat niemand beobachtet?»

«Ich habe jedenfalls keinen auftreiben können. Die meisten Gäste waren mehr oder weniger selber betrunken, und das Personal hatte es eilig, heimzukommen.»

«Vielen Dank», sagte Martin Beck. «Würdest du mir noch einen Gefallen tun? Geh morgen früh in Matssons Wohnung und sieh nach, ob du den dunkelgrauen Anzug finden kannst, den er an jenem Abend anhatte.»

«Warst du nicht vor deiner Abreise selber dort?»

«Doch», sagte Martin Beck, «aber ich hab nicht dein Bombengedächtnis. So, und nun leg dich schlafen. Ich ruf morgen wieder an.»

Er ging zu Kollberg zurück, der inzwischen sowohl sein Tournedo aufgegessen hatte als auch einen Nachtisch, der auf der Schüssel vor ihm eine klebrige rosa Spur hinterlassen hatte.

«Na, ist er auf was Interessantes gestoßen?» erkundigte sich Kollberg.

«Ich weiß nicht», sagte Martin Beck. «Vielleicht.»

Beim Kaffee berichtete Martin Beck von Budapest und Szluka und Ari Boeck und ihren deutschen Freunden. Dann fuhren sie mit dem Fahrstuhl nach oben, und Martin Beck ließ sich Kollbergs maschinengeschriebenen Bericht geben, bevor er auf sein Zimmer ging.

Er zog sich aus, knipste die Nachttischlampe an und das Deckenlicht aus. Dann legte er sich ins Bett und begann zu lesen.

Ingrid (Pia) Bolt, geboren 1939 in Norrköping, unverheiratet, Sekretärin, eigene Wohnung Strindbergsgatan 51.

Gehört zu Matssons Clique, schätzt ihn aber nicht sonderlich und hat vermutlich nie ein Verhältnis mit ihm gehabt. War über ein Jahr lang mit Stig Lund liiert, scheint aber kürzlich zu Molin übergewechselt zu sein. Arbeitet als Sekretärin in der Modefirma Studio 45.

Per Kronkvist, geboren 1936 in Luleå, geschieden, Berichterstatter einer Abendzeitung. Wohnt mit Stig Lund zusammen, Sveavägen 88.

Gehört mit zu dem Kreis, ist jedoch kein spezieller Freund von Matsson. 1963 in Luleå geschieden, seitdem wohnhaft in Stockholm. Säuft erheblich, ist nervös und sprunghaft, nicht überintelligent, aber freundlich. Hat im Mai 1965 wegen Volltrunkenheit in Bogesund eingesessen.

Stig Lund, geboren 1932 in Göteborg, unverheiratet, Fotograf an derselben Zeitung wie Kronkvist. Die Wohnung Sveavägen gehört der Zeitung.

Kam 1960 nach Stockholm und lernte Matsson gleich zu Anfang kennen. Früher waren sie viel zusammen, aber in den zwei letzten Jahren trafen sie sich nur, weil sie in den gleichen Lokalen verkehren. Zurückhaltend und schweigsam, trinkt viel und pflegt am Tisch einzuschlafen, wenn er betrunken ist. Ehemaliger Langstreckenläufer, nahm in den Jahren 1945 bis 1951 an den Meisterschaftswettkämpfen teil.

Åke Gunnarsson, geboren 1932 in Jakobsstad, Finnland. Unverheiratet, Journalist einer Motorsportzeitschrift. Seit dem 1. Juli eigene Wohnung Svartensgatan 6, vorher wohnhaft in Hagalund.

Kam 1950 nach Schweden. Journalist bei verschiedenen Motorzeitschriften und bei Tageszeitungen seit 1959. Vorher verschiedene andere Tätigkeiten, unter anderem Automechaniker. Spricht Schwedisch fast ganz ohne Akzent. Ist mit einem Mädchen aus Uppsala verlobt, das nicht zu diesem Kreis gehört, und will Anfang

September heiraten. Ist nicht mehr als die vorher Genannten mit M. befreundet. Säuft ebensoviel wie die anderen, ist aber für seine Trinkfestigkeit bekannt und bleibt immer manierlich.

Sven Erik Molin, geboren 1933 in Stockholm, geschieden, Journalist, Einfamilienhaus in Enskede.

Bezeichnet sich als Alf Matssons «bester Freund», was ihn nicht hindert, wenig freundschaftlich über ihn zu sprechen. Vor vier Jahren in Stockholm geschieden, zahlt Unterhalt und trifft sich hier und da mit seinem Kind. Überheblich und angeberisch, besonders wenn er betrunken ist, was oft der Fall ist. 1963 und 1965 wegen Trunkenheitsvergehen verurteilt. Das Verhältnis zu Pia Bolt ist von seiner Seite aus nicht sonderlich ernst.

Dem Kreis gehören noch weitere Personen an – Krister Sjöberg, Zeichner, Bror Forsgren, Reklamemann, Lena Rosén, Journalistin, Bengt Fors, Journalist, Jack Meredith, Filmfotograf, sowie einige Randfiguren – die aber alle an dem fraglichen Tag und Abend nicht dabeigewesen waren.

Martin Beck stand auf und holte das Blatt Papier, auf dem er während des Gesprächs mit Melander seine Notizen gemacht hatte.

Wieder im Bett las er alles noch einmal durch, Kollbergs Bericht und seine eigenen, schnell hingekritzelten Aufzeichnungen, verglich einige Punkte und löschte schließlich das Licht.

22

Sonnabend, der 30. August, war ein grauer und diesiger Tag. Die Metropolitan nach Stockholm nahm sich bei dem Gegenwind viel Zeit.

Der nachhaltende Krebsgeschmack war am Morgen wenig angenehm und wollte sich auch nicht durch den schlechten Kaffee, den die Fluggesellschaft anbot, wegspülen lassen. Martin Beck lehnte den Kopf gegen die vibrierende Fensterscheibe und blickte hinaus in die Wolken.

Nach einer Weile versuchte er zu rauchen. Das schmeckte gräßlich. Kollberg las *Sydsvenskan* und schielte mißbilligend auf die Zigarette. Wahrscheinlich ging es ihm auch nicht besonders gut.

Was war über Alf Matsson zu sagen? Nun waren es genau drei Wochen, seit man ihn nachweisbar zum letztenmal gesehen hatte, und zwar im Foyer des Hotels *Duna* in Budapest.

Der Pilot teilte mit, daß das Wetter auf der Flugstrecke wolkig war und in Stockholm fünfzehn Plusgrade und Nieselregen zu erwarten waren.

Martin Beck drückte seine Zigarette im Aschenbecher aus und fragte:

«Dieser Fall von Totschlag, den man dir vor zehn Tagen angehängt hat – ist der schon geklärt?»

«Ja, natürlich.»

«Keine offenen Fragen mehr?»

«Nein. Psychologisch war er völlig uninteressant, sofern es dir darum geht. Voll wie die Strandhaubitzen, alle beide. Der Wohnungsinhaber machte hänselnde Bemerkungen, bis der andere wütend wurde und ihn mit einer Flasche niederschlug. Dann bekam er es mit der Angst zu tun und schlug blindlings weiter zu. All das weißt du ja schon.»

«Und hinterher? Versuchte er die Sache zu vertuschen?»

«Na klar doch. Er ging nach Haus und packte sein blutbeschmiertes Zeug ein. Dann beschaffte er sich einen halben Liter Schnaps und setzte sich unter die Schanzenzollbrücke. Man brauchte nur hinzufahren und ihn abzuholen. Erst leugnete er noch eine ganze Weile, und dann heulte er vor sich hin.»

Nach kurzer Pause setze er, immer noch ohne aufzublicken, hinzu: «Der Kerl ist plemplem. Schanzenzollbrücke! Er dachte, dort würde ihn niemand finden, sagte er. Er hätte jedenfalls sein Möglichstes getan.»

Kollberg senkte die Zeitung und blickte Martin Beck an.

«Genau so hat er es gesagt, er hätte sein Möglichstes getan.» Damit wandte er sich wieder seiner Zeitung zu.

Martin Beck runzelte die Brauen, nahm die Aufstellung zur Hand, die Kollberg ihm am vorhergehenden Abend gegeben hatte, und las sie durch. Wieder und wieder, bis sie am Ziel waren. Dann steckte er sie fort und zog den Sicherheitsgurt fest. Es folgten die üblichen unangenehmen Minuten, während das Flugzeug im Wind schaukelte und auf die unsichtbare Rutschbahn hinunterging. Gärten und Hausdächer und zwei Stöße auf der Betonpiste, und dann konnte er wieder frei atmen.

Sie wechselten ein paar Worte in der Ankunftshalle für Inlandsflüge, während sie aufs Gepäck warteten.

«Fährst du noch heute abend in die Schären?»

«Nein. Ich wart noch eine Weile.»

«Irgend etwas ist faul an dieser Matsson-Geschichte.»

«Ja.»

«Verdammt ärgerlich.»

Auf Tranebergsbron begann Kollberg wieder: «Und was noch ärgerlicher ist, daß wir nicht lassen können, an diesen Mist zu denken. Matsson war ein übler Bursche. Ist er wirklich verschwunden, so ist es eine Wohltat. Hat er sich davongemacht, so wird man ihn früher oder später festnehmen. Das ist nicht unsere Sache. Und sollte er dort unten irgendwie umgekommen sein, so geht uns das auch nichts an. Oder vielleicht doch?»

«Nein, nein, du hast vollkommen recht.»

«Aber stell dir nur mal vor, der Mensch bleibt einfach weiterhin verschwunden. Dann wird man zehn Jahre lang keine Ruhe haben. Zum Kotzen.»

«Du bist nicht besonders logisch.»

«Nein, da hast du recht», bestätigte Kollberg.

Auf der Polizeidirektion war es unerwartet ruhig, aber schließlich war es Sonnabend und trotz allem Sommer. Auf Martin Becks Tisch lagen einige uninteressante Briefe und ein Zettel von Melander.

Ein Paar schwarze Schuhe in der Wohnung. Alt. Lange nicht gebraucht. Kein dunkelgrauer Anzug.

Draußen vorm Fenster fuhr der Wind in die Baumkronen, und es nieselte gegen die Scheiben. Martin Beck mußte an die Donau, die Dampfschiffe und den Luftstrom von den sonnenheißen Bergen denken. Wiener Walzer. Die weiche, warme Nachtluft. Die Brücke. Der Kai. Vorsichtig nach der Beule im Nacken tastend, ging er zum Tisch zurück und setzte sich.

Kollberg kam herein, warf einen Blick auf Melanders Mitteilung, kratzte sich am Bauch und sagte: «Dies geht uns auf alle Fälle an.»

«Ja, das meine ich auch.» Martin Beck überlegte eine Weile, dann fragte er plötzlich: «Du warst doch neulich in Rumänien, hast du da deinen Paß abgeben müssen?»

«Ja, die Polizei sammelte die Pässe auf dem Flugplatz ein. Nach einer Woche bekam man sie dann im Hotel zurück. Ich sah meinen mehrere Tage lang im Schlüsselfach stecken, bevor ich ihn wiederbekam. Es war ein großes Hotel. Die Polizei lieferte jeden Abend ganze Stapel von Pässen ab.»

Martin Beck griff nach dem Telefon: «Budapest 298–317, Voranmeldung für Major Vilmos Szluka. Ich buchstabiere: Major S-Z-L-U-K-A. Nein, das ist in Ungarn.»

Er trat ans Fenster und starrte in den Regen hinaus. Kollberg hockte schweigend in dem Besuchersessel und betrachtete seine Nägel. Keiner von ihnen rührte sich oder sprach ein Wort, bis das Telefon läutete.

Jemand sagte in sehr schlechtem Deutsch: «Ja, Major Szluka kommt im Augenblick.»

Schritte wurden laut im Polizeihauptquartier bei Déak Ferenc Tér. Dann hörte man Szlukas Stimme:

«Guten Tag. Wie sieht's bei Ihnen in Stockholm aus?»

«Regen und Wind. Kalt.»

«Ach. Wir haben heute über dreißig Grad. Fast zu warm. Wollte gerade zum Palatino hinauffahren. Etwas Neues?»

«Noch nichts.»

«Hier leider auch nicht. Wir haben ihn noch nicht gefunden. Kann ich Ihnen irgendwie helfen?»

«Während der Reisesaison kommt es doch sicher ab und zu vor, daß Ausländer ihren Paß verlieren?»

«Ja, leider. Das ist immer ein ziemlicher Umstand. Gott sei Dank hab ich damit nichts zu tun.»

«Würden Sie mal feststellen, ob irgendein Ausländer gemeldet ist, der behauptet hat, nach dem 21. Juli seinen Paß im *Ifjuság* oder *Duna* verloren zu haben?»

«Ja, gern. Aber es ist, wie gesagt, nicht meine Abteilung. Genügt es, wenn Sie die Antwort gegen fünf haben?»

«Sie können zu jeder beliebigen Zeit anrufen. Und noch etwas ...»

«Ja?»

«Sofern jemand Meldung erstattet hat – könnten Sie wohl feststellen, wie der Betreffende aussah? Nur eine kurze Personenbeschreibung.»

«Ich ruf um fünf an. Auf Wiederhören.»

«Auf Wiederhören. Ich hoffe, daß Sie Ihr Bad nicht versäumen.»

Er legte auf. Kollberg blickte ihn mißtrauisch an.

«Was ist das für ein blödes Bad?»

«Ein Schwefelbad, wo man in Marmorstühlen unter Wasser sitzt.»

«Soso.»

Es war eine Weile still. Kollberg kratzte sich am Kopf: «In Budapest hatte er also einen blauen Blazer und graue Hosen und braune Schuhe an.»

«Ja. Und den Regenmantel.»

«Und im Koffer lag ein blauer Blazer.»

«Ja. Und ein Paar graue Hosen.»

«Und ein Paar braune Schuhe.»

«Ja.»

«Und am Abend, bevor er losfuhr, trug er einen dunklen Anzug und schwarze Schuhe.»

«Ja. Und den Regenmantel.»

«Und weder die Schuhe noch der Anzug befinden sich in der Wohnung.»

«Richtig.»

«Dieser verdammte Kerl», sagte Kollberg unvermittelt.

«Ja.»

Die Stimmung im Zimmer war anders geworden, schien sich zu entspannen. Martin Beck kramte in der Schreibtischschublade, fand eine trockene alte Florida und steckte sie an. Ebenso wie der Kollege aus Malmö war er dabei, sich das Rauchen abzugewöhnen, aber doch nur mit halbem Herzen.

Kollberg gähnte und blickte auf die Uhr. «Wollen wir los und irgendwo essen?»

«Können wir machen.»

«*Tennstopet*?»

«Einverstanden.»

23

Der Wind war abgeflaut; im Vasapark nieselte es friedlich auf die Doppelreihen der Tombolastände, ein Karussell und zwei Polizisten in schwarzen Regenumhängen. Das Karussell war in Betrieb, und auf einem der lackierten Plastikpferde saß verloren ein Kind. Ein kleines Mädchen im roten Mäntelchen mit Kapuze; ganz ernsthaft und den Blick nach vorn gerichtet, zog es im Regen seine Runden. Am Fuße des Karussells standen die Eltern unter einem Schirm und betrachteten wehmütig die Vergnügungsanlage. Aus dem Park kam ein frischer Duft von Blattwerk und feuchtem Grün. Es war Sonnabendnachmittag und trotz allem Sommer.

Das Restaurant schräg gegenüber dem Park war fast leer. In dem großen Raum hörte man nur ein schwaches, gemütliches Rascheln, wenn die zwei älteren Stammgäste die Seiten ihrer Abendzeitungen umblätterten, oder das gedämpfte Pochen, wenn im Nebenzimmer ein Pfeil die Dart-Zielscheibe traf. Martin Beck und Kollberg ließen sich in der Nähe von Alf Matssons Stammtisch nieder. Bis jetzt war er noch frei, aber ein roter Reservierungszettel in einem Glas besagte, daß der Tisch reserviert sei. Wahrscheinlich stand der ständig dort.

«Jetzt ist der Lunchbetrieb vorbei», erklärte Kollberg. «Aber in einer Stunde beginnt der Betrieb wieder, und am Abend ist es so proppenvoll, daß die Gäste sich gegenseitig mit Bier bekleckern und du kaum den Fuß ins Lokal hineinbekommst.»

Das Milieu wirkte nicht gerade einladend. Schweigend aßen sie ihr verspätetes Lunch. Draußen ging der schwedische Sommer zu Ende. Kollberg leerte seinen Bierkrug und wischte sich mit der Serviette den Mund ab.

«Ist es schwer, dort unten über die Grenze zu kommen? Ohne Paß?» nahm Kollberg den Faden wieder auf.

«Ziemlich. Die Grenze soll streng bewacht sein. Ein Ausländer, der sich in den Verhältnissen nicht auskennt, schafft es kaum.»

«Und wenn man auf dem üblichen Weg ausreist, so muß man Paß und Visum haben?»

«Ja, und außerdem eine Ausreisegenehmigung. Das ist ein loses Blatt Papier, das man bei der Einreise bekommt und im Paß liegen läßt, bis man das Land verläßt. Da nehmen die Kontrollbeamten es an sich. Die Polizei stempelt neben dem Visum dann das Abreisedatum im Paß ein. Sieh mal hier.»

Martin Beck zog seinen Paß aus der Tasche und legte ihn auf den Tisch. Kollberg sah sich den Stempel an.

«Und sofern man Visum und Ausreisegenehmigung hat, kann man jede beliebige Grenze passieren?»

«Ja. Du kannst unter fünf Ländern wählen, der Tschechoslowakei, Rußland, Rumänien, Jugoslawien und Österreich. Und du kannst ausreisen, wie du willst: per Flugzeug, Zug, Auto oder Schiff.»

«Schiff? Von Ungarn?»

«Ja, auf der Donau. Von Budapest kommst du mit dem Tragflügelboot in wenigen Stunden nach Wien oder Preßburg.»

«Und man kann radfahren, gehen, schwimmen, reiten oder kriechen.»

«Ja, vorausgesetzt, du kommst zu einem Grenzübergang.»

«Und nach Österreich und Jugoslawien reist man ohne Visum.»

«Kommt darauf an, was für einen Paß du hast. Schweden oder Deutsche oder Italiener beispielsweise brauchen kein Visum. Mit ungarischem Paß kannst du in die Tschechoslowakei oder nach Jugoslawien ohne Visum reisen.»

«Aber es erscheint nicht sehr naheliegend, daß er das getan hat.»

«Nein.»

Sie gingen zum Kaffee über. Kollberg betrachtete immer noch die Stempel im Paß. «Die Dänen haben dir bei deiner Ankunft in Kastrup keinen Einreisestempel gegeben», bemerkte er.

«Nein.»

«So gibt es also keinen Beweis dafür, daß du nach Schweden zurückgekommen bist.»

«Nein», gab Martin Beck zu. «Aber andererseits sitze ich ja hier», meinte er dann.

Während der letzten halben Stunde hatte sich das Lokal gefüllt, und die Plätze begannen knapp zu werden. Ein Herr von etwa dreißig Jahren betrat das Restaurant, setzte sich an den Tisch mit dem roten Zettel, bekam einen Krug Bier hingestellt und blätterte uninteressiert in seiner Abendzeitung. Ab und an sah er nervös zur Tür, als warte er auf jemand. Er hatte einen Bart, trug eine Hornbrille, einen braungestreiften Tweedblazer, ein weißes Hemd, braune Hosen und schwarze Schuhe.

«Wer ist das?» fragte Martin Beck.

«Kann ich nicht sagen – da sieht einer wie der andere aus. Außerdem sind ein paar Randfiguren dabei, die nur ab und zu auftauchen.»

«Auf jeden Fall ist es nicht Molin. Den kenne ich.»

«Gunnarsson vielleicht», meinte Kollberg und schielte zu dem Gast hinüber.

Martin Beck dachte nach. «Nein. Den hab ich auch schon gesehen.»

Eine Frau trat in die Tür. Sie war jung und rothaarig, trug eine ziegelrote Strickjacke, Tweedrock und grüne Strümpfe. Mit zielsicheren Schritten ging sie auf den Stammtisch zu, bohrte sich in der Nase und ließ sich nieder. «Tag, Pelle», begrüßte sie den Lesenden.

«Tag, Mädchen.»

«Pelle», sagte Kollberg, «dann ist es also Kronkvist. Das Mädchen ist Pia Bolt.»

«Warum die bloß alle Bärte tragen müssen?» Diese Frage kam so nachdenklich, als ob sich Martin Beck schon lange mit dem Thema beschäftigt hätte.

«Vielleicht sind es falsche», gab Kollberg todernst zurück. Er blickte auf die Uhr.

«Nur um uns zu ärgern», fügte er hinzu.

«Ich glaube, wir können gehen», sagte Martin Beck. «Hast du Stenström Bescheid gesagt?»

Kollberg nickte. Als sie gingen, hörten sie den Mann, der Per Kronkvist hieß und Pelle genannt wurde, nach der Kellnerin rufen.

«Fröken! Ein Bier zu mir!»

Mehrere Gäste lachten.

Es war totenstill auf der Polizeidirektion. Stenström saß in der Expedition und legte Patience.

Kollberg sah ihn mißbilligend an:

«Fängst du jetzt schon damit an? Was willst du denn machen, wenn du alt bist?»

«Sitzen und dasselbe denken, was ich gerade im Augenblick denke: Warum sitze ich hier?»

«Du sollst einige Alibis nachprüfen», sagte Martin Beck. «Gib ihm die Liste, Lennart!»

Stenström bekam die Liste. Er blickte flüchtig darauf.

«Jetzt?»

«Ja. Heute abend noch.»

«Molin, Lund, Kronkvist, Gunnarsson, Bengtsfors, Pia Bolt. Wer ist Bengtsfors?»

«Ist 'n Tippfehler», brummte Kollberg. «Soll Bengt Fors heißen. Das T auf meiner Maschine bleibt immer am S hängen.»

«Soll ich das Mädchen auch fragen?»

«Ja, wenn's dir Freude macht», sagte Martin Beck. «Sie sitzt in *Tennstopet.*»

«Kann ich die Leute direkt ansprechen?»

«Warum nicht? Routineuntersuchung im Fall Alf Matsson. Alle wissen, worum es sich handelt. Sind die vom Rauschgiftdezernat übrigens weitergekommen?»

«Ich hab mit Jacobson gesprochen», antwortete Stenström. «Die haben die Sache bald erledigt. Gleich nachdem die Haschbrüder erfuhren, daß Matsson weg war, haben die zu reden begonnen. Da fällt mir übrigens etwas ein. Matsson hat an einige, die besonders fertig waren, direkt verkauft und dabei unverschämte Preise genommen.»

Er schwieg.

«Und woran hast du gedacht?» fragte Kollberg.

«Man kann sich doch vorstellen, daß einer von diesen armen Schweinen, denen er das Fell über die Ohren gezogen hat, daß einer von seinen Kunden ... na, die Lust verloren hat, sozusagen.»

«Ja, das ist denkbar», pflichtete Martin Beck bei.

«Besonders im Kino», sagte Kollberg. «In Amerika.»

Stenström steckte die Liste ein und stand auf. In der Tür blieb er stehen und murrte gekränkt:

«Irgendwann geschieht hier vielleicht sogar mal was Neues und Ungewöhnliches.»

«Möglich ist alles», gab Kollberg zu. «Übrigens hast du vergessen, daß Matsson in Ungarn verschwunden ist, als er dabei war, mehr für seine bedauernswerten Kunden zu holen. Hau ab.»

Stenström ging.

«Jetzt warst du aber wenig freundlich», tadelte Martin Beck.

«Er kann ja auch selbst ein bißchen nachdenken», verteidigte Kollberg sich.

«Aber gerade das hat er doch getan.»

«Ach was.»

Martin Beck ging auf den Flur hinaus. Stenström war gerade dabei, sich den Mantel anzuziehen.

«Sieh dir auch mal deren Pässe an.»

Stenström nickte.

«Und fahr nicht allein.»

«Sind sie denn gefährlich?» fragte Stenström spitz.

«Reine Routine», antwortete Martin Beck und ging wieder zu Kollberg hinein.

Kaum hatte er die Tür hinter sich zugemacht, läutete das Telefon. Martin Beck hob den Hörer ab.

«Das angemeldete Gespräch aus Budapest kommt um neunzehn Uhr an Stelle von siebzehn Uhr», sagte der Mann in der Vermittlung.

«Das ist ja blöde», meinte Kollberg.

«Tja, schön ist das nicht», stimmte Martin Beck zu.

Ohne daß sie untereinander noch ein Wort darüber verlieren mußten, wußten beide ungefähr, was geschehen war und was noch passieren würde.

«Zwei Stunden später. Wollen wir uns inzwischen ein wenig umschauen?»

«Ja, warum nicht.»

Sie fuhren über Västerbron. Der Verkehrstrubel hatte nachgelassen; die Brücke lag fast leer. Sie überholten einen deutschen Reisebus, der im Tempo herunterging. Martin Beck sah, wie die Leute aufstanden und über den silberblanken Riddarfjord und die diesige Silhouette der Stadt blickten.

«Molin ist der einzige, der außerhalb der Stadt wohnt», sagte Kollberg. «Ihn nehmen wir zuerst vor.»

Sie fuhren weiter über Liljeholmsbron, vorbei an Årstafältet, wo der Regen schwer über dem Feld hing, und kamen in die Allee auf Sockenvägen. Kollberg bog in ein Villenviertel ein und kurvte eine Weile in den kleinen Wohnstraßen herum, bis er die richtige Straße fand. Er ließ den Wagen langsam an Hecken und Gartenzäunen vorbeirollen, während er die Türpfosten nach dem Namen absuchte.

«Hier ist es», sagte er. «Molin wohnt links. Was du da siehst, ist eine Außentreppe. Das Haus ist wahrscheinlich als Einfamilienhaus gebaut und jetzt geteilt worden. Der andere Eingang liegt auf der Rückseite.»

«Wer wohnt in der anderen Hälfte?» fragte Martin Beck.

«Ein pensionierter Zollbeamter und seine Frau.»

Der Garten vor dem Haus war groß, ungepflegt und mit knorrigen Apfelbäumen und üppigen Büschen bewachsen. Die Hecke rundherum war sauber geschnitten und der weiße Jägerzaun frisch gestrichen.

«Großer Garten», sagte Kollberg. «Und gut geschützt gegen Einblick. Willst du mehr sehen?»

«Nein, fahr weiter.»

«Dann auf nach Svartensgatan», sagte Kollberg. «Gunnarsson.»

Sie fuhren Nynäsvägen hinein nach Söder und stellten den Wagen auf Mosebacketorg ab.

Svartensgatan 6 lag direkt am Markt. Es war ein altes Haus mit großem, gepflastertem Hof. Gunnarsson wohnte drei Treppen hoch zur Straße hin.

«Sehr lange wohnt er noch nicht hier», sagte Martin Beck anschließend im Wagen.

«Seit dem 1. Juli.»

«Und vorher wohnte er in Hagalund. Weißt du, wo?»

Kollberg hielt an der Jakobskirche vor einer Verkehrsampel. Er nickte hinüber zu dem großen Eckfenster der *Opera-Bar*. «Dort drinnen hocken sie vielleicht alle beisammen. Alle außer Matsson. In Hagalund? Ja, die Adresse hab ich.»

«Da fahren wir später hin», sagte Martin Beck. «Fahr über Strandvägen, ich möchte die Schiffe sehen.»

Sie fuhren den Strandweg entlang, und Martin Beck konnte die Boote betrachten. Bei Blasieholmskajen lagen ein großer weißer Seekreuzer mit amerikanischer Flagge achtern und vorne, an Djurgårdsbron, eingeklemmt zwischen zwei åländischen Segelkuttern, ein polnisches Motorboot.

Vor Pia Bolts Haustür in Strindbergsgatan fuhr ein kleiner Junge in kariertem Gummioverall und mit Südwester auf dem Kopf einen roten Doppeldeckerbus aus Plastik hin und her auf den Treppenstufen, dabei ahmte er das Motorgeräusch mit den Lippen nach. Das Brummen wurde dumpf und unregelmäßig, als er mit dem Bus bremste, um Kollberg und Martin Beck vorbeizulassen.

Drinnen im Eingang stand Stenström und las mit finsterer Miene in Kollbergs Liste.

«Was hängst du hier herum», fragte Kollberg.

«Sie ist nicht zu Hause. Und in *Tennstopet* war sie auch nicht. Ich hab überlegt, wo ich jetzt hingehen soll. Aber wenn ihr weitermachen wollt, kann ich ja nach Hause gehen.»

«Versuch's mal in der *Opera-Bar*», schlug Kollberg vor.

«Wieso bist du übrigens allein?» fragte Martin Beck.

«Ich hatte Rönn bei mir. Er kommt gleich wieder. Ist nur für ein Weilchen mit einem Blumenstrauß zu seiner Mutter gegangen. Sie hat Geburtstag und wohnt gleich hier um die Ecke.»

«Was hast du bisher erreicht?» erkundigte sich Martin Beck.

«Ich habe Lund und Kronkvist überprüft. Beide gingen gegen Mitternacht von der *Opera-Bar* direkt in die *Hamburger Börse.* Dort trafen sie sich mit ein paar Mädchen, die sie von früher her kannten, und gegen drei zogen sie alle in die Wohnung von der einen.»

Er blickte auf die Liste.

«Sie heißt Svensson und wohnt auf Lidingö-Sagavägen. Die beiden blieben bis morgens acht Uhr und fuhren mit dem Taxi zusammen zum Dienst. Um eins waren sie wieder im *Tennstopet*, blieben bis fünf, fuhren dann nach Karlstad, um ihre Reportage fertigzumachen. Die anderen habe ich noch nicht überprüfen können.»

«Das glaub ich gern», meinte Martin Beck. «Mach weiter. Wir sind um sieben auf Kristineberg. Ruf an, wenn du in vernünftiger Zeit fertig wirst.»

Der Regen wurde heftiger, als sie nach Hagalund fuhren. Als Kollberg vor dem niedrigen Mietshaus bremste, wo Gunnarsson bis vor zwei Monaten gewohnt hatte, rauschte das Wasser die Scheiben herunter; das Trommeln auf dem Wagendach war ohrenbetäubend.

Sie schlugen den Mantelkragen hoch und rannten über das Trottoir in die Haustür. Das Haus hatte drei Etagen, und an einer der Türen im zweiten Stock steckte eine mit Heftzwecken befestigte Visitenkarte. Der Name auf der Visitenkarte deckte sich mit dem Namensschild unten an der Tür, und die weißen Plastikbuchstaben sahen neuer und weißer aus als die übrigen.

Sie gingen zum Auto zurück, fuhren um den Komplex herum und hielten noch einmal vor dem Haus. Die Wohnung, in der Gunnarsson vermutlich gelebt hatte, besaß nur zwei Fenster und schien eine Ein-Zimmer-Wohnung zu sein.

«Jetzt hat er eine größere bekommen und kann endlich heiraten», sagte Kollberg.

Martin Beck blickte in den Regen hinaus. Er hatte Verlangen nach einer Zigarette und zitterte vor Kälte.

Auf der anderen Straßenseite lag ein Feld und ein bewaldeter Hügel. In weiterer Entfernung erhob sich auf dem Feld ein neues Hochhaus, ein zweites, noch im Bau befindliches, dicht daneben. Vermutlich sollte das ganze Feld mit einer Reihe solcher Kästen bebaut werden. Von dem tristen Mietshaus, in dem Gunnarsson gewohnt hatte, hatte man wenigstens eine freie, ländliche Aussicht gehabt, aber damit war es nun auch bald vorbei.

Mitten auf dem Feld befand sich die verkohlte Ruine eines niedergebrannten Hauses.

«Brandstiftung?» Martin Beck zeigte auf die Trümmer.

Kollberg neigte sich vor und blickte durch den Regen. «Das war ein alter Hof. Ich kann mich vom letzten Sommer her daran erinnern», erklärte er. «Ein feines altes Holzhaus, aber schon lange nicht mehr bewohnt. Ich glaube, die Feuerwehr hatte es jetzt niedergebrannt. Zu Übungszwecken, verstehst du. Sie zünden an, und dann löschen sie, und dann zünden sie wieder an und löschen wieder, und so weiter und so weiter, bis nichts mehr übrig ist. Schade um das schöne Haus. Aber das Gelände wird wohl für Neubauten benötigt.» Er sah auf die Uhr und ließ den Motor an. «Wir müssen uns beeilen, wenn wir dein Gespräch nicht versäumen wollen», sagte er.

Der Regen floß an der Windschutzscheibe herunter, und Kollberg mußte sehr vorsichtig fahren. Auf dem Rückweg nach Kristineberg saßen sie wortlos nebeneinander. Als sie aus dem Wagen stiegen, zeigte die Uhr fünf Minuten vor sieben. Es war schon dunkel.

Das Telefon klingelte Schlag sieben, so pünktlich, daß es fast unnatürlich wirkte. Es war unnatürlich.

«Wo zum Teufel ist Lennart?» rief Kollbergs Frau.

Martin Beck reichte Kollberg den Hörer hinüber und versuchte seine Antworten in dem folgenden Zwiegespräch zu überhören.

«Ja, ich komme jetzt bald ... das kann ich nicht genau sagen ...»

«Ja, eine Weile dauert's noch, sage ich doch.»

«Morgen? Das wird wohl schwierig werden ...»

Martin Beck zog sich auf die Toilette zurück und kam erst wieder, als er hörte, wie aufgelegt wurde.

«Wir müßten Kinder haben», sagte Kollberg. «Armes Mädchen, sitzt da draußen allein und wartet auf mich.»

Sie waren erst ein halbes Jahr verheiratet; kein Grund, um die Hoffnung auf Kinder aufzugeben.

Etwas später kam der Anruf.

«Tut mir leid, daß Sie haben warten müssen», sagte Szluka. «Es ist schwer, am Sonnabend Leute zu fassen zu kriegen. Sie hatten übrigens recht.»

«Was den Paß anbelangt?»

«Ja. Ein belgischer Student hat seinen Paß im Hotel *Ifjuság* verloren.»

«Wann?»

«Das läßt sich im Augenblick nicht feststellen. Er kam Freitag, dem 22. Juli, nachmittags, im Hotel an. Alf Matsson traf am Abend desselben Tages ein.»

«Das könnte also hinkommen.»

«Ja, nicht wahr? Die Situation ist folgende: Dieser Mann, Röder heißt er, besucht Ungarn zum erstenmal und kennt sich nicht in den Verhältnissen hier aus. Er behauptet selbst, er findet es ganz natürlich, den Paß im Hotel abzuliefern und ihn erst vor der Abreise oder dem Verlassen des Hotels wieder ausgehändigt zu bekommen. So wohnte er seelenruhig drei Wochen im Hotel und forderte ihn erst am Montag, mit anderen Worten am selben Tag, als wir beide uns zum erstenmal trafen, zurück, um ein Visum nach Bulgarien zu beantragen. All das sind natürlich seine eigenen Angaben.»

«Die können aber zutreffen.»

«Ja, natürlich. In der Hotelrezeption sagte man ihm, daß er seinen Paß bereits einen Tag nach seiner Ankunft zurückbekommen habe. Also am 23. oder am selben Tag, an dem Matsson vom *Ifjuság* zum Hotel *Duna* zog – und verschwand. Röder schwört, seinen Paß nicht zurückerhalten zu haben, und das Hotelpersonal ist ebenso sicher, daß der Paß am Freitagabend in sein Fach gelegt wurde und daß er ihn folglich bekommen haben muß, als er am Sonnabendmorgen herunterkam. So etwas geschieht rein routinemäßig.»

«Aber es hat niemand beobachtet, wie er ihn an sich genommen hat?»

«Nein. Aber das wäre auch zuviel verlangt. Um diese Jahreszeit geschieht es oft, daß die Leute in der Rezeption bis zu fünfzig ausländische Pässe pro Tag entgegennehmen und ebenso viele aushändigen. Außerdem sind es verschiedene Personen, die die Pässe am Abend in die Fächer einordnen und sie dann am nächsten Morgen aushändigen.»

«Haben Sie diesen Röder gesehen?»

«Ja. Er ist immer noch im Hotel. Die Botschaft ist dabei, seine Heimreise zu regeln.»

«Und? Ich meine, könnte es stimmen?»

«Er trägt ebenfalls einen Bart, sonst sind sie sich, nach den Bildern zu urteilen, wirklich nicht besonders ähnlich. Aber die Leute ähneln in den wenigsten Fällen ihren eigenen Paßbildern. Es ist also ohne weiteres möglich, daß jemand in der Nacht den Paß aus dem Fach gestohlen hat. Nichts einfacher als das. Der Nachtportier ist allein, und irgendwann muß er natürlich mal den Rücken drehen oder seinen Platz verlassen. Und die Paßkontrolleure haben keine Zeit, Gesichtsstudien zu treiben, wenn die Touristen in Scharen über die Grenze strömen. Wenn Sie also annehmen, Ihr Landsmann habe Röders Paß genommen und damit das Land verlassen, dann kann ich nur sagen – die Möglichkeit hatte er.»

Da Martin Beck nicht antwortete, setzte Szluka hinzu:

«Jemand hat es auf jeden Fall getan.»

Martin Beck wurde hellhörig: «Wissen Sie das genau?»

«Ja. Ich bekam vor zwanzig Minuten Bescheid. Röders Ausreisegenehmigung ist bei uns archiviert. Sie wurde der Grenzpolizei am Sonnabendnachmittag, dem 23. Juli in Hegyeshalom übergeben. Von einem Reisenden im Expreßzug Budapest–Wien. Und dieser Mann kann nicht Röder gewesen sein, da dieser sich noch hier befindet.»

Szluka schwieg, um schließlich zögernd hinzuzusetzen: «Damit ist wohl erwiesen, daß Matsson Ungarn verlassen hat.»

«Nein», entgegnete Martin Beck. «Er ist überhaupt nie dagewesen.»

24

Martin Beck verbrachte eine unruhige Nacht und erhob sich schon am frühen Morgen. Die Wohnung wirkte trist und leblos. All die ihm vertrauten Gegenstände waren ihm gleichgültig und belanglos. Er duschte sich, rasierte sich und holte einen frischgebügelten grauen Anzug aus dem Schrank. Er zog sich sorgfältig und korrekt an. Dann trat er kurz auf den Balkon hinaus. Es regnete nicht mehr, war aber etwas kühl. Das Thermometer zeigte sechzehn Grad an. In der Küche machte er sich ein frugales Strohwitwerfrühstück – bestehend aus Tee und Zwieback – zurecht, setzte sich hin und wartete.

Kollberg holte ihn um neun ab. Er hatte Stenström mit im Wagen. Sie fuhren zur Polizei.

«Na, hast du was erreicht?» fragte Martin Beck.

«Kommt drauf an.» Stenström blätterte in seinem Notizbuch. «Molin hat am Sonnabend gearbeitet, daran besteht kein Zweifel. Ab acht Uhr morgens war er auf der Redaktion. Am Freitag scheint er zu Hause seinen Rausch ausgeschlafen zu haben. Wegen seines

Schlafens haben wir uns eine Weile gestritten. Er sagte, er hätte nicht geschlafen, sondern stocksteif dagelegen. ‹Weißt du nicht, Bürschchen, wie das ist, wenn man stocksteif im Bett liegt, sich nicht rühren kann und das ganze Zimmer dreht sich um einen? Dann ist es gut, dann wirst du mal 'n guter Polizist, denn dann verstehst du aber auch gar nichts.› Ich hab mir das wortwörtlich aufgeschrieben.»

«Weshalb drehte sich das Zimmer um ihn?» wollte Kollberg wissen.

«Das hat er nicht gesagt. Schien es selbst nicht zu wissen, und was er in der Nacht zwischen Donnerstag und Freitag getan hat, fiel ihm nicht mehr ein. Dafür war er dankbar, sagte er. Im übrigen war er ziemlich frech und anmaßend.»

«Weiter», sagte Martin Beck.

«Ja, leider ist mir gestern ein Irrtum unterlaufen, als ich sagte, daß Lund und Kronkvist aus dem Schneider seien. Es erwies sich nämlich, daß nicht Kronkvist, sondern Fors mit diesen Mädchen nach Lidingö gegangen war. Dagegen war es Kronkvist, der mit Lund nach Karlstad gefahren ist – jedoch nicht am Freitag, sondern am Samstag. Die ganze Geschichte ist ein heilloses Durcheinander, aber ich glaub nicht, daß Lund absichtlich gelogen hat, als er mit den ersten Versionen kam. Er konnte sich wohl tatsächlich nicht mehr genau erinnern. Er und Kronkvist scheinen die Betrunkensten von der ganzen Clique gewesen zu sein. Fors hatte sich einen Teil seines Erinnerungsvermögens bewahrt, und als ich ihn vornahm, klärte es sich auf. Lund war in der Wohnung des Mädchens sofort kollabiert, und sie brachten ihn den ganzen Freitag über nicht mehr auf die Beine. Am späten Sonnabendmorgen rief er Fors an, der ihn aus Lidingö abholte, und dann gingen sie in die Kneipe. Nicht nach *Tennstopet*, wie Lund geglaubt hatte, sondern in die *Opera-Bar*. Nachdem Lund etwas gegessen und ein paar Glas Bier getrunken hatte, kehrten seine Lebensgeister wieder zurück, worauf er nach Hause fuhr und Kronkvist und seine Fotosachen abholte. Kronkvist war zu Hause.»

«Und wie hat er die Zeit davor verbracht?»

«Er hat im Bett gelegen und sich krank und einsam gefühlt, wie er behauptet. Fest steht als einziges, daß er Sonnabendnachmittag um halb fünf zu Hause war.»

«Ist das nachgewiesen?»

«Ja. Sie sind gemeinsam abends im Hotel in Karlstad angekommen. Kronkvist hatte auch einen fürchterlichen Kater, sagt er. Lund sagte, daß er zu besoffen gewesen sei, um irgendwas zu haben. Übrigens trägt Lund keinen Bart. Ich hab's vermerkt.»

«Hm.»

«Dann habe ich mit Gunnarsson gesprochen; der entsann sich besser. Am Freitag hat er zu Hause gearbeitet. Am Sonnabend war er zweimal, einmal morgens und dann am Abend, in seiner Redaktion und lieferte verschiedene Artikel ab.»

«Weißt du das positiv?»

«Das will ich nicht behaupten. Die Redaktion ist groß, und ich hab niemand getroffen, der sich genau entsinnen konnte. Fest steht, daß er einen Artikel abgeliefert hat, aber das kann ebensogut am Abend wie am Morgen geschehen sein.»

«Und der Paß?»

«Nun hetz mich doch nicht so! Pia Bolt ist auch in Ordnung. Sie weigert sich zwar, zu sagen, wo sie die Nacht zum Freitag verbracht hat. Ich hatte den Eindruck, daß sie sich mit irgend jemand parterre gelegt hat, aber nicht sagen wollte, mit wem.»

«Hört sich logisch an», unterbrach Kollberg. «War ja Donnerstag und so.»

«Was meinst du damit?» fragte Stenström.

«Nichts. War wohl kein guter Witz, vergiß es!»

«Mach weiter», drängte Martin Beck.

«Am Sonnabend war sie auf jeden Fall ab elf Uhr früh bei ihrer Mutter. Das hab ich sehr diskret festgestellt. Es stimmt ... Ja, und dann also die Pässe der Leute. Molin weigerte sich, seinen vorzuzeigen. Er brauche sich nicht in seinem eigenen Haus zu legitimieren, erklärte er. Lund hatte einen fast neuen Paß. Er ist Fotograf und reist viel. Der letzte Stempel war von Arlanda, am 6. Juni. Da kam er aus Israel. Das schien zu stimmen.»

«Weigerte sich, seinen Paß zu zeigen», wiederholte Kollberg. «Und das läßt du durchgehen?»

Stenström ging nicht auf seine Flachserei ein und fuhr fort: «Pia Bolt war vor zwei Jahren eine Woche auf Mallorca, das ist alles. Kronkvist hatte einen alten Paß, der sah aus wie ein Kohlkopf, voll von Notizzetteln und Schmierkram. Der letzte Stempel war von Göteborg im Mai. Da kam er aus England. Gunnarsson hat auch einen alten Paß, fast voll, aber er sieht etwas sauberer aus. Laut Stempel von Arlanda hat er das Land am 7. Mai verlassen und ist am

10. Mai zurückgekehrt. Er war in den Renault-Werken in Billancourt gewesen, sagt er. Die Franzosen stempeln offenbar nicht.»

«Das ist richtig», sagte Martin Beck.

«Dann waren da die anderen. Ich habe nicht alle feststellen können. Krister Sjöberg war zu Hause bei seiner Familie in Älvsjö. Dieser Meredith, er ist Amerikaner, übrigens ein Farbiger ...»

«Der kommt schon darum nicht in Frage», unterbrach ihn Kollberg. Außerdem dürfen wir ihn gar nicht vornehmen, sonst lynchen uns die Mods.»

«Jetzt gehst du aber wirklich zu weit.»

«Das tue ich sowieso meistens. Im übrigen glaub ich nicht, daß du weiterzureden brauchst.»

«Nein, das glaub ich auch nicht», sagte Martin Beck.

«Wißt ihr denn schon, wer es ist?» fragte Stenström.

«Wir glauben es wenigstens zu wissen.»

«Wer?»

Kollberg blinzelte Stenström zu.

«Denk selbst nach, Mensch», sagte er. «Fürs erste: War Alf Matsson überhaupt in Budapest? Würde Matsson eine derartige Geldsumme für den Ankauf von Rauschgift mitbringen und seine Kontaktmänner einfach nicht aufsuchen und das Geld in seinem Koffer im Hotel lassen? Würde Matsson seinen Schlüssel vor dem Eingang der Polizeiwache wegwerfen? Er, der beim Anblick eines Polizisten eigentlich schon kalte Füße bekommen mußte? Warum sollte Matsson überhaupt freiwillig verschwinden? Und noch dazu auf so laienhafte Weise.»

«Ja, weiter.»

«Warum sollte Matsson in blauem Blazer, grauer Hose und Wildlederschuhen nach Ungarn gereist sein, wenn er genau die gleiche Kleidung in seinen Koffer eingepackt hatte? Wo ist Matssons dunkler Anzug hingekommen? Den er am Abend vorher anhatte und der sich weder in seinem Koffer noch in seiner Wohnung befindet?»

«Okay, es war also nicht Matsson. Aber wer war es dann?»

«Jemand, der mit Matssons Brille und Regenmantel ausgestattet war und außerdem einen Bart hatte. Wer wurde zuletzt zusammen mit Matsson gesehen? Wer hat kein nachweisbares Alibi bis zum Samstagabend? Wer von der ganzen Clique war hinreichend nüchtern und intelligent genug, um diese ganze Suppe zusammenkochen zu können? Überleg doch bloß mal.»

Stenström wurde sehr ernst. Er antwortete nicht.

«Ich hab an etwas anderes gedacht», sagte Kollberg. Er breitete einen Stadtplan von Budapest auf dem Tisch aus. «Sieh her. Hier haben wir das Hotel, und dort liegt der Hauptbahnhof oder wie er nun genannt wird.»

«Budapest Nyugati.»

«Na schön. Wenn ich vom Hotel zum Hauptbahnhof wollte, so würde ich diesen Weg nehmen und also am Polizeihauptquartier vorbeikommen.»

«Das ist richtig. Aber in solchem Fall würdest du den Zug verpassen. Der Zug nach Wien geht hier unten vom alten Ostbahnhof.»

Kollberg blieb stumm. Er starrte weiter auf die Karte.

Martin Beck breitete eine Blaupause des Solna-Stadtplans aus und nickte Stenström zu.

«Fahr mal zum Polizeirevier Solna», sagte er. «Bitte sie, diesen Bereich um die Brandmine hier abzusperren. Wir kommen in einer Weile hin.»

«Jetzt sofort?»

«Ja.»

Stenström ging. Martin Beck suchte nach einer Zigarette und steckte sie an. Rauchte schweigend. Schließlich warf er Kollberg, der ganz ruhig dasaß, einen schuldbewußten Blick zu, drückte die Zigarette aus und sagte:

«Da fahren wir jetzt wohl los.»

Kollberg fuhr schnell durch die sonntagsleeren Straßen und dann über Västerbron. Die Sonne blinzelte zwischen niedrig treibenden Wolken hervor. Eine leichte Brise kräuselte den Riddarfjord. Martin Beck beobachtete zerstreut, wie eine Gruppe kleiner Segelboote eine Boje in der Bucht bei Rålambshov umrundete.

Sie fuhren wortlos und stellten den Wagen am gleichen Platz ab wie am Tag zuvor. Kollberg wies auf einen schwarzen Lancia, der ein Stück weiter entfernt parkte.

«Das ist sein Auto», sagte er. «Dann ist er bestimmt zu Hause.»

Sie überquerten Svartensgatan und stießen die Tür auf. Die Luft im Hausflur roch feucht. Schweigend gingen sie die abgenutzten Treppen zum vierten Stock hinauf.

25

Die Tür wurde sofort geöffnet.

Der Mann auf der Schwelle war im Bademantel und Pantoffeln. Er sah äußerst überrascht aus.

«Verzeihung», sagte er. «Ich dachte, es sei meine Verlobte.»

Martin Beck erkannte ihn sofort wieder. Es war derselbe Mann, den Molin ihm am Tag vor der Budapest-Reise in *Tennstopet* gezeigt hatte. Ein offenes, angenehmes Äußeres, ruhiger blauer Blick, kräftig gebaut. Er hatte einen Bart und war mittelgroß, und damit waren – ebenso wie bei dem belgischen Studenten Röder – die Ähnlichkeiten mit Alf Matsson erschöpft.

«Wir kommen von der Polizei. Mein Name ist Beck. Das ist Erster Kriminalassistent Kollberg.»

Die Begrüßung erfolgte steif und höflich.

«Kollberg.»

«Gunnarsson.»

«Dürfen wir einen Augenblick eintreten?» sagte Martin Beck.

«Ja sicher. Worum geht es?»

«Wir hätten ein paar Fragen betreffs Alf Matsson.»

«Gestern war ein Beamter in derselben Angelegenheit hier.»

«Das ist uns bekannt.»

In dem Augenblick, als Martin Beck und Kollberg die Wohnung betraten, trat eine leichte, ihnen selbst nicht zum Bewußtsein kommende Änderung in ihrem Verhalten ein.

Alles Gespannte, Unsichere, Sprungbereite fiel ab. Nun herrschten nur noch Ruhe und kühle Entschlossenheit vor; sie wußten, was sie erwartete und daß ihnen solche Aufgaben nicht neu waren.

Wortlos gingen sie durch die Wohnung. Sie war hell und geräumig, dazu gemütlich und mit Geschmack eingerichtet. Trotzdem vermittelte sie den Eindruck, noch nicht eingewohnt zu sein. Die meisten Möbel waren neu und sahen immer noch so aus, als stünden sie im Schaufenster eines Ausstattungsgeschäftes.

Zwei der Zimmer hatten Fenster zur Straße hin, Schlafzimmer und Küche gingen zum Hof hinaus. Die Badezimmertür stand offen, das Licht war angeknipst. Offenbar hatten sie den Mann gerade bei seiner Morgentoilette unterbrochen. Im Schlafzimmer standen zwei breite Betten dicht beieinander, in dem einen hatte jemand bis kurz vorher gelegen. Auf dem Nachttisch neben dem ungemachten

Bett standen eine halbgeleerte Flasche Mineralwasser, ein Glas, zwei Tablettenschachteln und ein eingerahmtes Foto. Die weitere Zimmereinrichtung bestand aus einem Schaukelstuhl, zwei Schemeln und einem Toilettentisch mit Schubladen und verstellbarem Spiegel. Das Foto stellte eine junge Frau dar. Sie hatte blondes Haar, saubere, frische Züge und sehr helle Augen. Kein Make-up, und als einzigen Schmuck eine Silberflechte um den Hals. Martin Beck kannte die Art; vor sechzehn Jahren hatte er seiner Frau ein ähnliches Halsband geschenkt.

Sie kamen zum Arbeitszimmer zurück. Die Rundwanderung war beendet.

«Nehmen Sie doch Platz», forderte Gunnarsson sie auf.

Martin Beck nickte und setzte sich in einen der Korbstühle am Schreibtisch, der vorn und hinten Fächer hatte und offenbar für zwei Personen vorgesehen war. Der Mann im Bademantel blieb stehen und warf einen Blick auf Kollberg, der noch immer in der Wohnung hin und her ging.

Manuskripte, Bücher und Zeitschriften lagen in geordneten Haufen auf dem Tisch. Eine angefangene Seite steckte in der Schreibmaschine. Neben dem Telefon stand noch eine eingerahmte Fotografie.

Martin Beck erkannte sofort die Frau mit der Silberflechte und dem hellen Blick wieder. Doch dieses Bild war im Freien aufgenommen. Sie hielt den Kopf zurückgelegt und lachte den Fotografen an. Der Wind zerrte an ihren blonden Haaren und hatte ihr eine Strähne ins Gesicht geweht.

«Womit kann ich Ihnen dienen?» fragte der Mann im Bademantel höflich.

Martin Beck fing seinen Blick auf. Er war immer noch blau und ruhig und stetig. Es war still im Zimmer. Man hörte Kollberg nebenan mit irgend etwas hantieren, vermutlich im Badezimmer oder in der Küche.

«Indem Sie uns die Geschehnisse schildern», sagte Martin Beck.

«Welche Geschehnisse?»

«Alles, was in der Nacht vom 21. auf den 22. Juli passiert ist, als Sie und Matsson die *Opera-Bar* verlassen hatten.»

«Das hab ich bereits getan. Wir trennten uns vor der Bar auf der Straße. Ich nahm ein Taxi und fuhr nach Hause; da er in eine andere Richtung wollte, wartete er auf das nächste.»

Martin Beck legte die Unterarme auf die Tischkante und betrachtete die Frau auf dem Foto. «Darf ich mal Ihren Paß sehen?»

Der Mann ging um den Schreibtisch herum, setzte sich und zog eine Schublade heraus. Der Korbstuhl knackte freundlich.

«Bitte sehr», sagte er.

Martin Beck blätterte im Paß. Er war alt und zerknittert; die letzten erkennbaren Vermerke waren sehr richtig ein Einreisestempel auf dem Flughafen Arlanda vom 10. Mai, und auf der folgenden Seite, die auch die letzte im Paß war, einige Notizen, u. a. ein paar Telefonnummern und ein kurzer Vers. Die Innenseite des Umschlags war ebenfalls mit älteren, eilig hingeworfenen Notizen bedeckt, meist Autos oder Motoren betreffend. Der Vers stand auf dem Kopf und war mit Kugelschreiber und grüner Tinte geschrieben. Martin Beck drehte den Paß um und las:

There was a young man from Dundee
Who said: «They can't do without me
No house ist complete
Without me and my seat
My initials ar WC.

Der Mann auf der anderen Seite des Tisches folgte seinem Blick und sagte erklärend: «Das ist ein Limerick.»

«Das sehe ich.»

«Soll angeblich von Winston Churchill persönlich stammen. Ich hörte ihn im Flugzeug von Paris und fand ihn so gut, daß ich ihn mir aufgeschrieben habe.»

Martin Beck starrte schweigend auf die Zeilen. Unter dem Geschriebenen war das Papier etwas heller, außerdem hatte es einige grüne Flecken, die dort nicht hingehörten. Sie hätten von einem grünen Stempel auf der Rückseite kommen können, der durchgeschlagen war, aber ein solcher Stempel existierte nicht. Das hätte Stenström bemerkt haben müssen.

«Wenn Sie nur bis Kopenhagen geflogen und dann die Fähre nach Schweden genommen hätten, hätten Sie sich Unannehmlichkeiten sparen können», sagte er.

«Ich verstehe nicht, was Sie meinen.»

Das Telefon klingelte. Gunnarsson nahm den Hörer ab. Kollberg betrat das Zimmer.

«Für einen von Ihnen», sagte der Mann im Bademantel.

Kollberg griff nach dem Hörer, lauschte und sagte: «Na schön. Laß sie anfangen. Ja, wart draußen. Wir kommen bald.» Er legte auf. «Das war Stenström. Die Feuerwehr hat Montag das Haus niedergebrannt.»

«Unsere Leute untersuchen die Brandreste in Hagalund», erklärte Martin Beck.

«Na, wie steht's?» fragte Kollberg.

«Ich verstehe immer noch nicht, was Sie meinen.»

Sein Blick war unverändert fest und offen. Es wurde für eine Weile still. Schließlich zuckte Martin Beck die Achseln und sagte:

«Gehen Sie hinein und ziehen Sie sich an.»

Gunnarsson ging wortlos zur Schlafzimmertür. Kollberg folgte ihm.

Martin Beck saß da, unbeweglich. Wieder blieb sein Blick auf der Fotografie hängen. Obwohl es eigentlich ohne Bedeutung war, verdroß es ihn, daß die Unterredung auf diese Weise enden sollte. Nachdem er den Paß gesehen hatte, war er seiner Sache völlig sicher, aber die Idee mit dem Brandgelände war eine Vermutung, die sich sehr gut als Irrtum erweisen konnte. In diesem Fall und wenn der Mann es fertigbrachte, weiter den Nichtverstehenden zu spielen, könnte die Beweisführung mühevoll werden. Trotzdem war dies nicht der eigentliche Grund für seine Mißstimmung.

Gunnarsson war in fünf Minuten wieder da; er hatte sich einen grauen Pullover und braune Hosen angezogen. Mit einem Blick auf die Uhr sagte er: «Wir können gehen. Ich erwarte gleich Besuch und wäre Ihnen dankbar ...» Ohne den Satz zu beenden, sah er sie lächelnd an.

Martin Beck machte keine Anstalten, sich zu erheben. «So eilig haben wir es nicht», meinte er.

Kollberg kam aus dem Schlafzimmer. «Die Hose und der blaue Blazer hängen noch im Schrank», berichtete er.

Martin Beck nickte. Gunnarsson ging im Zimmer auf und ab. Seine Bewegungen wirkten etwas nervöser, aber der Gesichtsausdruck behielt die gleiche unerschütterliche Ruhe wie vorher.

«Das ist vielleicht gar nicht so schlimm, wie es aussieht», sagte Kollberg freundlich. «Sie brauchen nicht so resigniert zu sein.»

Martin Beck warf seinem Kollegen einen schnellen Blick zu, dann sah er wieder zu Gunnarsson. Natürlich hatte Kollberg recht. Der

Mann hatte aufgegeben. Er wußte, daß das Spiel aus war, und hatte es vom Augenblick an gewußt, als sie über seine Schwelle traten. Wahrscheinlich hielt dieses Gefühl ihn jetzt gefangen, wie in einem Kokon, aber doch nicht völlig unverletzlich. Was jetzt getan werden mußte, war allerdings recht unbehaglich.

Martin Beck lehnte sich im Korbstuhl zurück und wartete. Kollberg stand schweigsam und unbeweglich an der Schlafzimmertür. Gunnarsson war mitten im Zimmer stehengeblieben. Er sah auf die Uhr, sagte aber nichts.

Eine Minute verging. Zwei. Drei. Der Mann blickte auf seine Armbanduhr. Wahrscheinlich eine reine Reflexbewegung, aber man sah ihm an, daß er sich darüber ärgerte. Nach weiteren zwei Minuten ging sein Blick wieder dorthin, nur suchte er diesmal das Manöver zu vertuschen, indem er sich mit der linken Hand übers Gesicht strich, während er gleichzeitig auf sein Handgelenk schielte. Irgendwo auf der Straße klappte eine Autotür.

Er öffnete den Mund, um etwas zu sagen. Es wurde aber nur ein Wort. «Wann ...» Er unterbrach sich, machte zwei schnelle Schritte auf das Telefon zu und sagte: «Verzeihung, ich muß eben mal jemand anrufen.»

Martin Beck nickte und ließ den Apparat nicht aus den Augen. 018. Die Vorwählnummer nach Uppsala. Alles stimmte. Sechs Ziffern. Antwort aufs dritte Klingelzeichen.

«Tag. Hier ist Åke. Ist Ann-Louise schon fort? ... Soso. Wann denn?»

Martin Beck meinte eine Frauenstimme zu hören: «Vor einer Viertelstunde.»

«Aha. Vielen Dank.» Gunnarsson legte auf, blickte auf die Uhr und sagte in leichtem Ton: «Dann können wir wohl gehen.»

Niemand antwortete. Zehn lange Minuten vergingen. Dann sagte Martin Beck:

«Setzen Sie sich.»

Der Mann gehorchte zögernd. Obwohl er sich zu bemühen schien, ruhig zu sitzen, hörte der Korbstuhl nicht auf zu knarren. Das nächste Mal, als er nach der Uhr blickte, sah Martin Beck, daß seine Hände zitterten.

Kollberg gähnte, allzu gespielt oder auch aus Nervosität. Es war schwer festzustellen, aus welchem Grund. Nach weiteren zwei Minuten sagte Gunnarsson:

«Worauf warten wir eigentlich noch?»

Zum erstenmal klang in seiner Stimme eine Spur von Unsicherheit mit.

Martin Beck blickte ihn an. Schweigend. Dabei schoß ihm durch den Kopf, wie es wohl weitergehen sollte, wenn der Mann auf der anderen Tischseite plötzlich merkte, daß das Schweigen ebenso bedrückend für seine beiden Gäste war wie für ihn. Sehr viel weiterhelfen würde das ihm wahrscheinlich auch nicht. Irgendwie saßen sie jetzt alle im gleichen Boot.

Gunnarsson blickte auf die Uhr, nahm einen Bleistift, der auf dem Tisch lag, und legte ihn sofort wieder an genau dieselbe Stelle zurück.

Martin Beck ließ den Blick über das Foto gleiten. Schielte selbst nach der Uhr. Zwanzig Minuten waren seit dem Telefongespräch vergangen. Im schlimmsten Fall hatten sie weniger als eine halbe Stunde zur Verfügung. Wieder sah er Gunnarsson an und ertappte sich dabei, an die Dinge zu denken, die ihnen eine gemeinsame Erinnerung waren. Das knarrende Bett, die Aussicht, die Schiffe, der Zimmerschlüssel, die feuchte Wärme vom Fluß her ...

Er blickte jetzt selber ganz offen auf die Uhr, was den anderen ernstlich zu irritieren schien. Vielleicht war es der Hinweis darauf, daß sie alle drei schließlich ein gemeinsames Interesse hatten.

Zum erstenmal seit einer langen halben Stunde wechselten Martin Beck und Kollberg einen Blick. Wenn sie recht hatten, konnte das Ende nicht mehr lange auf sich warten lassen.

Dreißig Sekunden später war es soweit. Gunnarsson sah von einem zum anderen und sagte mit klarer Stimme: «Okay, was wollen Sie wissen?»

Keine Antwort.

«Sie haben natürlich recht. Ich war es.»

«Und warum?»

«Darüber möchte ich nicht sprechen», entgegnete der Mann trübe. Er starrte jetzt hartnäckig auf den Tisch. Kollberg sah ihn mit gerunzelten Augenbrauen an, ließ den Blick zu Martin Beck gleiten und nickte.

Martin Beck atmete tief ein.

«Ob Sie reden oder nicht, wir werden doch alles herausbekommen, daß sollten Sie sich klarmachen», sagte er. «Es gibt Zeugen, die Sie identifizieren können. Wir werden den Taxifahrer auftreiben, der Sie in jener Nacht nach Hause fuhr. Er wird sich erinnern, ob Sie allein waren oder nicht. Wagen und Wohnung werden von Fachleuten untersucht werden. Ebenso die Brandreste draußen in Hagalund. Sollten Sie eine Leiche dort versteckt haben, so wird das nachzuweisen sein. Mit anderen Worten: Was auch mit Alf Matsson geschehen sein sollte, wir werden ihn finden. Sie werden kaum etwas verbergen können, jedenfalls nichts Wesentliches.»

Gunnarsson sah ihm in die Augen: «Dann verstehe ich nicht, wofür dies hier gut sein soll.»

Martin Beck wußte, an diese Antwort würde er jahrelang denken, vielleicht solange er lebte.

Die Situation wurde von Kollberg gerettet. Er sagte tonlos: «Es ist unsere Pflicht, Ihnen mitzuteilen, daß Sie unter Verdacht des Totschlags, respektive Mordes, stehen. Sie haben natürlich das Recht, juristischen Beistand zu verlangen, ehe Sie eine Aussage machen.»

«Alf und ich fuhren mit dem Taxi zu mir nach Hause. Er wußte, daß ich eine Flasche Whisky im Schrank hatte und war darauf versessen, sie auszutrinken.»

«Weiter.»

«Wir hatten schon allerhand gepichelt und gerieten plötzlich in Streit.» Er schwieg und zuckte die Achseln. «Ich möchte nicht darüber sprechen.»

«Warum gerieten Sie in Streit?» fragte Kollberg.

«Er ... er ärgerte mich.»

«Inwiefern?»

Ein kurzes Aufblitzen in den blauen Augen. Unkontrolliert und keineswegs ungefährlich. «Er wurde ekelhaft ... und begann gewisse Dinge über meine Verlobte zu sagen. Einen Augenblick, ich kann erklären, wie es begann. Da, in der obersten Schreibtischschublade ... wenn Sie sich die Bilder einmal ansehen wollen ...»

Martin Beck zog die Schublade auf und nahm die Fotos heraus, hielt sie vorsichtig zwischen den Fingerspitzen. Sie waren irgendwo am Strand gemacht, und es waren genau die Art Bilder, die Verliebte am Strand aufzunehmen pflegen, wenn sie gänzlich ungestört sind. Er blätterte die Abzüge schnell durch, fast ohne sie anzusehen. Der unterste war halb zerrissen. Die Frau mit den hellen Augen lachte den Fotografen an.

«Ich war auf der Toilette gewesen. Als ich zurückkam, stand er hier und schnüffelte in meinen Schubladen. Er hatte ... die Bilder gefunden und versuchte eines davon einzustecken. Ich war sowieso schon böse auf ihn, aber da wurde ich ... rasend.»

Der Mann machte eine kurze Pause und setzte dann bedauernd hinzu: «Ich entsinne mich leider nicht mehr genau an alle Einzelheiten.»

Martin Beck nickte.

«Ich mußte ihm das Foto beinahe gewaltsam entreißen. Da begann er Obszönitäten herauszuschreien ... ja, über Ann-Louise. Ich wußte genau, daß jedes Wort gelogen war, aber ich konnte es nicht mehr mit anhören. Er sprach nämlich sehr laut, schrie beinah. Ich hatte wohl auch Angst, daß die Nachbarn aufwachen könnten ...»

Der Mann sah auf seine Hände nieder und fuhr fort: «Nun, das war ja nicht so wichtig. Aber vielleicht nahmen die das auf Band, ich weiß nicht. Muß ich wiederholen ...»

«Zu den Einzelheiten kommen wir später», sagte Kollberg. «Was geschah weiter?»

Gunnarsson betrachtete hartnäckig seine Hände. «Dann hab ich ihn erwürgt», sagte er leise.

Nach zehn Sekunden strich Martin Beck mit dem Zeigefinger über den Nasenrücken und fragte: «Und dann?»

«Plötzlich war ich wieder nüchtern oder bildete es mir wenigstens ein. Da lag er nun tot auf dem Fußboden ... Die Uhr war kurz vor zwei. Ich hätte natürlich die Polizei anrufen müssen. Das schien damals nicht so einfach.»

Er überlegte einen Augenblick. «Damit hätte ich selber alles zerstört.»

Martin Beck nickte und sah auf die Uhr. Das schien den anderen zur Eile anzutreiben.

«Ich blieb wohl eine Viertelstunde hier auf diesem Sessel sitzen und überlegte. Ich wollte einfach nicht glauben, daß die Situation hoffnungslos war. Alles war so ... überraschend gekommen. Das kam mir so sinnlos vor. Ich konnte nicht begreifen, daß ich plötzlich ein ... Aber davon können wir später sprechen.»

«Sie wußten, daß Matsson nach Budapest reisen wollte», warf Kollberg ein.

«Ja sicher. Paß und Fahrkarten hatte er bei sich. Er hatte nur nach Hause fahren wollen, um seinen Koffer zu holen. Ich glaube, die Brille brachte mich auf die Idee. Die war ihm entfallen und lag hier auf dem Fußboden. Ohne Brille sah er ganz verändert aus ... Dann fiel mir plötzlich das Haus dort draußen ein. Bevor ich umzog, hatte ich vom Balkon zugesehen, wie die Feuerwehr übte. Sie zündete das Gebäude an und löschte wieder. Jeden Montag. Ohne es vorher gründlich zu durchsuchen. Ich wußte, daß sie bald das Wenige, was noch übrig war, völlig niederbrennen würde. Das wird gewiß billiger, als ein Haus auf die übliche Weise abzureißen.»

Gunnarsson warf einen schnellen, verzweifelten Blick auf Martin Beck: «Da nahm ich Paß, Fahrkarten, Auto- und Wohnungsschlüssel und ...» Er schüttelte sich, faßte sich aber sofort. «Ich schaffte ihn hinunter ins Auto, das war das Schwerste, aber ich hatte ... ja, ich muß sagen: Glück. Ich brachte ihn hinaus nach Hagalund.»

«In die Brandruine?»

«Ja. Draußen war alles wie ausgestorben. Ich trug ... Alf auf den Boden. Das war gar nicht einfach, denn die Stufen waren zum großen Teil weggebrannt. Ich legte die Leiche hinter eine lose Wand, unter einen Haufen Gerümpel, so daß niemand sie so schnell finden könnte. Das hoffte ich jedenfalls.»

Martin Beck schielte unruhig auf die Uhr. «Weiter», drängte er.

«Es begann schon hell zu werden. Ich fuhr in seine Wohnung, holte den Koffer, der fertig gepackt war und stellte ihn in Alfs Wagen. Dann fuhr ich hierher zurück, räumte ein wenig auf und holte die Brille und seinen Mantel, der noch im Flur hing. Ich bin dann gleich zurückgegangen, traute mich nicht zu warten, und fuhr mit seinem Wagen hinaus zum Flugplatz Arlanda und stellte ihn ab.»

Der Mann blickte Martin Beck flehentlich an.

«Alles war ganz einfach. Ich hatte die Brille aufgesetzt – nur der Mantel war zu klein. Ich nahm ihn über den Arm und ging durch die Paßkontrolle. An den Flug kann ich mich kaum mehr erinnern. Nur daß alles überraschend einfach war.»

«Und wie wollten Sie das Land wieder verlassen?»

«Ich wußte nur, daß ich es irgendwie schaffen mußte. Ich hatte zuerst geplant, mit dem Zug zur österreichischen Grenze zu fahren und dort zu sehen, wie ich rauskam. Ich hatte meinen eigenen Paß in der Tasche, und war ich erst einmal in Wien, gab es keine Schwierigkeiten mehr. Von früheren Besuchen wußte ich, daß sie den Paß bei der Ausreise nicht zu stempeln pflegen. Aber ich hatte wieder Glück. Fand ich.»

Martin Beck nickte.

«Es war in Budapest schlecht bestellt mit Zimmern, und Alf war die erste Nacht provisorisch in einem etwas einfacheren Hotel untergebracht worden. Den Namen hab ich vergessen ...»

«*Ifjuság.*»

«Mag sein. Jedenfalls wohnte da auch eine französischsprechende Gruppe. Ich glaubte verstanden zu haben, daß sie am selben Tag, aber früher angekommen waren. Sahen aus wie Studenten, mehrere der jungen Männer hatten Bärte. Als ich Alfs Paß abgab, war der Portier gerade dabei, andere Pässe in die Schlüsselfächer zu sortieren. Solche, die bereits registriert waren. Ich blieb eine Weile in der Vorhalle, und als der Portier für einen Moment weg ging, hatte ich die Chance, einen der Pässe an mich zu nehmen. Ich brauchte nur drei Pässe durchzusehen, bis ich einen fand, der passend schien. Es war ein belgischer, der Mann hieß Röderer oder so was. Jedenfalls erinnerte mich der Name an eine Champagnersorte.»

Martin Beck blickte vorsichtig auf die Tür. «Und am nächsten Morgen?»

«Da bekam ich Alfs ... Matssons Paß zurück und fuhr ins andere Hotel. Das war viel eleganter. *Duna* hieß es. In der Rezeption gab ich den Paß, immer noch Alfs, ab und stellte seinen Koffer ins Zimmer. Nach einer halben Stunde verließ ich das Hotel. Ich hatte mir einen Stadtplan besorgt und ging zum Bahnhof. Unterwegs entdeckte ich, daß ich immer noch den Zimmerschlüssel in der Tasche hatte. Er war groß und unhandlich, und ich warf ihn auf die Stufen vor einer Polizeiwache, an der ich gerade vorbeiging. Ich dachte noch, das sei eine gute Idee gewesen.»

«Nicht besonders», meinte Kollberg.

Gunnarsson lachte etwas krampfhaft. «Ich kam mit dem Expreßzug nach Wien. Das dauerte nur vier Stunden. Zuerst nahm ich natürlich Alfs Brille ab und packte den Mantel zusammen. Jetzt benutzte ich den belgischen Paß, und das war ebenso einfach. Es waren schrecklich viele Leute im Zug, und der Paßkontrolleur hatte es eilig. Es war übrigens ein Mädchen. In Wien fuhr ich mit dem Taxi vom Ostbahnhof direkt zum Flugplatz und kam mit der Nachmittagsmaschine in Stockholm an.»

«Und was haben Sie mit Röders Paß gemacht?» fragte Martin Beck.

«Den hab ich zerrissen und die Fetzen in der Toilette auf dem Ostbahnhof weggespült. Die Brille auch. Ich schlug das Glas entzwei und zerbrach die Bügel.»

«Und der Mantel?»

«Den hab ich auf einem Garderobenhaken im Bahnhofscafé hängen lassen.»

«Und am Abend waren Sie wieder hier?»

«Ja. Ich ging zur Redaktion und gab ein paar Artikel ab, die ich früher geschrieben hatte.»

Es wurde still im Raum. Schließlich fragte Martin Beck: «Haben Sie sich mal auf das Bett gesetzt?»

«Welches?»

«Im *Duna*.»

«Ja; es knarrte.» Gunnarsson betrachtete wieder seine Hände. Dann sagte er leise: «Ich war in einer sehr schwierigen Lage. Es betraf nicht nur mich selbst.» Er blickte hastig auf die Fotografie. «Wenn nichts ... Unvorhergesehenes geschehen wäre, hätte ich Sonntag heiraten sollen. Also in einer Woche. Und ...»

«Ja?»

«Es war eigentlich nur ein Unglücksfall. Können Sie verstehen ...»

«Ja», sagte Martin Beck.

Kollberg hatte sich während des Zwiegesprächs fast gar nicht gerührt. Nun hob er plötzlich die Schultern und sagte irritiert: «Okay, komm, gehn wir also.»

Der Mann, der Alf Matsson getötet hatte, zuckte zusammen. «Ja sicher», sagte er dumpf. «Entschuldigen Sie mich eine Sekunde.»

Er erhob sich schnell und ging ins Badezimmer. Keiner der beiden rührte sich, aber Martin Beck starrte bedrückt auf die geschlossene Tür. Kollberg folgte seinem Blick.

«Es ist nichts da, womit er sich etwas antun könnte. Ich habe sogar das Zahnputzglas entfernt.»

«Auf seinem Nachttisch hab ich ein Röhrchen Schlaftabletten gesehen. Bestimmt noch 25 Stück.»

Kollberg ging ins Schlafzimmer und kam zurück. «Die sind weg.» Er blickte auf die Badezimmertür. «Sollen wir ...?»

«Nein», sagte Martin Beck. «Wir warten.»

Sie brauchten nicht länger als eine halbe Minute zu warten: Åke Gunnarsson kam aus dem Bad. Er lachte schwach und sagte: «Können wir jetzt losgehen?»

Keine Antwort. Kollberg ging ins Badezimmer, stieg auf die Brille, hob den Deckel vom Wasserbehälter hoch, griff mit der Hand hinein und holte das leere Tablettenröhrchen heraus. Er las das Etikett, während er ins Arbeitszimmer zurückging.

«Vesparax», sagte er. «Gefährliches Zeug.» Dann blickte er Gunnarsson an und sagte bekümmert: «Das nützt auch nichts. Nun müssen wir Sie ins Krankenhaus bringen. Die hängen Ihnen eine Gummischürze um, die ganz hinunter bis zu den Füßen reicht, und führen Ihnen einen Gummischlauch in den Hals. Morgen können Sie dann weder essen noch reden.»

Martin Beck rief eine Funkstreife herbei. Eilig gingen sie die Treppen hinunter, alle getrieben von demselben Wunsch, schnell wegzukommen. Der Funkwagen war schon zur Stelle.

«Magen auspumpen. Es eilt ziemlich», sagte Kollberg. «Wir kommen nach.»

Als Gunnarsson schon im Auto saß, schien Kollberg etwas einzufallen.

Er behielt die Tür noch einen Augenblick in der Hand und fragte: «Als Sie vom Hotel zum Bahnhof gingen, gerieten Sie da aus Versehen an einen falschen Bahnhof?»

Der Mann, der Alf Matsson getötet hatte, blickte ihn mit Augen an, die schon langsam glasig und starr zu werden begannen. «Ja. Aber woher wissen Sie das?»

Kollberg schlug die Tür zu. Der Wagen fuhr an. Schon an der ersten Straßenecke ließ der Fahrer die Sirene heulen.

Auf dem Brandplatz in Hagalund bewegten sich Polizisten in grauen Overalls vorsichtig zwischen Aschenhaufen und verkohlten Balken. Eine kleine Gruppe Sonntagsspaziergänger mit Kinderwagen und Kuchenschachteln hatte sich vor dem Absperrseil gesammelt und schaute neugierig zu. Die Uhr war schon nach vier.

Sobald Martin Beck und Kollberg aus dem Wagen stiegen, löste sich Stenström aus dem Haufen der Polizisten und kam auf sie zu.

«Ihr hattet recht. Wir haben ihn. Aber viel ist nicht mehr von ihm übriggeblieben.»

Eine Stunde später befanden sie sich wieder auf dem Weg zur Stadt. Als sie Norrtull passierten, sagte Kollberg:

«Eine Woche später hätte die Baufirma alles mit ihren Bulldozern planiert.»

Martin Beck nickte.

«Er hat sein Bestes getan», meinte Kollberg nachdenklich. «Und das war nicht einmal so schlecht. Hätte er etwas mehr über Matsson gewußt und sich die Mühe gemacht, nachzusehen, was er im Koffer hatte, und hätte er das Flugzeug in Kopenhagen verlassen, anstatt zu riskieren, im Paß radieren zu müssen ...» Er führte seine Gedanken nicht zu Ende.

Martin Beck blickte ihn von der Seite an. «Meinst du, dann wäre er damit durchgekommen?»

«Nein», entgegnete Kollberg. «Natürlich nicht.»

Am Vanadisbad, das trotz des unfreundlichen Sommerwetters von Leuten wimmelte, räusperte sich Kollberg und sagte: «Ich kann nicht einsehen, warum du dich länger mit dieser Sache herumschlagen sollst. Immerhin hast du ja Urlaub.»

Martin Beck blickte auf die Uhr. Heute würde er nicht mehr zur Insel hinauskommen.

«Du kannst mich bei Odengatan absetzen», sagte er.

Kollberg bremste vor dem Kino an der Ecke.

«Tschüß», sagte er.

«Tschüß.»

Sie schüttelten sich nicht einmal die Hände. Martin Beck sah dem davonfahrenden Wagen nach. Dann ging er über die Straße, um die Ecke und ins Restaurant *Metropol.* Die Beleuchtung in der Bar war gedämpft und gemütlich. An einem der Ecktische waren Gäste in ein leises Gespräch vertieft. Sonst war das Lokal leer.

Er setzte sich an die Bar. «Whisky», bestellte er.

Der Barmixer war ein hochgewachsener Mann mit ruhigem Blick, schnellen Bewegungen und schneeweißer Jacke.

«Eiswasser?»

«Ja, warum nicht.»

«Na klar», sagte der Barkeeper. «Ein doppelter Whisky mit Eiswasser, das ist doch was!»

Martin Beck blieb vier Stunden auf dem Barhocker sitzen. Er sagte kein Wort, deutete nur hier und da auf sein Glas. Der Mann in der weißen Jacke schwieg ebenfalls. Es war wohl auch das beste so.

Martin Beck betrachtete sein Gesicht in dem rauchgefärbten Spiegelglas hinter der Reihe von Flaschen. Als das Bild allmählich zu verschwimmen begann, bestellte er ein Taxi und fuhr nach Hause. Schon auf dem Flur begann er sich auszuziehen.

26

Martin Beck wachte mit einem Ruck aus tiefem, traumlosem Schlaf auf. Decken und Laken waren auf den Fußboden geglitten, und ihn fror. Als er aufstand, um die Balkontür zu schließen, blinkte es vor seinen Augen. Die Schläfen hämmerten, der Gaumen war rauh und trocken. Er ging ins Badezimmer und schluckte mit Mühe zwei Tabletten, die er mit etwas Wasser hinunterspülte. Dann legte er sich ins Bett, zog die Decke über und versuchte einzuschlafen. Nachdem er zwei Stunden lang im Dämmerschlaf dagelegen hatte, von Alpträumen geplagt, stand er auf, stellte sich lange unter die Dusche und zog sich dann langsam an. Anschließend ging er auf den Balkon hinaus, stützte die Ellbogen aufs Balkongeländer und legte das Kinn in die Hände.

Der Himmel war hoch und klar, und die kühle Morgenluft kündigte den Herbst an. Eine Weile sah er dem fetten Dackel nach, der gemächlich zwischen den Baumstämmen in dem kleinen Wäldchen vor dem Haus herumtrottete. Grünanlage wurde das genannt, verdiente diesen Namen aber kaum. Der Boden zwischen den Kiefern war mit Abfall übersät und das bißchen Gras, das dort im Vorsommer gewachsen war, war längst niedergetrampelt worden.

Martin Beck ging ins Schlafzimmer zurück und machte das Bett. Dann lief er eine Weile rastlos durchs Zimmer, packte ein paar Kleinigkeiten und Bücher in die Ledertasche und verließ die Wohnung.

Er fuhr mit der U-Bahn zur Schleuse. Da das Boot nicht vor einer guten Stunde abgehen würde, schlenderte er gemächlich Skeppsbrokajen entlang in Richtung Strömbron. Bei Blasieholmskajen lag sein Boot mit ausgefahrener Gangway; ein paar Leute der Besatzung stapelten die Ladung auf dem Vorderdeck.

Martin Beck ging nicht gleich an Bord, sondern setzte seinen Spaziergang fort, bis er auf Skeppsholmen war. Dort in der Cafeteria der Af Chapman trank er eine Tasse Tee, die seine Übelkeit sofort verschlimmerte.

Als nur noch eine Viertelstunde bis zur Abfahrtzeit fehlte, ging er an Bord des Schärenbootes, das nun Dampf bekam und weißen Rauch aus dem Schornstein stieß. Er ging aufs Oberdeck und setzte sich auf denselben Platz wie damals, als er vor knapp zwei Wochen seinen Urlaub begonnen hatte. Diesmal würde ihm nichts mehr dazwischenkommen, dachte er. Aber er empfand weder Freude noch

Enthusiasmus bei dem Gedanken an die bevorstehenden Inselferien.

Die Maschine polterte, das Boot legte ab, die Dampfpfeife tutete. Martin Beck lehnte sich über die Reling und starrte in den schäumenden Wasserwirbel hinunter. Das Sommerurlaubsgefühl war weg. Er fühlte sich miserabel.

Nach einer Weile ging er in den Cafésalon und trank ein Glas Mineralwasser. Als er wieder auf Deck kam, war sein Platz von einem fetten Herrn in Sportanzug und Baskenmütze eingenommen. Bevor Martin Beck Zeit hatte, sich zurückzuziehen, stellte sich der Dicke vor und ließ einen überschwenglichen Wortschwall über die Schönheit der Schären los. Martin Beck hörte apathisch zu, während der Mann auf die vorbeiziehenden Inseln wies und jede einzelne beim Namen nannte. Schließlich glückte es ihm, die einseitige Unterhaltung abzubrechen; er entfloh dem Schärenkenner und ging hinunter in den Achtersalon.

Den Rest der Reise verbrachte er im Halbdunkel auf einem der harten Plüschsofas und sah auf den Staub, der in den grünschimmernden Lichtstreifen vom Ventil wirbelte.

Nygren saß im Motorboot an der Dampferbrücke und wartete. Als sie sich der Insel näherten, stellte er den Motor ab und ließ das Boot an der Brücke vorbeitreiben, daß Martin Beck an Land springen konnte. Dann ließ er den Motor wieder an, winkte mit der Hand und verschwand hinter der Biegung.

Martin Beck ging zum Häuschen hinauf. Im Windschutz hinter der Hauswand lag seine Frau nackt auf einer Decke und sonnte sich.

«Hallo.»

«Tag. Ich hab dich gar nicht kommen gehört.»

«Wo sind die Kinder?»

«Draußen mit dem Boot.»

«Soso.»

«Wie war's in Budapest?»

«Ganz nett. Habt ihr meine Ansichtskarten nicht bekommen?»

«Nein.»

«Dann kommen sie wohl noch.»

Er ging weiter ins Häuschen, trank ein Glas Wasser und blieb stehen. Starrte auf die Wand. Er dachte an die Frau mit dem hellen Haar und der Silberflechte und fragte sich, ob sie wohl lange vergeblich an der Türglocke geklingelt hatte, oder ob sie so spät gekommen war, daß die Wohnung schon von Kriminalbeamten mit Pinzetten und Pulverschachteln wimmelte.

Er hörte, wie seine Frau das Zimmer betrat.

«Wie geht es dir denn so?»

«Ziemlich schlecht», sagte Martin Beck.

Sjöwall/Wahlöö

«Man konnte zwar schon 1963 die zunehmende Versumpfung der schwedischen Sozialdemokratie voraussehen, aber andere Dinge waren völlig unvorhersehbar: die Entwicklung der Polizei in Richtung auf eine paramilitärische Organisation, ihr verstärkter Schußwaffengebrauch, ihre groß angelegten und zentral gesteuerten Operationen und Manöver... Auch den Verbrechertyp mußten wir ändern, da die Gesellschaft und damit die Kriminalität sich geändert hatten: Sie waren brutaler und schneller geworden.»
Maj Sjöwall

Die Tote im Götakanal
(thriller 2139)
Nackte tragen keine Papiere. Niemand kannte die Tote, niemand vermißte sie. Schweden hatte seine Sensation...

Der Mann, der sich in Luft auflöste
(thriller 2159)
Kommissar Beck findet die Lösung in Budapest...

Der Mann auf dem Balkon
(thriller 2186)
Die Stockholmer Polizei jagt ein Phantom: einen Sexualverbrecher, von dem sie nur weiß, daß er ein Mann ist...

Endstation für neun
(thriller 2214)

Alarm in Sköldgatan
(thriller 2235)
Eine Explosion, ein Brand – und dann entdeckt die Polizei einen Zeitzünder...

rororo thriller

Und die Großen läßt man laufen
(thriller 2264)

Das Ekel aus Säffle
(thriller 2294)
Ein Polizistenschinder bekommt die Quittung...

Verschlossen und verriegelt
(thriller 2345)

Der Polizistenmörder
(thriller 2390)

Die Terroristen
(thriller 2412)
Ihre Opfer waren Konservative, Liberale, Linke – wer aber die Auftraggeber der Terror-gruppe ULAG waren, blieb immer im dunkeln. Jetzt plant ULAG ein Attentat in Stockholm...

Die zehn Romane mit Kommissar Martin Beck
10 Bände in einer Kassette
(thriller 3177)

«**Sjöwall/Wahlöös** Romane gehören zu den stärksten Werken des Genres seit Raymond Chandler.»
Zürcher Tagesanzeiger

3019/3

Per Wahlöö

«Der Schwede **Per Wahlöö** hat sich mit einem umfangreichen Werk als einer der markantesten europäischen Erzähler unseres Jahrhunderts profiliert.»
Jörg Fauser

Per Wahlöö (1926–1975) studierte Germanistik, arbeitete als Korrespondent in Spanien. 1956 von Franco ausgewiesen, reiste er durch die halbe Welt, lernte 1962 Maj Sjöwall kennen und begann mit ihr gemeinsam, den Kommissar-Beck-Zyklus zu schreiben.

Unternehmen Stahlsprung
(thriller 2539)
«... die Horrorvision einer Gesellschaft, die selbst zum Verbrechen wurde und schließlich untergeht. Per Wahlöö war vielleicht noch nie so gut.» *Norddeutscher Rundfunk*

Das Lastauto
(thriller 2513)
Spanien zur Zeit der Franco-Diktatur.

Mord im 31. Stock
(thriller 2424)
«Dieses Buch ist eines der seltenen Fälle, in denen ein Kriminalroman weit über sich hinauswächst.»
Frankfurter Allgemeine Zeitung
Wolf Gremm drehte mit Rainer Werner Fassbinder in der Hauptrolle nach diesem Buch seinen Film «Kamikaze 1989».

rororo thriller

Von Schiffen und Menschen
Stories
(thriller 2889)
«... eignet sich wunderbar zum Lesen an Bord.» *Segeln*

Libertád!
(thriller 2521)
«Der beste Polit-Thriller zum Thema Südamerika ist bereits vor 25 Jahren geschrieben worden: Libertád!»
taz

Das Lastauto. Libertád! Die Generale
(thriller 3222)

rororo thriller werden herausgegeben von Bernd Jost. Ein Gesamtverzeichnis der Reihe finden Sie in der *Rowohlt Revue*. Vierteljährlich neu. Kostenlos in Ihrer Buchhandlung.

3020/4